白衣
胜雪
申剑 著

北京出版集团公司

北京十月文艺出版社

一

　　何无疆认识王惊雷，是在深秋。王惊雷认识何无疆，是在清明。错开的不是两个季节，而是两个年头零两个季节。和天下所有的相识同样，记得住才是硬道理。和天下所有的错开同理，错了的都不在心里，即便入过心，也都已被删除。人心如天，世事如云，云雨过后总无痕，能留痕的才算得上相识。何无疆与王惊雷相识之后，很想把王惊雷从心里抹掉，可是不行，真人容易抹，假人不好办。王惊雷从始至终就是个假人，何无疆要想抹掉他，得先将他还原了。他没法还原王惊雷，因为他从没见过真人版的王惊雷，直至清明，是那场永不落空的断魂雨，才彻底浇出了王惊雷的真身和原形。

　　王惊雷和何无疆，曾经开过同一个会议，睡过同一个房间，是在两年前的立春时节。那个会议极其高端，高端得与医学无关，却与医生有关。没有医生能够抗拒这么高端的会议，于是被邀请参会的都到会了。主办方不行贿不送礼，连旅游项目都没安排，只是负责出书，连写带出，流水作业，专供医生评定职称用的。何无疆是丹青市人民医院普外科主任,当时即将评定主任医师,由副高走向正高。就如同官员只能拼级别,没级别都没法谈正气,搞技术的就靠职称说话,不然耍刀耍成把神刀,也没资格在手术台上当主刀。何无疆对评职称很麻木,但是再麻木也得评,必须评,而且必须要评上。由于人人都要评上,就使得评上变得很难,每年都比去年难。何无疆不太想去开会,他的患者历来太多,几天的会议开下来,纯属浪费时间。他对主办方代表提出,报个到,露个面,走人。主办方是家响当当的药企,只做良心药品,只造真心器械,昧心昧德的产品都不知道该怎么生产,对医疗改革比行业官员还上心,对医院医生比亲朋好友还贴心。代表当即亮出三个名字,书名,都是何无疆的专业长项,关于肝的,关于胆的,关于胃肠脾脏胰腺的,何主任你挑,你挑哪个就出哪个,放心,专家手笔专业操作。何无疆说我副高论文是肝脏,这回就胆囊吧。什么时候见书?代表淡定地说,会上发书。何无疆问道,多大规模多少人?代表自豪,全国近百家医院,近千名名医,还有海外以及港澳台地区业界专家。何无疆说人家又不用发论文出图书,你们怎么把人忽悠来的?代表说不用忽悠,上杆子来的,他们是冲着你们来的。何无疆说明白了,为医学而来。

代表说正是,我们为这个会议准备了足足大半年,这是医学盛会,这个盛会必将推动医学医药的进一步发展。何无疆说当然,近千本书,全是贴身定做,人手一册,绝无重样。下这么大血本,必然又有新药品隆重问世,而且主打药品必然与恶性肿瘤有关,只有精神科药品以及抗肿瘤药品，才值得药企如此投入。你们真是良心企业，说是新药就是新药，不像那些良心含量不足的企业，老是给旧药穿新衣，给中成药兑西药，用化学手法冒充天然提炼，这类创新都说不完。糊弄老百姓容易，糊弄我们可不行。行家不能糊弄行家，这是行业底线。这会我去，我得去看看自己的作品，多少字？代表说足够厚足够大足够专业足够精湛。何无疆长叹，叹完了，又叹，代表不解，何无疆说不关你们的事，也不关良心的事，我叹医学。代表笑眯眯地，何主任你又不是外星人，百业如此，叹不如干。咱们中国医生每月看病量超过西方医生全年总量，可人家每月收入顶咱们全年，咱还得防着被砍被杀被查被告，啥毛病不犯总行了吧？不行，你还必须写论文出专著评职称，评不上你就狗屁不是，可真要天天写书，那还能治病救人吗？超人也兼顾不了呀。我们老板说了，就让医生好好治病吧，这等杂事我们企业包了。何无疆说百业相连，行行如此，使劲干活使劲叹气，不然都会憋出毛病。听说现在只有编故事的才提倡原创？代表说他们更易剽窃，古今中外可以穿越着剽，可很多人偏偏要剽活人的，搞得整天打官司。底线和沦陷可不是同样的概念。其他行业到底还要讲究个观点以及出处，学术嘛，不严谨站不住。何无疆说前两年我们医院那谁，评正高的专著让人查出来有问题，成片儿粘贴。代表说低级错误，就咱们企业这种水平，那是想犯都犯不成。现今人的智商和情商都不是用成功来验证的，而是用错误。成功人士太多，没人稀罕了，人人都崇拜会犯错的人，犯错前犯错后的行情，比整容前后还要看涨哦。

何无疆唯有到会。会议为期三天，前两天都是专题学术报告，诸多专家闪亮登场，国外以及港澳台地区专家比较守时，严格遵守每人十五分钟的规则，从无逾越。国内专家太投入，几乎个个超时，主办方怎么提示，专家都不肯下台，而且越讲越激昂，动不动就过了饭点，搞得台上哇哇讲医学，台下咕咕肚子叫。何无疆坚定地对代表说，我的十五分钟取消，你们把我排在将近中午十二点，我可不想挨骂。代表说别呀，来都来了，也就是个过场，何主任帮忙圆个场啊。何无疆说过场，那几个人怎么过了那么久还不肯下去？这个会议说穿了就是推广你们的新型药品嘛，从医学角度论证一下就行了，台下也没人听，都在玩手机，他们怎么还没完没了，不肯离台。代表幽怨，何主任你不知道有一种新型心理疾病，就叫作下不来吗？听说国际心理医学界还没有正式命名呢，因为这种患者主要以咱们同胞居多，老外实在有点弄不懂，所以定不了名字。该病患者不能看见台子，看见了就必须上去，上去了就不能下来，死也要上去，死也不下来。咱们医学界常年经手生死，淡泊得多，都知道再大的台子也大不过骨灰盒去，所以超时最多也就是个时间翻倍。你不知道有的行业有的精英，他们上了台都恨不得把舌头磨秃，打都打不下来。何无疆说西医学以及心理医学，我们国家从业者最多，患者数量横扫全球，可我们从没有命名权，就连细菌和病毒都是洋名，药品更是如此，药品在医学上只有化学名。你们起再多的良心名也没用，医学处方只用化学名。代表说没辙，老百姓只认广告只认良心名，不会吆喝卖不了药。你不知道我们每年的广告费，说出来吓死人。国外药企的巨额资金是用于新型药品的研发，我们呢，我们的资金投入就是个跑批号和打广告。我们不用研发，我们跟风就行了，跟在人家后头等着买断和引进人家的新药，这回的几种新药就是我们跟风跟得好跟得快，抢先引进和买断了。何无疆说可是你们重金买来个剽窃哦，你不会不知道另外还有几家药企也在生产超近似配方药品吧？我们知道你们才是正版，老百姓可不知道，他们是什么便宜就买什么。代表说我们老板说了，这就是良心，我们企业死守这种良心，绝不盗版和剽窃。何无疆说支持，比同类药品贵一些是你们企业付给国外的知识产权费用，正版就应该贵。代表说感谢，幸亏还有你们懂得我们。我们老板压轴演讲时会向你们行大礼的，三鞠躬，他公文包里装了好几种盗版药，听说有两个盗版比我们上市得还快，抢市场嘛。何无疆说，看来老板压力很大，上次的会议他是上台唱歌，唱你们的厂歌，那首良心歌，唱没两句泣不成声，这回改成鞠躬了，最好别鞠三个，不然我们台下的好像都是遗体。另外我很想知道，为什么别人都是单独住，可是我房间还有个王惊雷？你们给我的好像是盗版待遇吧？

代表急了，何主任你是正版，绝对的正版。你别以为我们是商人，只会卖药不懂医学，你可能不知道我跟你还是校友呢，我也是正版大学念了八年呢，可是我比你年轻，学历到我那时候已经不值钱了，我当得了医生搞不来编制，只能聘用，随便什么患者告个小状我就得失业，这才去干的药企。何无疆说肃然起敬，很多药企代表与你同样。代表说学医出身的即便卖药，心里对药品本身也不敢怠慢，我选择这家企业，就是因为这个老板从来不做盗版。我们和医生的关系，看起来是我们求你们，事实上我们内心也对医生有选择的。何主任，我真心敬佩的医生很少，全丹青也没几个，但我佩服你，所以我爸我舅我二姨妈我三叔我都交给你了，都是你给他们做的手术。我认识的医生多了，可是我亲人有病，我只求你，对吧？何无疆说谢谢信任，可是这和王惊雷有什么关系？代表说我们也经常琢磨你们呀，我们知道来开会的医生没事时要么四处联系同行，要么就是捧着自己的著作连夜拜读，怎么也读不够。我说何主任可能没事干，是不是这样？何无疆说是，我没事干，我那本书太高级，我看不下去，也懒得夜里串房间聊天。代表兴高采烈，这就对了呀，西北片区的代表是我同班同学呀，他说王惊雷和你差不多，都是很纯粹的医生，夜里大概都会很闷，我们俩就把你们俩给放到同一个房间了。想着你们一定会很聊得来，真的，我同学也是把他全家都交给王惊雷看病的，你们给人看病都是物美价廉医术正版。怎么样？你们相处得很愉快吧？何无疆说太愉快啦，我告诉你，我虽然从不挑剔，可也不能再承受这种愉快，你必须给我换房，立刻。

何无疆是个很容易说话的人，很少有人能够见到他发脾气，每逢有同学同事向他讨教如何保持淡定，他总是说已经忘记怎么发火了。可是这个王惊雷，硬是让何无疆记起了正常人类发脾气的所有程序。头个夜晚，何无疆刚刚躺下，王惊雷无声无息地拧开门锁进屋了，何无疆看他差不多快退休的年龄了，比自己老了十几岁不止，还得为着个专著东奔西走，想来是太有个性，不然怎么也不至于现在还没评上个正高职称。何无疆起身，简略进行了自我介绍，还给王惊雷倒了杯水。王惊雷开口，何医生，你啥职务？何无疆说我在普外科。王惊雷说你就是个医生？何无疆说是。王惊雷说那我得去问问，咱俩可不应该睡同样的房间，级别等于待遇对不对？我是主任，大西北最大的医院最有名的心外科主任，正科级领导，相当于乡长镇长。何无疆吸吸鼻子，空气中并无酒味，他说王老师挺幽默的。王惊雷问，那就不说级别说技术，你有代号吗？何无疆摇头，王惊雷说我有，我的代号是心脏之王，心脏手术没人超得过我。我平时擦鞋都用锦旗，太多，当擦鞋布来用。何无疆说失敬，我先睡了。王惊雷放下几本书，刚从会务组领来的专著，他说你看，这是我的书，全是我自己写的，何医生你会写书吗？何无疆说有职称的人都会写书，有高级职称的人都是著作等身。王惊雷狐疑地，都会写书？那书不就成垃圾了？怎么可能？何无疆上床，不再理会王惊雷。王惊雷不洗不漱，三下五除二剥光自己，钻进了被窝，何无疆虽然由于职业关系，对各色裸体见多识广，可是这般裸睡的医生，他也是头次开眼。何无疆下床关灯关窗，王惊雷掀开被子，你不要关窗户，我要吹风睡。何无疆说这是一楼，临着走廊。何无疆的意思是窗口横着个大裸体，让人看见了不太好，可是王惊雷无所谓，他说我睡觉从来就没穿过衣服，男人睡觉穿衣服，那可真够娘儿们的。何无疆看看自己身上的睡衣，笑说那可出事了，咱们这房间安排成男女混居了。深夜，王惊雷抱着肚子呻吟，何无疆假装听不见，都是医生，处理这点小事那是松松的，可王惊雷很快发展为惨叫，何无疆觉得这种叫法极不专业，比很多文盲患者还要本能和夸张。医生这职业干久了，对叫声和哭声都有独特的心得体会，语言可以骗人，叫声不会，哭声更不会。

何无疆只得开口，王老师是否急腹症？我看你半夜看书还在吃东西。何无疆没敢说吃点心，会议是自助餐，他搞不懂王惊雷是怎么把那些糕点给打包的。王惊雷说不是病，这是中邪，邪风邪雨邪地儿，我中邪了。我跟你说何医生，我这人不能不吃面，他们会上只有大米，都没有面，我半天不吃面就会中邪。何无疆说点心也是面吧。王老师你是否需要去医院？咱们会上只有医生，可是没有设备。王惊雷说你快掐我人中，还有虎口，我中邪都得这么治。何无疆多少有些震撼，他还从没听见过任何同行敢于这么自我诊断以及治疗的。何无疆还没来得及下手，王惊雷自掐人中，掐得人中出血，居然很快好了。何无疆说这个疗法很独特。王惊雷说治标不治本，邪气还没散光，你快把那桶方便面给我泡了，我要吃面。王惊雷吃完泡面容光焕发，他说麦子可以驱邪，大米不行，邪气都是从水里头来的。次日整个白天，何无疆早中晚都在饭桌上看见王惊雷高谈阔论，满桌同行都听得极为入神，王惊雷说什么是病？太简单，一半是饿出来的病，一半是撑出来的病，不撑也不饿的就是心病，我就是专门治心病的，我每天都得给人开刀割心，我病人多得不像话，有时候半夜还得下刀子。何无疆过去接过话头，和同行谈起本次会议的新型药品，王惊雷插不上话，掏出把手术刀把玩，玩得嗖嗖的，可惜满桌都是耍刀的，没人关注他的刀。吃过晚饭回了房间，王惊雷给自己的专著称重量，用秤称，小小的弹簧秤。王惊雷得意，何医生，我的书特别沉。何无疆说你是名医。王惊雷说我最不想当名医，可人人都说我是名医，好烦。何无疆收拾东西，他说我换了个房间。王惊雷吃惊，你不跟我住了？何无疆说两个晚上，咱们俩都没睡成觉，最后一夜咱就分开睡吧，不然明天都撑不住。王惊雷很麻利地抢过何无疆的旅行袋，飞快地帮他打了包，把洗手间所有的洗漱用品都塞到了他的包里，还有房间的擦鞋布和针线包，王惊雷命令何无疆，你都带走，不要白不要，你又没有锦旗擦皮鞋，针线包让你婆娘补衣服用。何无疆说我婆娘不会做针线，这东西还是你留着吧。王惊雷说欠揍，女人如面团，不揉不成形。何无疆提着行李如释重负，王老师再见。

　　这个会议是在名闻天下的园林城市举办的，与会代表住的都是园林宾馆。由于人数太多，会议方安排了三处宾馆，才总算把千余口人全给消化掉。何无疆被转移到位于郊外的园林度假村，是他自己坚决要求的。他对代表说不行，我不能再住在这家宾馆。我真搞不明白，那个西北神医王惊雷，他怎么好像练成了分身大法，我走哪儿都会碰到他。代表很幽默，何主任，那是因为你太有人格魅力。王惊雷见人就打听你，就这么大个会场，要是存心找你，总是找得到的。何无疆说那就给我换个宾馆吧。缘分这东西不能强求。代表吞吞吐吐，何主任，关于这个王惊雷，我跟我西北片区的同学聊过好几次了。你看他老有病的，他又那么崇拜你，你就跟他将就将就吧。何无疆严肃地，他才没有崇拜我，他是非要逼着我崇拜他。我崇拜不起来，他就想尽办法搞表演。大半夜的躺床上，他手里捏着好几把手术刀，朝着墙壁练飞刀。你见过这样的外科医生吗？代表说真没见过。何无疆说你别跟我演戏，我就知道手术刀是你们提供给他的。从西北飞到这里，他有天大的本事也不可能带刀登机。再说就他那个拿刀的手法，嘿嘿嘿，越看越像是个拿菜刀出身的。代表压低声音，何主任，这事可不能声张，不然我跟我同学可就兜不住了。我们老板可是什么都不知道，他认定了所有参会代表都是正牌名医啊。何无疆说放心，我跟谁也不会说。不过这个冒牌货太喜欢出风头，他昨天夜里跟我发誓，他要让所有医生都知道，心脏之王可不是吹出来的。你们可要把他给招呼住了，可别让他暴露了。

　　搬进了新的酒店，新的房间，终于彻底摆脱了王惊雷，何无疆心情愉悦，从容地洗了个澡。昨晚就没洗成澡，王惊雷说天天洗澡坏良心，太浪费水和电。何无疆说出汗太多。王惊雷说出汗就相当于洗澡了。何无疆只得放弃洗澡权，他已经不敢跟王惊雷进行任何争辩，王惊雷动不动就捂着心口嗷嗷叫，喘气异常剧烈，何无疆确定他是真有病，病是真的，其他都是假的。洗过了澡，何无疆无事可做，独自下楼偷欢去了。多年来，何无疆生活中所有的声色犬马，也不过就是家里那台电视机。每天吃过晚饭，往客厅沙发里一窝，打开电视指点江山，食色性俱全。总是这么有声有色的，搁谁都会腻味，何无疆就学会了偷欢，独自去偷欢。妻儿都很支持他的偷欢行为，要是长时间不偷，他们还要逼着他去偷。何无疆的所谓偷欢，说白了就是散步，自己散步，谁也不带。上班总要面对患者和疾病，下班总是老婆孩子，简直要把生物钟都给憋坏。自打学会了深夜散步，何无疆那个享受啊，比恋爱初期学会了接吻还要乐在其中。

　　江南的月色柔若无骨，却又那么清亮，水波般荡漾，眼前的亭台楼阁如同置身于鹅毛大雪之中，分不清是水，是月，还是雪。夏夜的园林，树影婆娑，花香缠人，何无疆走回廊，穿小径，分花拂柳，柳绵满襟。冷不丁的，就在那花团锦簇的暗影间，他又看到了一个熟悉的身影，正是王惊雷。王惊雷惊喜万分，何医生，我可把你给找到了。何无疆没法不愤怒，他说我不明白，你总找我干什么？王惊雷居然说，那什么，落花时节又逢君啊。何无疆只得笑问，你这是跟谁学的呀？王惊雷说咱可都是读书人，你连这都不懂？何无疆说不懂，这是谁的话？王惊雷说古代人的话。就这，别浪费时间了，我困了，咱俩回屋睡觉吧。何无疆后退，王惊雷低声下气，何医生，我已经把行李搁你房间了。你就陪我再睡一晚上吧。何无疆仰天长叹，叹完了才说，行啊，既然两个代表合伙帮你作弊，那就必然有他们的道理。是不是怕你半夜犯病没人管？王惊雷说等咱俩都躺床上，我跟你好好聊聊。就这两天，我已经相信你了。何无疆说谢谢信任，你要真犯病，我负责抢救。可是我也困了，聊聊就免了，进屋就晚安吧。王惊雷说不，非聊不可。我就想跟你聊，我得让你记住王惊雷。

二

　　回到丹青，何无疆发现书拿错了。每人总共几本书，何无疆只带回了两本自己的书，另几本都是王惊雷的书。仔细回忆打包行李的过程，何无疆认定这都是王惊雷干的好事。何无疆赶紧联系代表，想再要几本书，代表说坏事，为了稳妥起见，我们把著作都已全数送给作者本人了，我们企业半本不留。何无疆说理解，成本和安全都要控制好。那你赶紧跟王惊雷联系，把书换过来，不然我们俩都麻烦。代表说原先是我同学管西北片区，可他由于业绩出色，被调到东北区开拓市场了，日夜转战于白山黑水间。何无疆说这才几天，你让他打个电话，把这事给我处理了。代表有点为难，行有行规，我们行业讲究雁过不留毛，人走不问事，回头说事犯忌讳。何无疆呵斥代表，你少给我讲行规。你们为了把那个王惊雷塞我房间，连唐诗都教给他了，不择手段。代表道歉，何主任，当时他侦察到你正在月下赏花，跟我同学讨教，怎么才能跟你快速搞出共鸣感，我同学现场传授的。这样吧，我把正牌王惊雷的电话给你，你直接跟他联系。何无疆当即拨打电话，给王惊雷。王惊雷接了,何无疆说声音不太像,王老师你还记得我不?王惊雷坚定地,记得,何主任要不是你半夜抢救我,我就没今天了,正式说声感谢。何无疆心里有数,又往下说了几句,王惊雷滴水不漏。两人说妥了相互寄书,何无疆问道,王老师今天吃面没有?王惊雷说面?我好几天没吃面了,怎么啦?何无疆说,没有中邪吧?王惊雷不接话。何无疆说我也不想多事,可王老师派去的替身真的太奇葩,反而引人注意。我知道西北区那个代表把你的替身塞到我房间,是觉得我好说话,不至于让这个事漏了兜,因为老板规定书对人,人对书,要求我们都必须到会,可你大概真来不了,就只能派个替身来领书。王老师,你这替身不行,都不像拿钱办事的,他对你太尽忠,吹得不成样子,还总是挑灯夜读,到处找同行切磋专业,总之破绽百出。再有会议,谨慎建议换人。王惊雷说明人不说暗话,评完正高职称,不用再应付这类会议。要再次谢谢你,谢谢你在会议上对他的所有关照。包裹里头的东西是我替身送给你的,他已死亡,就在半天前,死前还说到了你,所以务请收下。何无疆失声,他死了?王惊雷说是,死前极为遗憾,最后一个晚上,什么都没来得及告诉你。何无疆说还没走进房间,他就犯病了。经过常规抢救,我认为必须就近送入医院,可他就是不去。没办法,我让代表给弄来了药品和针剂,就在房间挂的吊瓶,直至早晨他才可以说话,而我要赶飞机。是他帮我整的行李,我觉得换书是他故意的。王惊雷说是的,他希望你我可以就此展开互动。何无疆问道,互动的目的呢?王惊雷说成为朋友。不好意思，让你见笑了。何无疆说我笑不出来，他对你太过于用心良苦。我从没见过这样的亲戚朋友。王惊雷说何医生，他不是我的亲友，他是我的患者。

何无疆收到的包裹，除了几本书，还有半包面，不是面粉，而是几颗核桃大小的面疙瘩，捏在手里极沉，如铁似钢的。上头有张纸条，一看就是王惊雷手笔，飞扬跋扈的医生体。何医生，这面是本土特产，名字叫作钢蛋儿，是用铁锤反复捶打大面团，千锤百炼，使之缩成钢蛋儿大小，便携顶饥，目前正在申报非物质文化遗产。钢蛋儿不腐不坏，是偏远山区家常饭，也是背井离乡者必备干粮。我替身与我同名，也叫王惊雷。这袋钢蛋儿是王惊雷亲手为你夯制。王惊雷是先天性心脏病。他毕生心愿是挨我一刀，然而至死不得。两个王惊雷都很感谢你。纸条的落款，仍是王惊雷。何无疆看完，想了几分钟，给王惊雷发了条短信。他说王惊雷对你太过于维护，从没见过这般患者，还是个候补的。每当后悔入错行，我会想想王惊雷。钢蛋儿确如其名，当年的离乡人不仅用它充饥，还可用它防身，硬度不逊兵器。能把面做成兵器的人，叫人难忘。

这条信息过后，何无疆再不曾与王惊雷有过任何联系。然而那几颗钢蛋儿，堂而皇之地登上了他的办公桌，何无疆有时捏两颗搓手，外科医生都高度爱惜自己的手，他觉得钢蛋儿比所有的健身球都好使。钢蛋儿很抓人眼球，总有人问，总有人看，何无疆耐心解释，不是铁块，这是面，每颗能泡一大盆，特别解饿啊。

有人跟他要，也有人提出泡开尝尝什么味道，何无疆说恕难从命，钢蛋儿简直就是我的座右铭，每天捏捏它，我也许有信心把白衣穿到退休。何无疆从不轻易对人承诺，有诺必践的人都这样，他说不忘就是不忘，有要好的同事问他为何独坐傻笑，是不是想起了某次艳遇，何无疆说才不是，那是个男人，大半夜哗哗翻书，不时自言自语，说这里要改改，那里印错了，拿支笔在书上写备注，可他是个不识字的文盲，故意装给我看的，见过这样的粉丝吗？同事说不稀奇，粉丝都这样追星。何无疆说不，他困得眼睛都睁不开，偷偷掐自己大腿，挑灯夜读至天明，左手拿笔右手拿刀，吃饭也不肯放下，他就是要让王医生压倒何医生，要让王医生压倒会上所有医生，可他却连王医生的刀法，都没有领教过。追星这么个追法都近乎信仰了，我佩服咱们这个同行。同事说你粉丝也不少，我还佩服你呢。何无疆说我从医二十余年，经手患者无数，能把足球场给填满，我就像场上踢球的，每逢进球场上必有喝彩，然而散场之后，无人为我流连。同事说已经很不简单，我们都羡慕你，而今医院如欢场，医患关系就是欢场露水，你交钱我服务，下了病床各自两忘，你见过欢场有情种吗？何无疆说有，王惊雷就是欢场情种。同事说此人如来丹青，务必让我们也瞻仰一下。

何无疆从不认为会再见王惊雷，丹青与西北山长水远，王惊雷又说过此后不再开会，何无疆也决定正高职称评定后，就戒了所有不伦不类的会议。省事省心省力气，医术是要用心的，站手术台是要用体力的，省省才够用，不省总透支。可是王惊雷来了，连个招呼都没打，就冷不丁出现了，出现在何无疆的办公室。何无疆的办公室并不是诊室，可这里从没断过人，总有患者候着，少了三两个，多了半屋子，何无疆挨着个处理，到最后一个了，他连头也没抬，惯性询问，哪里不好？没人回答。何无疆这才抬头，是个中年男人，很普通的中年男人。长相普通，气质普通，穿着普通，表情也普通，就连脸上的风霜也很普通，唯有眼神不普通，这眼神太直接了，不折不弯，直勾勾地对着他，目光中都是隐忍的渴盼，何无疆对这种眼神习以为常，很多绝症患者都这样盯着医生，想从医生脸上盯出个柳暗花明的医学奇迹。何无疆说，你把所有片子和检查结果先给我，我看看再说。

何无疆手上就多了张纸，报纸，医疗行业的大报。这张报纸他见过，医院很多人都见过，报纸的某个版面，整版都被医院买断，登的是医院的招聘广告，招聘心外科主任的广告。何无疆打量对方，他说你来应聘的？咱们认识吗？何无疆的记忆库中没有眼前这张脸，可这并不能代表对方也不认识他。经手的人太多，常常是被记得，却无法记住对方的。何无疆不是院长，也不管医院人事工作，可人间规则谁也绕不过去，无论办什么事，先找熟人就是规则。何无疆上午给妇科主任领去个做人流的，下午给口腔科送去个拔牙的，两个患者本人他都不认识，都是熟人相托的，根据熟的程度，拔牙的他用电话处理，人流的他得亲自领去。与此同时，何无疆接收了放射科主任亲自送来的一个女性患者，以及 ICU 重症监护室同事电话介绍来的男性患者，女患者要做胆囊全切，本来要排队住院排队手术，排个七八天稀松平常，何无疆当即就把手术排在了次日，当然是插队，放射科主任经常给他的患者紧急插队出片子，相互插队合情合理。男患者也需排队，何无疆让他次日住院，下周手术。刚安排完，ICU同事亲自来了，说是老家亲戚，虽然拐了几个弯，亲戚也还是不能当作普通熟人对待的，于是立即住院，没床位好办，先住走廊，次日有人出院，再进病房，手术提前到本周五。

类似事务以及流程，中国人都很精通，外国人来得久了，也都很明白。何无疆刚收了个金发碧眼的患者，居然也是熟人介绍的。患者弓腰抱腹哇哇惨叫，何无疆让助手小刘立即安排手术，患者大叫，何主任你做，我也有熟人，我不要刘医生做，我要你亲手割我。何无疆说急性阑尾炎你也找熟人？到哪个医院都是立即手术，不然会出人命。患者的蓝眼睛江河泛滥，哗哗地流泪，他说我都来三年了，我在重要行业都有熟人，不然我在丹青怎么发展？何无疆说别哭别哭，我给你做。患者痛哭，听说熟人要是不铁，麻醉过后会换主刀。何无疆说你的熟人特别铁，你要相信我们。患者被推进手术室还在叫，别欺负我是外国人，你要亲手给我开膛破肚，我熟人说他每年都帮你消电子眼违章啊。何无疆气得够呛，他说我常年处理车祸患者，开车比任何人都小心。患者大叫，我熟人孩子跟我学英文，他不敢骗我，他说你去年好几个电子眼。何无疆对助手小刘说，麻药伺候，别让他再瞎嚷嚷了。百多年过去了，还摆八国联军的阵势，切个区区阑尾还点医生。也罢，不跟这种半吊子洋鬼子计较，我还是进进手术室。助手说手术太小，哪里用得着你上，咱同胞割个脚鸡眼都要找名医名刀，你说外国人怎么也沾上这毛病了？何老师，你这样的医生是累死，我们没名气的是闲死。都不让我们动手，等你们老了拿不住刀了怎么办？何无疆说管不了大范畴，只管自家三分地，还是老规矩，小手术你做，大点的我站旁边看你做，我这张手术台不能青黄不接。不过在任何情况下，我们都需照顾患者的心理感受，不管他是谁。患者不懂医，不懂手术在医学上是分级别的，分门别类有大有小。他们都是一辈子就上一回手术台，再小的手术也是他们的滔天大事。这样，麻醉前后我都在，让他闭眼前和睁眼后都看见我，让他心里踏实。

何无疆极其无奈，进出手术室都要换衣，很麻烦，但他换了两次，蓝眼珠悠悠醒来后，气若游丝地对何无疆说，我的上帝，你没骗我。何无疆说你才是上帝，躺在手术台上的都是我的上帝。蓝眼珠说接下来，你要好好控制我的药费，别宰我别忽悠我，我熟人到了吧？何无疆说上帝请闭嘴，你需要休息。

应付完手术室以及办公室所有的上帝，何无疆心里长出了半口气，剩下半口气没出透，留给眼前这最后一个了。眼前这个应聘的，不用说，熟人介绍来问情况的。何无疆没太当事，熟人都没露面，也没有任何电话交代，几句话就能打发了。何无疆淡淡地问了句，谁介绍你来找我的？

何医生你好，我是王惊雷。这人说话了，说着就站了起来，又说，咱们寄过书，就在半年前，何医生你记得不？何无疆立即起身，伸手，幸会，王惊雷王医生，我相信你是真正的王惊雷。王惊雷说正是，这辈子就造了那么一回假。何无疆笑道，也不算造假，你们俩都叫王惊雷。他为了证实身份，硬是逼我看了他的身份证。上头的地址是西北某县某村某号。他说之所以如此，是做人不能忘本，再出名也不能改了出生地。王惊雷赶紧摸兜，迅速掏出身份证递给何无疆，他说何医生你看，我真是王惊雷，不过我的地址跟他不同。上大学就得迁户口，我没法不忘本。何无疆说上大学不就是为了忘本吗？要是不能迁户口，咱又何必寒窗苦读？王惊雷说就是，我当年就是以此为动力的。把户口迁进城市，再娶个城里媳妇，我就这么点志向。何无疆说英雄所见略同，我志向还没你远大，我当年想着毕业了能分回县里，再娶个县里媳妇就足够光宗耀祖了。王惊雷笑说，没办法，咱们那代人的文凭可真够值钱的。何无疆自豪，可不是，我就在这里成家立业了。领着媳妇回老家，那可真够显摆的，村里人都说省会城市就相当于本省首都，都夸我能干。王惊雷说我也是，户口和媳妇都成功超出预期。两人始终都是站着说话的，何无疆拍拍脑门，王医生你看，咱们好歹也是两个成功人士了，咱们坐下说？两人落座，静默片刻，王惊雷再度开口，何医生，假王惊雷给你添了太多麻烦，如今真王惊雷又来麻烦你了。何无疆说不是麻烦，是我的荣幸。当时只嫌他烦人，过后深思，对你由衷敬佩。我就没有这样的患者。王惊雷说哪里哪里，我也就这一个。

三

何无疆看着王惊雷，缓缓起身，指着桌上的几颗钢蛋儿，他说，对咱们这个职业而言，这样的患者，一个已经足够。因为这一个的背后，必然还有无数个。这世上哪有什么偶然和绝对，所有的偶然都来自于必然，所有的绝对都产生于相对。你有这样的患者，那是你对所有的患者都真心相对。我每天都要看看这几颗钢蛋儿，我希望自己可以向你看齐。哎呀，你别也站着呀，你请坐。王惊雷坐下，何无疆才跟着坐下，他说极为意外，对于你的到来。王惊雷说同感。早晨看到这张报纸，就去了机场，直奔你而来，来问问情况，明早回去。何无疆说不是患者，是同行，对吧？医患官司以及纠纷最多让人换个医院，都还不至于背井离乡。能让人了断千万里的，只能是同行和同事，曾经越亲近，会让你走得越遥远。王惊雷点头，正是，同行同事同学好友。何无疆吸气，四体合一？王惊雷说不止，六合一，外带着同乡，以及上下楼邻居。此刻他正坐在我的位置上，刚坐上去的。我这才知道，这些年他竟然是这么惦记。何无疆笑道，那是当然，西北某大医院心外科主任，不得了，级别相当于乡长镇长。王惊雷也笑，好大个官，让人费尽心思给抢走了。我都替他觉得赔，我们几十年的交情了。想不通，我王惊雷在他眼里，怎么就那么不值钱。何无疆说我有类似经验，王医生请你相信，你有多难受，你就有多值钱。多少是非恩怨，无非是个卖不卖。人家心里早给你划了价，你当他无价，他当你有价。人间交情从不在于你值多少，只在于你有价还是无价。划价只为出售，贵贱都是商品嘛。王惊雷说既然有价，迟早要卖，那还是早卖好过晚卖。何无疆说越早越好，不然过几年老了再被卖，弄不好气成个脑溢血，那才是赔得血本无归。王惊雷说听君一席话，心里通气了。我并不缺地方，换个医院很容易。但是刚好看到你们的广告，就想着越远越好，并且实不相瞒，立刻想到了有你在这里。虽说没联系过，可我始终都记得你，觉得你也会记得我，要几句实话总该要得到的。按说应该先打个电话，可几句话也说不清楚，这个年龄都是拖老带小的，这辈子也就折腾这次了，得拿准了才敢动。何无疆说王医生，我很负责任地告诉你，我院广告属实，你可以相信。王惊雷久久无语。

何无疆说我此刻无论怎么说，你都无法不怀疑。刚经历过重大背叛打击的人都这个心理，无法相信任何人与事。王惊雷说何医生，是你吃过的亏大，还是我吃的亏大？何无疆道，吃亏没有大不大，只有过没过，过不去的亏最大，过去了就不算什么了。我刚吃亏的时候也这样，现在亏过去了，我觉得跟很多被杀被打的同行相比，我那只算是小亏，你这也不算大亏。王惊雷沉默片刻，何医生说得对，我这不算什么。另外你别叫我王医生了，你就叫我老王吧，叫名字也成。我从来都不让患者叫我主任，不让学生叫我老师，我让他们都叫我老王或者王医生。我就防着今天呢，免得叫惯了改口，显得人家没人情。何无疆说我多年来也是这样要求的，可我的患者和学生都不听我的，请问你是如何做到的？王惊雷说不瞒你说，我从来就没做到过。何无疆说那么老王医生，就让我们彼此成全，如何？王惊雷说好，何医生，你们医院我到底能不能来？到底该不该来？何无疆说天下都一样，天下医院都一样，但是天下医生不一样。你在西北的医院会遇到什么人和事，你来丹青我们医院，那是半点也免不掉的。王惊雷说知道了，你的意思是让我别来。何无疆说不，我觉得你应该来。很应该来。所谓换地区换单位，我的理解就是人生如戏换个背景，反正该演什么总得往下演，该受什么总得往下受。我们无权换戏份换配角，甚至改写半句台词，但是逼急了，我们可以换个背景，好歹也图个新鲜呗。王惊雷说换。就这么定了。君子交平生，小人要常换，常换常新鲜。何无疆说丹青四季怡人，没有大西北的红毛风白毛风，据说能把小汽车卷走。饮食丰富多彩，临海城市海鲜齐全，还不缺牛羊肉。走吧，都饿了，落地饭要吃讲究点。王惊雷反问，这就落地了？何无疆说你这张机票超值，就此落定。王惊雷如同自语，这辈子从没来过丹青。何无疆说就你和我，在哪里不都是站台为生？直至眼花手抖，再也拿不牢手术刀。王惊雷说是否竞争激烈？何无疆说我院心外科主任被私立医院老板重金拐跑，带走四个医生,心外科已经瘫痪。预计应聘者众,真能顶起心外科者,无。丹青医疗界我很清楚,能拿住这把刀的几个人都干得好好的,谁也不会轻易换地方,所以我们的广告才面对全国,说白了就是丹青无人。王惊雷说你是否从毕业起就在这个医院?何无疆说好几次想走,可我没你运气好,想走的时候总是遇不着广告,并且也没有卧底提供准确情报。我看你大概也从没离开过目前的医院吧。王惊雷点头,但凡能忍,我不会挪窝。何无疆瞄了眼桌上的台历,脱口而出,你可真会选日子,今天正好清明节。王惊雷说是个好日子,死人迁坟,活人换地儿。

烧纸的味道扑面而来,十字路口有很多的圈圈,圈圈画在地上,圈圈外头围着人,圈圈里头都是钱,燃烧的钱,烧不完的亿圆大钞。清明都要汇款,据说这个圈圈就是邮路,能把钱送到阴间的指定地点,丹青人都这么烧纸。何无疆对王惊雷介绍说,这是本地风俗,离家三里是异乡,西北是不是也这样,都是成亿成亿地烧。王惊雷呼出满嘴的酒气,他说西北也很爽快,冥币上重复印字,俩字儿,亿亿,亿亿圆。每张都是亿亿圆。何无疆说大手笔,丹青好像还没重复,都是百亿千亿,看来你们那里物价涨得快。王惊雷说活着的难见富人,死了的都是阔鬼。活人常常没钱治病,死后立刻存款暴增。要说世间没鬼蜮,人人清明都烧钱。要说有神又有鬼,是人都知道,好死不如赖活着。我看那啥乌托邦,还没咱们清明节编得圆。所以我从没烧过纸,没扫过墓,没拜过神,没上过香。何无疆说我服,学医的都不信鬼神,可我什么都干过。

心里明明不信，还得披麻戴孝，于是号啕痛哭特别痛快，哭自己。我好几个同学清明节都得回老家烧纸，不然会被指责不孝，他们说烧钱的时候看到那巨大面额，老是想笑，还得憋着。王惊雷说幸亏都是假的，要是钱是真的，谁会舍得烧？何无疆说那个王惊雷对你，倒是真的。

王惊雷说他这辈子都在攒钱，为他的先天性心脏病攒钱。我这辈子都在等他，等他钱攒够了，能躺到我的刀下。他的生命从三十岁往后，每天都是赚的。他说无数次死里逃生，死了一大半又活过来了，就是因为跟我说定了，要让我给他做手术。何无疆说无妻无子无钱无家，按他的身体条件应是如此。可我知道他会成家，因为他们永不矫情，对人对己都活得泼悍。王惊雷说他没拿自己当病人，当不起，什么活都干，攒钱攒够了，轮不到自己，他弟弟和他女儿，都是我给做的手术，他们是家族式先天性心脏病，可他们每个人都积极生育，死了不少，也活了不少，他们用数字战胜命运和死亡。他这个年龄，就是有钱也毫无手术价值了，可他总来医院找我。我知道他的心思，我就让他在我科室干活，当护工，我跟患者介绍的护工，人家不会拒绝。我办公室比星级酒店还干净，他天天打扫。他的心愿有三个，做手术，飞机双飞去开会，顿顿都吃豪华餐。何医生，所以我让他替我去开会了。我跟西北区域代表说，不要让他单独住，免得半夜发病没人管，找个好医生跟他住。代表说王主任放心，我安排个跟你同样的医生，陪他睡。何无疆说他可没当自己是假的，他把自己真当成你了。

当时我就想，平生所见最无耻，谁？西北神医王惊雷。特别提示，他说何医生你别自卑，没级别没代号不用怕，好好磨刀都会有的，不用叫我主任和老师，我讨厌居高临下，这样，你就叫我王神医吧。王惊雷满不在乎，我知道会是这样。我没交代他应该怎么开会，我知道他的心脏情况，死亡是随时随地会发生的。这个会议好得很，把他心愿都给圆了。临死他还笑呢，他说死的感觉就像坐飞机。

　　很快就到了酒店门口，何无疆伸手，王神医晚安，明早九点恭候。王惊雷问，你预计我们会就此共事？何无疆说假使此刻，我跟院长告密此事，他会半夜跑来跟你表演程门立雪。真心话，这样的领导并不好碰，他是真爱才，他的名言是，刀软溜须也没用，刀硬我来溜须你。谁不喜欢被领导溜须？所以你别小看我们医院，还真是人才济济。王惊雷望向何无疆身后的朗朗长夜，他说这里的面食，面硬料重味儿浓。何无疆说面食天天都有。这个季节，丹青最吸引人的是海棠，有些外地人专程跑来看海棠，弄得跟菏泽牡丹差不多了。择日不如撞日，明天办完事，我领你去看看我们太平间，谁能想到呢，丹青最佳赏花地点，不在公园在医院。王惊雷说太平间的海棠？那就别九点了，干脆八点见面吧。先看海棠后办事。何无疆说那就七点半吧，我八点还要查房。王惊雷说好啊，七点半太平间见面。何无疆特地交代，我们太平间的贺师傅，脾气有点怪，他要是问起你，你可别说是来赏花的，你就说是我让你来的。王惊雷满不在乎，太平间是个好地方，我在我们医院就常去太平间。看太平间的师傅其实都很好打交道，他们不喜欢活人，因为活人话太多，少说话就好办。

王惊雷的调动手续，刷新了丹青市人民医院的历史纪录。速度之快，办事之顺，连何无疆都不能不惊呼。当王惊雷率领妻儿搬进医院的家属楼时，何无疆登门祝贺，他说史无前例，你的手续是我们院长亲自去跑的。恭喜你落地生根。王惊雷说快得吓人，前脚刚回到西北，院长电话就追到，让我立即回来上班。我说也没行贿，你怎么倒贴办事。他说好不容易逮住个值得倒贴的，必须倒贴。你说听了这话我能怎样？这不，海棠还没谢呢，我们全家都来了。何无疆说惊雷，以后就是同事了。王惊雷说这回真是落地了，全家落地丹青，晚上落地饭吧？我在这里谁也不认识，就咱们两家人吧。何无疆摇头，人在江湖身不由己，晚上你跟我走，院长给你接风，先吃他的饭，明天再吃我的。王惊雷就问，他的饭往后放放？何无疆说不敢，他给你定了只西北烤全羊，估计这会儿都烤得冒油了。王惊雷叹气，我可真惨，昨天西北的送行饭，就是只烤全羊。何无疆说那多好，吃不完正好把羊腿带回家。别忘了咱俩的志向，这不也算是小规模的封妻荫子？王惊雷的妻子笑说，何医生，你可真够幽默的。何无疆慢悠悠地，每当我说真心话，人们总是夸我幽默。我也不是对谁都幽默。王惊雷说你只管对着我来，我就没觉得你有什么幽默感。何无疆惬意无比，正合我意，那就定了。明天咱们还吃面，还是清明节那天的饭店。

海棠风起怯清明，清明过后惊牡丹。王惊雷与何无疆，就面食与海棠都达成了高度的共识。两人都肯定了面美花也美，但是面与花，到底谁比谁更美，清明复清明，风雨尽头又清明，争了几个清明，两人也没争出个结果。王惊雷说看不出来你那么有心计，都没扎本，就用面食和海棠把我给留下了，用公共资源走私人关系，这智商还真是赏花赏出来的。我脑子不好就是前半辈子只想着吃面，没顾上赏花。何无疆很严肃，不要随便暴露咱们的小农出身以及小农意识，咱们早就是城里人了。我人生前二十年，不能吃的我都不看，赏什么花，能下锅里的才是好花。赏花是吃饱之后的事，所以我还是觉得钢蛋儿比海棠更加风华绝代。王惊雷摇头，几句话就露底，你还没我显得洋气，我闲了总去看海棠，你呢，手里拿几颗钢蛋儿摆弄不够，好像随时准备去逃荒。何无疆疑惑，惊雷你说，咱们这辈子应该不用逃荒吧？我爷爷和大伯可都是逃过荒的。王惊雷痛心，你长点出息吧。咱们这代人再也不用逃荒，咱俩最多就是个失业，或者被砍，或者被暗算，都比逃荒强得多。何无疆强行在王惊雷的办公桌上放了几颗钢蛋儿，他说你别忘本。王惊雷说早知道你拿粮食当图腾，我就不寄给你了。你还没我城市化呢，我桌子上早就不搁粮食了。何无疆说不是粮食，这是王惊雷，做梦都想做手术的王惊雷。都说医疗体制不行，都说医患矛盾尖锐，谁去算算账，还有多少个王惊雷呢，他们想当病人都当不上。多少健康人无病呻吟，把自己当成病人精心养护；多少真病人带病苦干，不到病死不敢倒下。反正就算入错行，这岁数也改不了了，王神医，咱们共勉吧。王惊雷说何神医，我是只做不想，想多烦恼，做多安心。来丹青后，我的大脑就只考虑即将要做的，做过的和不想做的，我不再过脑。丹青的王惊雷，不是西北的王惊雷。丹青的王惊雷可不简单了，咱都学会赏花了。

　　王惊雷确实学会了赏花，可惜他就只会欣赏一种花，除了海棠，他对百花齐放万紫千红，一概地视而不见。这可不是怪癖，也不是为了装风雅，而是特殊环境造就的特殊审美取向。王惊雷历来都很忙，自打参加工作就没怎么闲过，从三十出头的年纪，就总被患者前呼后拥，围追堵截，比那些四五十岁的名医还要追随者众。影星歌星对粉丝都是又爱又怕，远了近了都不对；医生对粉丝爱不起也远不起，唯有零距离冷静面对。患者都是捧着心脏来求他的，他没法拒绝，只要是能够修补复原的心脏，他都是有求必应。可是过日子又不能总是血光澎湃的，总得有点点缀和调剂，王惊雷就地取材，在西北操练了独特的观树眼神，累了就站在办公室窗台前看树，虽然窗下只有两棵歪着脖子的老柳树，王惊雷也硬是从中看出了万种风情。丹青不比西北，丹青的气候和风光都比西北强太多。王惊雷初来乍到，只一眼，就被丹青的海棠给勾了魂。

　　丹青的春天，一贯地美，美在一树一树的海棠，河流似的，流淌过整个城市的街道巷口。丹青是座临海的城市，海棠直涌到海里才歇了步子。丹青的海棠不同于其他地方，纯属特例，是海棠树和苹果树反复杂交的稀罕品种，花朵不是寻常的白色和红色，是烟雾般的粉紫，粉得有点迷离，紫得有点颓废，满不在乎的绚烂，漫不经心的零落。偏又在团团花海间缀满了花生仁那么大的小苹果，青翠得扎眼。绝美就是总也看不够，让人看多少年都看不够，于是每年清明前后，丹青人的家里大多空着，商场酒店的生意也没那么好，人们都忙着看海棠去了。海棠花从绽蕾到凋零，不过十几天光景，十几天的花事，稍不留神就错过了，还得是晴好的天，若是逢了清明有雨，海棠就像被勾了魂，花似海，如雪落，寸把厚的花瓣沤得泥土都是香的，有时到了盛夏，丹青市蒸腾的暑气中，还能嗅到海棠花的一波波暗香。

丹青海棠无数，棵棵都挺热闹的，从早到晚，总是有人围着观赏和拍照。树有灵性，仿佛懂得拍照发照的人都想被多点几个赞，就使劲地趁着惠雨和风，舞弄出撩人的风情。只有一棵海棠寂寞，它已经活了六十多个年头了，它是听着哭声长大的，是被泪水泡老的。如果有人做考证，它应该是丹青市最老的海棠树，也是最美的海棠树。人是越老越丑，树是越老越美，它实在是很美，没法子形容的美，经历无数生离死别的美，但是从来没有人欣赏它，进进出出的人谁也顾不上多看它一眼。因为，它是盛开在太平间的海棠。

四

丹青市人民医院的太平间，院子不大不小，大到能同时搁下百多具尸体，小到容不下一个活人。这院子类似四合院结构，回字形的三面平房全是冰柜，院当中一棵海棠树，枝繁叶茂，花开时节梦幻成诗。这棵海棠活得清冷，却也不算空负华年，人生得一知己足矣，它可是有着两个赏花人呢，负责看管太平间的贺师傅和心外科主任王惊雷。贺师傅的来历是个谜，据说是院长当年出差到邻省某市，从火车站广场捡回来的乞丐，捡回来就给安排在太平间工作了。和尸体打交道二十年，贺师傅从没出过错，活儿干得无可挑剔。就是面冷，寡言，对各科室来送尸体的医生和护士都不怎么搭理，死人的事，在别的地方是大事，在医院却是经常发生的。很多医院管太平间的人都很喜欢死人，死人就是生意，有生意就能发点小财，比如允许死者家属挑个吉祥号码的冰柜，像88号、99号、188号什么的；帮忙给死者清洁身体换换衣服，有些车祸死者，破碎得不成样子，家属都下不去手，没有真功夫根本干不了；干完了顺便推销一下寿衣和冥币，家属又怎会不领情呢。所以会挣钱的人处处立地成佛，把个死尸都能摆弄成招财童子，不会挣钱的人，守着座金矿也是白搭。贺师傅就不会挣钱，什么活都干了，都是白干，家属要给钱，他摇摇头，挥挥手，赶苍蝇似的，弄得人家原本就流不完的眼泪更加滔滔不绝。贺师傅在丹青没有家，吃住都在太平间，太平间就是他的家。贺师傅很喜欢海棠，每年花期过了，他会把满院子的花瓣收拾起来，摊开了晾晒，做成海棠茶喝，他做两大包，一包自用，一包送给王惊雷。

王惊雷是心外科主任医师，主任这俩字儿只是职称，不是职务，因此王惊雷的头顶摞满了人，就像扣了顶金字塔，塔尖和塔身是医院院长和各处处长们，紧挨着头皮的塔基，是心外科的正副科主任以及护士长。因此王惊雷的头皮时常发麻，麻得紧了，就溜到太平间找贺师傅，两人往海棠树下一坐，说说生生死死的闲话，喝杯冻在死人冰柜的海棠茶，下盘原封不动搁了好几天的残棋，水穷处云起时，王惊雷拍屁股走人，回到科室继续他刀口舔血的生涯，只觉得心平气和，俨然逛了桃花源归来的武陵打鱼人。

王惊雷的年纪坐四望五，没法装嫩也没法卖老的岁数，性格和相貌都是典型的西北大汉，一双大手操起手术刀却比大姑娘绣花还要麻利细腻。他原是西北某省省人民医院的心外科主任，专攻心脏手术，半辈子修补人心，救人无数，手术做得巧夺天工，号称西北心脏之王。王可不是好当的，尽管那个"王"属于口碑，并非他自封的，王总是靶子，擒贼先擒王嘛。王惊雷手下的小林医生出了事，让患者盖着白被单被推出了手术室，这是大忌，中国所有外科医生的大忌，不管原因是什么，让患者死在手术台上，在当今医患关系的大背景下，医生就先没了底气，也输光了道理。

小林医生三十出头，是王惊雷的得意门生，于公于私，王惊雷都得顶上去，当时他如果也像科里别的医生护士那样，瞬间做鸟兽散，小林医生会被患者家属围殴致死。顶上去的结果是，小林医生被打成重伤，王惊雷的脑袋被开了瓢，颅骨骨折，中度脑震荡，缝了十几针，躺了半个月。半个月后，小林医生辞职，跳槽到某家很出名的药企做了部门经理。林医生成了林经理，专做心脏类药品及器械，年轻人感念恩师的救命之恩，小林经理以极低的价格给王惊雷的心外科源源不断地供给着手术耗材和药品。王惊雷和小林都是农家出身，对看不起病做不起心脏手术的乡下患者皆是视作乡里故人，充满理解与同情。这下子可好了，师徒联手，硬是把患者手术和术后费用拉下去好大一截子，感动得许多新农合医保患者和城市居民医保患者连呼苍天有眼。王惊雷很有成就感，他认为，中国国情特殊，光是医保就分好几类，在中国当医生，根本不能像国外的医生那样，对所有患者一视同仁。医保卡都分几个阶层，医生自然也得看人下菜，对于离休医保和公务员医保，他基本不考虑金额，想用什么药就开什么药，可新农合医保和城市居民医保就不行，前者是农民，后者大多是城市无业者，报销比例偏低，患者原本就穷，生了病更是雪上加霜，他不能不惜着他们的钱。不给这些人惜钱，他就不是光脚长到十岁的王惊雷了。

　　王惊雷和小林连喝几次庆功酒，都喝出天使在人间的美好感觉了。可惜苍天的眼睛总是偶尔睁开，多数时候是闭目养神的。肚里的酒还没凉，王惊雷就遭了暗算，直至离开西北来到丹青。他没兴趣去调查那些事，他只知道自己是犯了众怒了，心外科的药品和手术耗材，用哪家药企的，是他说了算，可科里医生分六组，每一组都是独立的，独立接诊独立手术。他要用小林经理的东西，那六组只能跟着用。俗话说得好，水深好行船，水浅舟搁浅，小林经理的东西太过于物美价廉，唯一的受益者是众多的底层患者，全科室二十几名医生被集体伤害了，他们认定，他们本该落到口袋里的银子，是让王惊雷一人给独吞了，王惊雷和小林是过了命的铁交情，师徒联手破坏行规，压根不用推理，必然的。

众志成城，王惊雷在劫难逃。他和小林经理外出旅游的众多照片被人匿名送到卫生厅及各级医疗监督部门，甚至司法机构。心外科主任和药企经理，这两个名词之间有着巨大的可发挥空间，何况铁证如山，两人外出的所有费用都是小林经理买的单。心脏之王被查得犯了心脏病，心凉心疼连带着心惊，惊的是从西北到江南，那么山长水远，人家居然能把他们的整个行踪，包括在洗浴中心两个包间的火爆场面，拍得个纤毫毕现，军统特务都不带这么技艺精湛的。

王惊雷被全省卫生行业通报批评，科主任自然是被撤了。新上任的科主任封杀了他和小林经理的所有药品耗材，全科室医生干劲冲天。医院领导不愿失去心脏之王，再三挽留，让王惊雷韬光养晦，许诺一年半载的定让他官复原职。王惊雷去意已决，临赴丹青前夜，全科室医生给他饯行，王惊雷端着酒杯说，我行医半辈子，从没出过任何医疗事故，从没让患者告过我的状，我自问算是个好医生，可我不是好上级，好主任，我心里头只顾盘算他们的难处，没顾得上招呼你们。你们也不容易，都是上有老下有小的，我理解。我王惊雷对不起各位同人了。在座医生都红了眼圈，新任科主任甚至哭出了声，真真地情何以堪，那场景丝毫也不逊色于当年的易水河畔，太子丹率队送荆轲去刺秦。王惊雷连喝三杯，放下酒杯离席而去，他说就此别过。举家东进，我得赶着收拾家当。新任科主任追出酒店，惊雷，我知道你怀疑是我，因为就我得了好处，顶了你的位置。我对你向天发誓，真不是我啊，我们永远是同乡同学同事朋友好兄弟。王惊雷说永远是，所以跟你交个底，就你身边最近乎那两个，是他们告诉我的，有图有真相。你要防着点，可别重蹈了我的覆辙。谁谁谁？王惊雷对着连声的追问回答道，当然是最贴心的，不然怎能啥都知道。兄弟，就像你跟我，咱可是谁也没防过谁。

王惊雷从不信邪，到丹青市人民医院走马上任心外科主任后，再度与小林经理合作，鉴于上次的教训，他这次没敢把价格压太低，好歹给了全科室医生一个适度空间。奈何世间最难界定的就是适度，他觉得适度了，人家觉得不适度；他觉得有些心脏手术患者根本不需要用某种耗材，人家觉得必须用；他认为某个患者应用两三个耗材，人家觉得五六个才能保患者平安。王惊雷在丹青人生地不熟，他只有闭嘴。市医院不比省医院，这里医生分四组，他就只管自己的组，另三组的事情，他们说多少，他听多少，从不干涉和指挥。

小林经理名叫林纵横，林纵横是王惊雷最好的学生。王惊雷带过无数学生，内心里最看好的只有林纵横。林纵横对王惊雷本就是顶礼膜拜，挨打之后，两人更是血浓于水，你侬我侬，简直扎牢了此生必须白头偕老的架势。王惊雷调到丹青后，林纵横毫不迟疑，连人带药企，全都跟着老师挥师东进了。王惊雷说胡闹，纵横你这么搞，就是胡闹。林纵横楚楚可怜，老师，你把我自己扔在西北？王惊雷气结，纵横，你跟别人干药企干了好几年，眼下自己刚开始单干，哪能这样忽东忽西的，你得先扎根才行。林纵横说对啊，我就是要在丹青扎根。你都来丹青扎根了，我当然要跟着你来扎根。你做医我做药，咱俩原本就是同根同源，这条根只会越扎越大。王惊雷说我在这里人地两生，帮不上你什么忙。林纵横说那怕啥，我最擅长搞开拓，熟人早就被我开采光了，越生越好，越生越有空间和前景。老师你就安心做你的医生，你别操我的心。三年，最多三年，我会成为丹青最大最好的药企。王惊雷说纵横，说句难听的，有时候我倒希望你的药企倒闭算了，那样你就会回来，回来继续跟我当医生了。药企老板要多少有多少，可是卓越的心外科医生越来越少。林纵横低头浅笑，老师，我也想回来，可是我对挣钱已经上瘾了。回头很难。老师，我还想劝你跟着我做药企呢，咱俩合伙挣大钱多好啊。王惊雷气定神闲，纵横，想不想家？想不想西北？林纵横说不想，只要酒足饭饱，异乡犹胜故乡。王惊雷说这么无情无义，那你跟着我干什么？林纵横理直气壮，老师，你之所在，就是我的故乡。王惊雷被气笑了，林纵横总能把他给气得笑个不停。王惊雷笑说纵横，丹青这地方不错，咱俩就在这里好好干吧。林纵横点头，我会好好干，老师你要当心，你走到哪里都太红，虽然你不想红，可你磁场太强，天生的红人。你要牢记教训，可别再让人给黑了。王惊雷说你也别太红，时刻都要低调。

　　就这么波澜不惊过了几年，上上下下打理得一团和气，王惊雷是前也防后也防，前头防着患者出事故闹纠纷，后头防着不定就从哪个角落射出的冷枪冷箭。也谈不到心太冷，只是不再那么热乎了，半腔热血熬干了，也晾凉了，温度恰恰好，和大多数国人的体温保持在同一个度数，这样不易受伤，他已是奔五的年龄，这个年龄段的人群都是扛着老的拖着小的，中间还扶着个风雨同舟的，伤不起。真的伤不起。

　　王惊雷是以科主任身份上任心外科的，院长每年都给他拜年，后来他不是科主任了，院长还是年年拜年。王惊雷说不要这样，不合规则不合逻辑也不合风俗，让人看见了，会以为我手里攥了你什么把柄。院长掸掉满头雪花，王惊雷你不要目无领导。我拜年是上中下都拜，我拜你拜的是刀不是人，你的刀让我很有面子，很多院长忌妒我。你要记住，当年是我到西北挖你过来的，我跟他们都这么说的。王惊雷说而且三顾茅庐，我每次这么说我都脸红。恳求你今年能把我正高副高的职称证书还给我，我保证我不走。

院长说我也保证过我不走不逃，可我的护照不也被扣着？王惊雷说你对我很好，我不会走。院长说我对很多人都很好，可他们都抛弃了我。就你那个前任，我也是年年给他拜年，可他带着四个医生投奔私立医院老板了。我扣住他们档案关系，他居然说不要了，他说给公立医院干活钱少祸多，给私立医院干活钱多祸少。王惊雷说真话都不好听，听多了会很受伤，所以人们都爱听假话。院长极其警觉，你要证书干什么？王惊雷信誓旦旦，我不会走。人离熟地无非两样，伤心或者奔头，别的地方更有奔头。我前任就是图奔头，人家奔钱去了。我都混成让领导倒着拜年了，有病才走。院长说这就对了，很多院长拜年只看见上头，连平行的都不理，还说我另类，干不长。我长不长不知道，他们倒是每年都有倒下的。

　　王惊雷从不给院长拜年，连回拜都免了。他只给何无疆和贺师傅拜年，拜大年，每年除夕之前，他都把院长的拜年礼品分送给贺师傅和何无疆。贺师傅收到礼物很高兴，何无疆收到礼物很发愁，因为院长也给他拜年，院长送给他的礼物总是跟王惊雷差不多。何无疆对妻子滔滔抱怨，惊雷很脑残，他以为院长只给他拜年。你看这两只电饭煲一模一样，一只是院长的，一只是惊雷的。我不知道怎么给惊雷回礼。滔滔大笑，两口子都这样，王家嫂子给我好几张咱们整形美容科的代金券，还神神秘秘的，她以为只有她家当家的才有这个待遇。何无疆说院长拜年，历来单线联系，各个击破。这都几年了，惊雷还没摸清楚。何无疆决定点醒王惊雷，他说惊雷，你别给我送礼了，你每年给我的东西，我家里都有。

王惊雷大惊小怪，无疆，你怎么这么傻，我知道你家有，所以我都是抢先送给你，这样你要回礼，就得给我弄些新鲜东西呀。何无疆说明白了，脑残的是我。王惊雷说不是这样，我在丹青没人脉，你有人可送，院长的那些个小电器年年贬值，我是让你周转用的。何无疆质问，那你怎么不明说？王惊雷咿呀，这还用说？心有灵犀多好呀。

五

心外科并不是外科当中最大的科室，普外科才是，肝胆胃脾胰肠等等，普外科的医生要的是杂项，什么都得会，什么手术都得能拿下。心外科和脑外科差不多，练的是单项，单到不能再精确的单项，脑外科只管脑袋，每天的工作就是给人开颅。心外科顾名思义，心脏，只做心脏手术。心脏于人体，相当于汽车发动机，发动机出了问题，再高配的汽车也跑不起来；人心出了毛病，不管是什么样的毛病，当事人没有敢怠慢的，不像前列腺不爽乳腺增生什么的，可以拖，拖到受不了了再去挨上那一刀。

心外科没有小手术，一上手术台就是大手术，全是大手术，补心等同于补天，人命总是连着天的。所以每当急救中心 120 拉回来必须立即上手术台的心脏重创患者，手术室会即刻准备设备最好也最全的手术室。丹青市人民医院共有二十间手术室，可供外科各科室同时展开手术，每逢王惊雷上台，手术室一般都会给他安排 9 号和 10 号手术室，这是最好的两间手术室。泌尿外科和骨科就没有这种待遇，两个科主任多次和王惊雷开玩笑，老王你牛，全身就数心脏最牛，你一下手术单我们就得挪到小手术室去，也难怪，我们一个是敲锤抡锯干粗活的，一个是专攻下三路割蛋的，没法比啊。王惊雷回敬，如今可是蛋比心贵，男追女女追男拼的都是下三路，没人拼心了。听说你们给患者重塑个海绵体，比我做个心脏瓣膜贯通还贵哦。

王惊雷到丹青，是浴火再生的心境，绝口不提自己在西北省医院的任何经历，心脏之王这四个字，他更是讳莫如深，碰都不敢碰。可是信息时代，任何人都没有秘密，每个人都是皇帝的新装包裹的那位皇上，自以为穿得周吴郑王，其实都在裸体游街。王惊雷的患者居然追来了，不是一个，是一个又一个，绵绵不绝地，横跨大半个中国，从西北追到了丹青。

王惊雷手术做得超精湛，是所有同行公认的。王惊雷患者奇多，从封疆大吏到贩夫走卒，三教九流无所不有，同行们也都是见多不怪，手术做得好，对患者多操点心，多耗点口水多做些沟通，下笔开处方时悠着点，别那么狠，自然能做到客似云来。可一个个西北患者，万水千山只等闲，这么铁杆的粉丝团也太刺人眼球了。

患者有患者的道理，千般算计后的硬道理。千里苦追王惊雷的患者，心里自有一本账，到丹青市找王惊雷做手术，连路费和吃住等开销，加在一起也比在西北那个省医院便宜得多。最重要的是，王惊雷很耐烦他们，从不嫌他们无知，他会很耐心地给他们讲解关于手术和治疗方案的所有细节，有些话是只可以关起门来说的，他也说，比如 A 方案和 B 方案效果差不多，但是 B 方案省钱，怎么省钱，省在哪里，他都说得清楚明白，干干脆脆。不像有的医生，惜字如金，还专爱使用医学术语，让他们越听越迷糊，迷糊着上台，迷糊着治疗，又迷糊着出院。

心脏上动刀，那不是患者一个人的事，那是患者全家的头等大事，于是千里赴丹青，就成了很多患者的同类项选择。口碑这东西，本就是口口相传的，传得太多，就等同于墓碑，能把医生立起来，也能把医生给埋了。医疗界的口碑分两种，两种都立根于医术，医术不好，跪着服务也没用。问题是医术过硬的医生有不少，每个城市的大医院都是藏龙卧虎之地，各有各的独门秘籍。混日子的医生也有不少，有些科室相对好混，这个药效果不行？那好，再换一种试试。迟早总能用对药的。外科医生没法混，耍的是刀锋上的本事，落刀讲究个稳准狠，该割多少该割多深，半丝不能含糊，有时手一哆嗦就是个医疗事故。精于刀法的医生不算少，刀法超精湛的医生比较少，刀法精准到永不出错的医生少之又少。少之又少的人都是牛人，牛人的粉丝团都是由精英人群组成的，所谓精英，全社会都有共识，当官得当到厅级，经商得经到千万，唱歌得上过CCTV，教书得搞过大型论坛，这些精英得了病，尤其是心脏开刀的病，根本不屑于动用一般医院和一般医生，他们动辄港澳台，要不就是北上广，最次也是省人民医院，不然就太丢身价了。有些医生专事这些精英群体，一年到头也不用太忙，日子过得悠闲富足。一个精英干下来，差不多相当于十几个普通患者，傻子才不爱精英。乡下患者和城市无业人群，他们懒得招呼，又穷又抠又麻烦，做十几台手术还顶不上一个精英的，犯贱才和他们纠缠呢。

王惊雷就很犯贱，半辈子都在犯贱，精英粉丝他也有不少，更多的却是乡下人和城市无业阶层。给精英治病做手术极其愉快，精英出手豪阔，王惊雷也不时穿穿名牌品品名酒看看艳女打打高尔夫，几万块一瓶的洋酒他喝过，几千块一条的名烟他抽过，不知道价钱的玉腿他享用过，但家里贮藏室和汽车后备厢，堆放得最多的还是农副产品，没打过药的粮食和蔬菜，散养鸡鸭下的鸡蛋鸭蛋，野生的鱼虾鳖蟹，新鲜棉花做的被子，手工打的毛衣毛裤围巾，悬崖上生长的野菜……说不上值钱，却不是钱能买到的。王惊雷觉得几万块的洋酒也没比乡下患者自酿的苞米酒强劲到哪儿去，论口感还不及苞米酒醇透呢。若是单单只为了钱，他早就跟同学下海搞药品了，好几个同学都做药品生意，起步早，又是学医出身，身家早已过亿，多次邀他加盟，王惊雷不愿脱下这袭白衣，更不愿扔了手里的刀。这把刀常年翻飞在一颗颗心脏之上，多次险象环生，搞得他提心吊胆，但他从没败过，他补好过无数残破的心，那种感觉究竟有多爽，只有他知道，天知道，别人谁也不知道，远不是签下几份商业合同就能比拟的。

到底还是出事了。丹青和西北，王惊雷注定了是个必须出事的人。既然活在哪里都免不了出事，那就没有任何必要再换地头了。早知道丹青也这样，我又何必离开西北。都是你当年言过其实，好像这里埋着个免死铁券。结果呢，我还是该死脸朝上。王惊雷对何无疆嚷嚷。何无疆慢条斯理，死也是分境界的。你在西北死得都不会说话了，抑郁，痛苦，刚来时连我都怀疑，怀疑我使劲劝你来是因为我有奖金和提成。要不是我自己也死过，很理解刚死的心都极为神经，我根本不会忍你那么久。惊雷你没白死，你看你这回死得多健康，多阳光，你连是谁下的手都懒得去想，这才叫向死而生。王惊雷说那你当初又是怎么死的？何无疆说我从不拿这个练脑，会把大脑练坏。电视里有很多怨妇，总在怀疑丈夫出轨，可她们永远不敢去捉奸。我就是这样，我朋友太少，架不住再减产。所以我不介意你把我当成怨妇看待，怨妇的经典台词是，哦，求你别让我看见，我好怕受伤。王惊雷说无疆，为什么百次和初次，感觉仍是一样？何无疆说别夸张，你再也不会为此直奔机场。出卖和背叛谁都难免，有些人会成为粉末，有些人会变成钢蛋儿。

和在西北一样，王惊雷此番又是背后中招。活在这个开口必称亲的时代，王惊雷仍然弄不懂到底是身边的哪一个亲把他给卖了。事情很小，西北的患者来找他做心脏瓣膜粘连切除手术，来的是一家三口，父母和儿子，父子俩因遗传原因，患的是同样的病，父亲是新农合医保，儿子没有医保。本来异地就医的报销手续就很烦琐，这家人又是同县老乡；王惊雷分别给父子二人做了同样的手术，用的却是同一个名字，父亲的名字。他把儿子的手术处理成父亲术后效果不理想，须二次手术治疗。这样的事情在医院时有发生，医生不是警察，对患者身份不必苦苦探究，逢了亲朋好友打招呼，都是睁一只眼闭一只眼。这种事情历来是不举不究，举了就会深究。医院里每年都有遭举报的医生，都是身边的人干的，只有身边的人才能尽掌所有细节及资讯，在最恰当的时机出手。王惊雷自问从没和谁过不去，自己没有敌人。他还是想错了。就在该患者病历即将归档时，卫生督察部门从天而降，患者父子被堵在病床上。病历造假属严重违规，王惊雷再次被撤职，成了一名职称最高的普通医生。

林纵横深夜来访，也不登门，就在楼下小车里打电话，老师，你下楼吧。我陪你散散心去。王惊雷说为什么？林纵横胸有成竹，你不是又被撤了吗？王惊雷说纵横，你怎么什么都知道？林纵横反问，我是干什么的？医药不分家嘛，我每天上班先看丹青医疗界的人事报表，但凡有任何变动，手下都得给我用红笔标注清楚。老师，我早晨就看到你的名字变红了。王惊雷说你先走，别把车停我楼下。你那豪车太打眼，到医院门口马路上等着我。林纵横轻笑，老师，你又神经过敏了。每次被暗算，你都这样疑神疑鬼的。我今天开的是国产车，这院里没人认识。王惊雷换衣下楼，上了车，林纵横关切地，老师，这回的心灵受伤指数，较之上次是升了还是降了？王惊雷说不知道，还没顾得上回味。林纵横低语，老师你说，吃喝嫖赌抽，今天搞哪样？要是没激情，咱就弄点高雅的，大剧院有俄罗斯芭蕾舞团来跳天鹅湖，夜总会有巴黎白磨坊艳舞表演，那些舞娘可比红磨坊的年轻多了，大腿肌肉怎么蹦跶都不抖。王惊雷说纵横，我不想见人，我想歇歇。林纵横历来是个大玩家，当即就把车给开到了郊外。

郊外有座不大不小的荒山，两人下了车就爬山，爬到山顶晒月光。这座山头没有树，只有灌木和草丛，半人高的草丛都长疯了，迎风摇曳，飒飒作响。月光忽明忽暗的，晃得那些灌木时而雪白如奶酪，时而就不见了踪影，凭空飞走了似的。两人屹立于荒山野草间，明月当头，蝉鸣鸟惊，王惊雷抱怨，哪里都不得安宁，这些鸟想把咱们给骂走。林纵横说老师，晒月光和晒太阳有何不同？王惊雷说日月没有不同，选址最见高下。这座山很好，我从来不知道有它。林纵横说这不是山，这是坟。至少上千年的王侯墓葬，还没被人发现呢。王惊雷兴奋了，那你怎么知道的？林纵横得意扬扬，因为是我发现的。世上从没有无端冒出来的人，更没有无端生出来的山。根据这座山的造型和土质，以及此处地貌和风水，它只能是座坟。我只见过人装神，还没见过坟装山的。装得可真像，你看它还搞了个斜坡，紧连着那座真山，没用，道具不行，没石头没树的，骗不了我。老师，好好享受吧，坟头上的月光极其养人，咱脚下踩的不定是哪个王侯将相呢。两人沉默了，王惊雷专注感受坟头风月，晒得心如死水，心满意足，他说好了，纵横，咱回吧。

下了山，林纵横不依不饶，变戏法般变出来两桶方便面，用车上大水壶里的开水泡了，两人赏着坟吃着面。林纵横递给王惊雷半瓶酒，老师你干了它，这是我酿的酒，葡萄都是天山空运过来的，最配方便面。王惊雷吃饱喝足，纵横，要是天天这样就好了，我不想上班。林纵横说休个长假，我天天陪你出去玩。王惊雷侧耳聆听，纵横，风吹野草的声音特别响。林纵横说这叫疾风劲草，南方的草声都是沙沙的，西北都是哗哗的，丹青水土最养草，养花就显得太肥。王惊雷伸懒腰，林纵横拉开车门，老师上车，我送你回家，今晚你会比墓主人睡得还香。王惊雷想在医院门口下车，林纵横不理，直接把车停在了王惊雷的单元口。王惊雷悲凉地，纵横，你越来越会伺候人。林纵横笑容明亮，做老板的都这样，我伺候别人都是技术活，不用上心。跟你同行正相反。老师，明天咱去哪儿？王惊雷说我有两台手术。林纵横说老师保重，烦了气了就叫我，我给你当开心丸。

王惊雷不烦也不气，就是不想见人，尤其不想见到院长和同事。同事总要安慰他，院长总是盘问他。西北和丹青的两个院长对他说了同样的话，韬光养晦，东山再起，云云。王惊雷的回答不同，他说院长，这回我不走了。哪儿都是一样嘛。我以后就只管好我的患者做好我的手术就是了。院长说，你是我亲手引进的人才，你医术人品我都清楚。你在心外科，心外科的牌子就不会倒。你要走了，他们那些人拿不下来大手术。你不离开我就放心了。我心里有数，迟早还你公道。惊雷，你告诉我，是谁干的？王惊雷摇头。院长说，你不说我也知道。王惊雷笑说，亲干的，都是亲干的，不亲哪会干这种事，损人不利己的。院长说错，损人不利己是恨，损人利己才是亲。惊雷你患者太多了，患者宁可拖两个月也要等你做手术，你想想你科室那几个常年坐冷板凳的医生。

跑不出去这几个人。王惊雷呵呵，他说院长你想必也知道，他们背后叫我名妓，客多得接不完。院长也呵呵，他说要是连这也不知道，我还能镇得住这把椅子？我还知道每到中秋和春节，你收到的包裹和快递都很多，天南海北的患者都给你寄土特产，上周你就收到两桶来自西藏的青稞酒，每桶十公斤，也不说让领导们都尝尝，听说那可是藏民自酿的。王惊雷哈哈大笑，转身就走，十分钟后回来，手里拎了桶酒。他说院长大人，这桶送给你，给你压压惊啊。

压惊，是全医院都知道的事，但没人敢说到院长脸上去。前不久重症监护室 ICU 出事，死了人，患者家属要求减免一半费用，这个患者是重症脑溢血，男性，68 岁，坐在公交车上一头栽倒，被 120 拉回医院先进抢救室，再进 ICU，经脑外科会诊，认为没有手术价值，不具备脑科手术指标，硬做手术就是个植物人。该患者在 ICU 活命五天抢救二十余次，终于死亡，总费用十九万元。患者家属认为属过度医疗导致患者死亡。ICU 当事医生和主任遵院长旨意立即休假，人间蒸发，院长责成医院质监部周主任与患者家属多次协商，未果。院长常年与各色医闹队伍打交道，没有太把这事当成事，哪料阴沟里翻了船，院长外出开会归来，刚走出机场大厅，被几个壮汉前后左右挟持着上了辆吉普车，吉普车七拐八绕开到一处浓荫蔽日的苹果园，树下早已挖了个大坑，领头的壮汉拿出一式两份打印好的赔款协议，赔款金额九十八万元，壮汉说你自己选，要么签字，要么活埋。我们兄弟都是道上的人，拿人钱财替人消灾，你懂的。

院长是胸外科医生出身，多年来对付过各类专业和半专业医闹队伍，刀光剑影见得多了，院长据理力争，对这群人讲法律讲天理讲人性，比开全院职工大会还要晓之以理动之以情。壮汉说我们不信那些东西，看不见摸不着的，全是骗人的玩意。我们兄弟和你们当官的一个心思，就只认得一样东西，钱。你给不给？院长说不给。壮汉一拥而上，把院长推到了深坑里，开始埋土，院长仍是面不改色，状若日寇刺刀下的烈士。壮汉冷笑，你这院长行，比四院九院那俩货强多了，那俩货都吓尿了。我知道你扛过枪打过仗，1979年在越南。火线立功之后保送军医大学，毕业后在部队医院当军医。1989年秋天转业到丹青市人民医院。我敬你有种，零头抹了，九十万，怎么样？院长说不给，太高。我不签字你们什么也拿不到，白杀个人你划算吗？壮汉胸有成竹，扔坑里两张照片，壮汉说我要是绑架这两个人呢？院长仰天长叹，他说，给。我签。那两张照片，是他的妻子和女儿。可怕的是这两张照片的拍摄地点，不是在任何公共场所，而是在他的家里，在女儿的卧室，母女俩半躺在床上说着什么，女儿抱着肚子正在大笑。

壮汉亲自驾车送院长回家，车开得行云流水，比回自己家还熟门熟路。壮汉说本来想送你去城西小巢的，你出差回来都是先去那里，可你这浑身是土的，很破坏情调，还是先回家洗洗吧。嫂夫人很爱干净，今天把被套床单都洗了。壮汉很郑重地双手呈上一张名片，说不打不相识，以后就是熟人了。山不转水转，我们同端一碗饭，吃的都是丹青医疗界，也算半个同行吧？院长点头，接过名片收好了。他说，以前丹青市医闹队伍都是城中村村民组成，打打杀杀可以，技术含量不行，这和你们一联手，立马更新升级了。正如壮士所言，山水自有相逢，你就当给我个见面礼，再减十万，行不行？壮汉说这面子得给，减五万。就这么定了。以后再合作，我给你八折价。

六

一道乳沟，很深的乳沟，忽地横在眼前挡住何无疆的去路。是个三十多岁的女人，女人捂着胃部，声音发颤，医生，我胃病犯了，疼死了，求你给我开支杜冷丁吧。何无疆摇头，懒得说话，向走廊尽头的电梯口加快步伐，他并没有穿白大褂，一身便装，出差回来刚下飞机，先到科室看看几个重患者，正急着回家。这女人偏就能一眼看出他是医生，可见是个常来医院纠缠的老江湖。也许每个城市的每个医院，午夜之后都难免会出现几个这样的男女，满楼乱窜，阴魂似的，见到穿白衣的就死缠不放，千般疼万般苦，就为了讨一针杜冷丁。

他们是吸毒者，大半夜犯了瘾，口袋里没银子买不来毒品，只能到医院装病装疼，两元钱一支的杜冷丁可以让他们撑过漫漫长夜，不用那么痛苦。当新的太阳升起，他们会和常人一样奔波劳作。常人是为了把日子过下去过得更好，他们是为了把毒资挣出来，越吸越纯。毒品和抗生素同理，用着用着就疲了，得不断升级。凡是值过夜班的医生，都对这种人高度警觉，根本不予理睬。

何无疆进电梯，女人不管不顾地追过来，挤进电梯，一把抱住他的胳膊，拽住他的手就按在了那道乳沟上。女人哆嗦着说，给我打针，不然我告你流氓。

乳沟这种东西，对男人很管用，对有些男人就不怎么管用，对何无疆则是一点作用也不起，作为外科医生，普外科主任，何无疆手术刀捏了二十年，见过的乳房成千上万，割过的乳房不计其数，黑的白的大的小的圆的扁的，各种各样的乳房乳沟，在他手下不过平平常常的两团组织。若用这种东西来砸他，苏妲己和杨玉环的也许管用，普通女人的，那是瞎子点灯白费蜡。何无疆快速抽手，指指电梯顶棚，说，你记住，所有医院的所有电梯都有视频头，诬告没用。你这种毒瘾只是初级阶段，再吸下去，打杜冷丁也不行，赶紧戒毒吧。女人浑身发抖，眼泪鼻涕糊了满脸，她说难受，受不了。我明天就戒，你快开一针给我，你让我干什么都行。何无疆不理睬，出了电梯，刚走出病房楼大门，就听到身后咚咚地闷响，回头看看，女人在撞墙，脑袋一次次向墙上猛撞，显然是毒瘾发作，忍受不了，很快血流满面，瘫倒在地。

何无疆给急救中心打电话，值班医生一溜小跑赶来，何无疆说我是普外科何无疆。这女人是从二十楼普外病房走廊冒出来的，不是我们的患者。大半夜毒瘾发了，给她静脉推支安定，让她睡到天亮该去哪儿去哪儿。值班医生说何主任，这种吸毒的不能沾，不然她每天都来缠你。何无疆说我没见过你，你新来的吧？值过几个夜班？你知道这种人撞完墙会干什么？找刀片剪子自残，哪儿有刀片剪子？急救中心！等她割完你不仅得给她缝合，还得给她打杜冷丁，你不打她就一直打滚惨叫，你打不打？值班医生说是是是，何主任，我刚来咱们医院，今天是我第三个夜班，我这就去推担架床过来。何无疆说不用，她根本没昏迷，他们撞墙是技术活，雷声大雨点小。值班医生半信半疑，扭头冲女人喊道，你起来，跟我去急救中心。女人扑棱一下就起来了，动作比运动健将还麻利。值班医生说这么大岁数还吸毒，也不知道替你的孩子想想。何无疆说你错了，她最多二十岁，只是看着面老。值班医生连说不可能，领着女人走了。何无疆伸出手，摊开，他低声说，脸会骗人，乳房可不会骗人。人体的哪个器官，都比人脸诚实。韩心智，就你这心智也敢叫这名字，幸亏你不是我的兵。

韩心智是值班医生的名字，何无疆刚就着月光看的胸牌，上面显示是急救中心主治医师。从住院医师到主治医师，从主治医师到副主任医师，再到主任医师，这个职业走的是职称，职称是五年一升级，所谓升级，可不是五年期满就可以自动升上去的，要经过很多道关卡，过五关斩六将，发论文、出专著、答辩、评审，上下求索八方奔走，见神磕头遇鬼下拜，和走官道的人要给乌纱帽加品级难度不相上下，力度稍逊风骚。何无疆算是走得快的，二十年前硕士研究生毕业，直接分进丹青市人民医院。当年医院也就几百号人，各科医生之间都彼此熟悉，这几年医院升级三级甲等医院，急度扩张，大院里齐刷刷立起三座高楼，医生护士猛增，调进来的少，聘进来的多，很多生面孔，何无疆往往是到会诊的时候才认识。何无疆早已熬成元老，他没换过地方，就在普外科生根发芽，一步一个坑，而今职称是主任医师，已经走到这个职业的尽头。职务是普外科主任，似乎前景光明前程无量。他从不去想什么前程，他只关心眼下，每一天都是眼下，每一天都是将来。把眼下干好，不惹麻烦不出事，不让任何患者家属披麻戴孝拉白色条幅抬黑色棺材堵医院大门，就算圆满就算心安就算问心无愧两下无亏。

如果可以从头来过，何无疆不知道自己还会不会选择这个职业。医生这个职业早已不比当年，二十年前第一次穿上白大褂，他只觉得白衣胜雪丹心火红，那个时候的医生和患者还算彼此信任，患者大难临身时，是可以对医生托付生命的。不知道是从什么时候开始，当社会上所有的关系都变着，医患关系也不得不变，不变就是落伍，从来没有哪一种关系可以在大环境的剧变之中独善其身。就像花儿不能够向冰绽放，百灵不能够在黑夜里鸣唱，医患关系走到今天，已成功跌破几千年的冻点。柳叶刀捏了二十年，何无疆炼成了全医院公认的名刀，可他心里越来越怕，刀还是那把刀，人却不是当年那个人了。手术台是几乎每天都要站的，他是上台也怕下台也怕站在台上更怕，不怕刀法不好，就怕运气不佳。很多时候，很多事情，无关刀法，只看命运。普天下所有的工作都允许犯错，都允许错了重来，就连报纸头版也还允许万分之几的错字率，唯独医生这个职业不行，医生错不起，一错就是大事，一错就是别人的生死存亡。一个永远不敢犯错的人，只能日夜活在刀光之中。何无疆每天上班，只感到到处是刀，寒光闪闪，手里捏着刀，脚下踩着刀，头顶悬着刀，心头还插着刀。那是忍，不忍不行，都得忍。放眼天下，哪个国人不是心字头上一把刀，不会忍，就会疯，不懂忍术都不配当华夏儿女炎黄子孙。

何无疆只在一个人面前不忍，从来不忍，面对她，他不是何主任不是何医生，也不是谁的上级谁的下级谁的同学谁的朋友，他是他自己，百分百本色的自己。何无疆到家时已经深夜一点出头，他掏出钥匙哗哗抖了抖，根本没往锁孔里插，果然，门自动开了，滔滔顶着张绿幽幽的脸喜笑颜开，无疆，告诉你个天大的喜事，丹青房地产就你走这几天工夫，狂升十个点，咱们发大了。何无疆不能不笑，滔滔的语气俨然坐拥万亩土地的地产大亨，事实上，除了医院的这套住房，两人名下统共只有一套房产，还是分期付款月月还贷的正在进行式。

滔滔的脸，每周七天，七种颜色，赤橙黄绿青蓝紫，每晚临睡前，分别用红豆泥、橘子皮、黄豆渣、绿豆粉、菜椒片、蓝莓酱、茄子皮，仔仔细细敷上一个小时，不管生活怎么变化，她的脸色雷打不动，永不含糊。她对待生活就像对待她的脸，变并热爱着。她对他，比对自己的脸更甚。她总能让他笑，多苦多累的日子都过过，什么都缺过，缺钱缺势缺人脉缺背景，但他没缺过笑，她让他每天都还会笑。何无疆说滔滔，我脑门上是不是刻了医生两个字？不穿白大褂都能让人认出来。

滔滔立刻捧着何无疆的脑门左看右看，哎呀真有两个字，不是医生，无疆，你知道是什么字？完人！何无疆又笑，冲儿子房间努努嘴，问小完人几点睡的？滔滔叹气，我都管不了他了，作业没写完，不到十一点就睡了。高考倒计时就一年，我看也就是个二本了。何无疆说二本就二本，几本都有饭吃。咱俩都是一本出身，和院子里这些二本三本甚至没本的，也没多少区别。滔滔，人可以自己逼自己，但是咱们当父母的，不要总逼他。滔滔说当年咱俩要不考出来，现在你是农夫我是村姑，就算到了丹青市，你是农民工我是菜贩子，不逼他行吗？何无疆说滔滔，你说过家里大事我当家，这二十年我也没当过几回家，家里哪来的大事，都是小事，都是你说了算。这回听我的，就把二本当目标，就这么定了。滔滔气鼓鼓盯着何无疆，刚要张口，何无疆伸手捏住她的嘴唇，不让她发声。

出差几天，按道理似乎是要表现一下的，何无疆选择演文艺片，而不是动作片，他把窗帘拉开，夜色如网，天地万物尽在网中，俱是服贴和沉寂的，只有几粒星星，啪嗒啪嗒泛着银光，漏网之鱼般，得意地不时翻腾几下子。何无疆说一天都在路上，真是累。滔滔把脸埋枕头里头，狂笑，她说那就讲个故事赎身吧。何无疆觉得讲故事更累，他最怕讲故事，两害相权取其轻，他快速钻进了她的被窝。滔滔推他，我故事不听了，人也不要，赶紧睡吧。滔滔推不动，何无疆说这会儿可由不得你了。忽然，何无疆被很大的猛力操出被窝，滔滔低呼，忘了件大事，你说，你跟王惊雷，到底谁更出名？何无疆飞快回答，我。这么说着就又掀开了被子。滔滔说不对，他们都说王惊雷比你有名。何无疆小心翼翼地话说重头，他说没有可比性，他是心外我是普外。要论科室，普外科是外科最大科室。滔滔说我气，这医院多少年来你都排名风云第一刀，可你非要介绍他来，现在很多人都不知道你，只知道他。何无疆说很多人水分太大，到底是多少人？滔滔说特别多，我去菜市场买菜，就连卖鸡蛋的都跟我夸他。何无疆说我能想象，人家说你脸熟，你说你是医院的。人家说来看过病，你说你是医生家属。人家说有亲戚做过手术，你说你当家的就是做手术的。然后人家说做的心脏手术，那个医生太好了，简直是神医。你很失落，连零头都没顾上让人家抹掉，是不是这样？滔滔说就是的，我很后悔你让他来。何无疆说还真是欠揍，医院不是武林，排名第几刀工资都一样，懂不懂。还有，艺无止境，刀法没有最好只有更好，王惊雷和我，做人与用刀都很近似。很多同事处了几十年，还不及跟他共事明白。滔滔说王惊雷和省医院那个谁谁比呢，全省人民心脏出事都排队等那谁谁下刀。何无疆说普通人问我，我说你等谁谁去吧，本省名刀，我还可以帮忙联系牵线。业内同行问我，我说谁谁和我院王惊雷都很好，你自己定吧。可要是我家人心脏做手术，那谁谁倒求我，我都不敢用他，他本事也是有的，但是名声比本事大太多了。滔滔耳语，要是我心脏烂掉呢？何无疆说除非你是真的该死，否则他必然给你新生。王惊雷刀下，没有冤死鬼。滔滔说那有什么用，他自己总当冤死鬼，从西北到丹青，千里迢迢冤完又冤。何无疆说因为人鬼同界，都在地面上活着呢。活鬼都比较喜欢害人，他们的专业可能比医学还要古老，并且薪火传承代代精进。好人都被鬼害过，就像男人爱美女，鬼见到好人就发疯，医学上叫作非理性亢奋，非下手不可，忍不了，倒贴着也得挠你几把。王惊雷就是这种鬼见愁级别的，越愁越要上，上了也白上。他活着是活人，死了是死人，死活都是人，里里外外没有半丝鬼气，人鬼殊途不同道。滔滔兴致勃勃，那你从专业角度告诉我，鬼更喜欢你还是他？何无疆察言观色，吐出完美答案，当然是他，他特别吸鬼，自打他来了，这院里的鬼都顾不上理我了。滔滔勾紧何无疆的脖子，幸亏有他。你离他远点。何无疆说不能太远，人类要抱团，不然都会被鬼吃掉。

何无疆没有看望王惊雷，连慰问都没有。他觉得压根就用不着。可是王惊雷这几天频频出现在普外科，美其名曰会诊。会诊就会诊吧，会完了他还不走，端坐在何无疆办公室，手里头捏着几张片子，时不时地看看片子，再看看人，静等何无疆开口。何无疆只得询问，惊雷，你怎么满脸都是怒火。王惊雷说我气死了，到你这里平息平息，不敢待在心外科，我怕情绪失控会骂人。现在没职务了，没权力再骂人。何无疆转身关上房门，知道是谁了？王惊雷茫然，什么？何无疆说内奸呀，你搞清楚了？王惊雷说狗屁内奸，我才没那个闲工夫。是这个片子，你看看，这患者早些年在咱们医院装的心脏起搏器，人家觉得心跳异常，头晕耳鸣，挂了号来看病。你知道我科里那位专家，他让患者干什么去了？他让人家去做核磁共振扫描了。扫描结果很正常，可是这项检查把人家的心脏起搏器给磁化了，全给扫失灵了。还不敢跟患者明说，怕患者闹事告状。何无疆惊叹，硬伤啊，专家怎么会犯这种低级错误？王惊雷咬牙切齿，专家啊，挂号患者太多，问两句就给开单子，两三分钟处理一个，哪顾得上用心。本来这都不关我事，可是这不，出事了，专家收拾不了，就把这患者硬转给我了。我能怎么样？我告诉患者，你的心脏起搏器有些功能失效，咱得重新安装。无疆，我最讨厌当骗子。我从来就没当过骗子，没骗过患者。可是我刚刚行骗成功，我气啊。

何无疆泡茶，强行命令王惊雷吃了两颗糖，他说好了吧，我愤怒就吃糖，有助于平稳情绪。王惊雷哑巴嘴，这办法不错，你再给我几颗。何无疆说没了，我办公室每天最多只搁两颗糖，搁多了我会全吃光，这年龄得控制血糖指标。王惊雷乐了，你也想骂人？何无疆庄严倾诉，常常想，不过我能忍，我有糖。王惊雷站起来，我回去等患者，我让他去做 CT 检查了，这会儿也该出结果了。何无疆满脸同情，还得接着骗。王惊雷说不，等他康复出院，我会告诉他实情。刚才使劲骗他，也不光是隐瞒过失，主要是怕他太生气，那可就真的要出大事了。何无疆说应该，人家又花钱又受罪，不能让他不明不白。王惊雷说现在说和出院说，那是两回事。医学和人格犯冲的时候，必须首选医学。何无疆笑道，同见。有时遇到类似情况，我也会先把人格给扔掉，保命要紧。王惊雷出门，又转身喊道，以后你上班多带两颗糖来。

王惊雷对这个患者超级小心，每天多次进出病房，为免患者受惊，他简直恨不得学会走猫步才好。患者出院时，王惊雷恭送到公交车站，就在站牌下，王惊雷把情况跟患者都说了。患者淡定无比，王医生，我什么都知道，是你们做磁共振的医生不小心说走嘴的。这几天我跟你对着骗，主要是怕你们不给我好好处理后续问题。我就等着你说呢。你今天要是不说，我明天就得去告你们医院。王惊雷说这事跟医院没关系，属于个人错误。患者点头，那我去告你们那个专家？王惊雷说去吧，他一半，我一半。我跟他都当过心外科主任，都让人给告掉了。现在他坐门诊，我干病房，都是普通医生。你告状的结果应该是减免部分费用，我已经给你算出来了。王惊雷掏出张清单递给患者，你看看，东奔西走外带生气，就是这么个数字。呵呵，像你这种情况吧，赔你多少那可不是你决定的，那都是我决定的，因为赔付款只会低于支付款，我精心控制住了你的支付款，就算真让我们赔，我们也都能轻松对付。患者捂着心口冷笑，那你干吗对我特别好？王惊雷说怕你告状啊，就为这个啊。患者说你用苦肉计，那个专家用连环计，他托了好几个人来跟我讲情，还给我送红包，想私了。王惊雷诧异，这个我可不知道，他没跟我说。患者说他可没你地道，他把责任都推你身上了。王惊雷恼怒，你别跟我挑拨是非，告就告呗，背后翻舌就免了，我不爱听。患者笑了，王君子，告状不划算，我不告了。你得小心那个专家。王惊雷指着公交车，你上去，别想插手我们科室内务。患者上车跟王惊雷频频挥手，王惊雷追着公交车大喊，不许激动，按时复查！

七

　　手术台上，何无疆一眼就认出了这个患者。他不认识他的脸，这张脸沧海桑田，不复当年。他认得他身上的刀口，胃腹部，近半尺长的刀口，这是他亲手划开的，也是他亲手缝合的。手术医生看刀口，恰似艺术大师欣赏自己的作品，眼神大多比较自我迷恋。何无疆的眼神却很木，也很冷，冷得瞳孔都收缩了。

　　这是一个犯人，监狱里的犯人。省第一监狱是全省模范监狱，监狱很大，关了几千号犯人。监狱和丹青市人民医院是常年的合作关系，监狱有重患者，监狱医院处理不了的，就往这里送，何无疆多次给犯人做过手术。他历来注重和患者的沟通，他认为沟通和医术同样重要，甚至比医术还重要，沟通不到位，迟早出问题。即便是犯人，做手术前他也会详尽沟通。但这个犯人是特例，大清早被警车送来的，来了四个狱警，这就有点超规格了。犯人出门和老板差不多，老板讲究带了几个跟班的，犯人的身份也要靠狱警的人数来体现，一般犯人都是两个狱警押送。四个狱警跟着，要么是重犯，要么是危险系数较高的。

狱警老李是何无疆的老熟人，当年他是小警察，他是小医生，凡是小的，都得受气，受了十几年，都练成了海纳百川。老李是防暴警察出身，腰身壮胆气豪嗓门粗，年轻时抓捕一个挟持幼儿园孩子做人质的歹徒时，身体落下残疾。歹徒从三楼跳下逃走，老李紧跟着跳下，膝盖骨摔碎了。后来转到监狱工作，多年来，他给何无疆送来过百十号犯人做手术，两人说话极其随便。老李说这回可没有家属跟着结账，你给省着点，监狱经费很紧张，你懂的。何无疆说我不懂。你当省点钱容易？我手机整天当成计算器用，一开药就得左算右算，真是日子艰难的患者，我算算账也不嫌麻烦。你监狱装什么穷，我每次去你们监狱医院给犯人做手术，我都感叹你们真富，你那小医院的设备快赶上我们了。老李说设备顶个屁用，我们狱医不行，玩地雷的耍不动火箭炮呀，只会治治发烧感冒皮外伤。何无疆说我得进手术室，你去门口等着，这人疼痛成这样，要么肠穿孔要么胃穿孔，溃疡引起的好办，要是肿瘤引起的，你得拿主意。老李问，你觉得呢？何无疆说不知道，这会儿没办法检查，做检查得排空肠胃，没那个时间了，只能直接剖腹探查，再耽搁会夺命的。

　　何无疆只当是个寻常的犯人，寻常的手术。这犯人大半夜捂着肚子满地打滚，嗷嗷惨叫，狱医给打止痛针，一点也没用。何无疆根据检查、症状及体征判断，是胃穿孔或肠穿孔，就直接把人送进手术室了，这种手术预计一小时足够。可是骤然间，患者身上这道刀口，像金环蛇的芯子，冰冷滑腻的，蜇疼了何无疆的眼睛。他站了一阵子没动。助手小刘手起刀落，沿患者胃腹部原有刀口，划了下去。这是惯例，一道疤总比两道疤好。

小刘双手拉钩，撑开刀口，这个时候何无疆应该操作了，他忽然说，小刘，我来拉钩，今天你主刀。

小刘做得很顺利，他把患者肠子抻出腹腔，翻了个遍，很快找到穿孔的部位，看看穿孔有点大，就把这一截切掉，缝合。就在他准备把满堆肠子放回患者腹腔时，何无疆说慢着。小刘有点诧异。这截切下来的肠子，经病理科快速冷冻活检，确认没有问题，也就是说，这个穿孔是由溃疡引起，和肿瘤及结核无关。何无疆捏起患者体外那大堆肠子仔细看，看着拽着，把患者腹腔中的肠子又抽出来一大截。人体的肠子几米长，颜色形态和超市里的猪肠同样，胡吃海喝的人，肠内壁挂满油脂，糊满肠道；生活不规律，饥一顿饱一顿的人，肠色发暗，粗大肥腻却欠缺弹性；相对来说，饮食讲究的人，肠色粉嫩，肠壁厚而紧，只有一层薄油。人体的每个器官都没有学会说谎，它们忠实地守护着主人的全部秘密。这个人的肠子可谓清汤寡水，松垮垮地颜色十分暗淡。显然是饮食太差，缺乏运动。

何无疆指着肠体上靠近直肠位置的一小块灰斑对小刘说，把缝合拆开，从这里取样，再送病理科。小刘说何老师，不可能有问题，如果是肿瘤引起，刚才整个肠子就是糟腐的，根本缝不住，只能皮外引流。这块斑会不会是先天的胎记？

胎记每个人都有，大多数人长在脸上或身上，极少数奇葩，他们的胎记会比军统特务的暗号还隐秘，干脆藏在内脏上。何无疆就是天生破解暗号的人，他说八成是胎记，两成不是，但我们必须把这两成也完全排除掉。这世上什么样的怪事都有，碰巧看见了，就得弄清楚。江河有源，如果洪水泛滥，找源头就没意义了，那时候得把整个河道都切掉。

二比八的比例，二胜。病理科很快打来电话，这块黄豆大小的灰色斑块，并不是胎记。它是源头，细微得根本不会让当事人感觉到异常的源头，正在积蓄力量养精蓄锐的源头，当它泛滥开来，它有一个惊世骇俗的名字，癌。

按照惯例，手术过程中发现其他情况，主刀医生必须亲自出去向患者家属说明，取得共识，让患者家属签字，方可继续手术。何无疆没出去，他给老李打电话。老李嚷嚷，无疆你就宰熟吧，肠穿孔咋就变成癌了？你们医院不能这么搞创收呀。看我们是公款是不是？你当他是公务员全报销啊？我们监狱经费很紧张，全是纳税人的钱呀。何无疆说少废话，我让人接你进来，眼见为实。老李换手术衣，消毒。跨到手术台前一看那具开膛破肚的身体和那堆血糊淋拉的肠子，一个没忍住，哗哗地呕吐起来。何无疆让他看清楚那块灰斑，老李说，这玩意儿要发作得多长时间？何无疆说纯属碰巧看见。不是发现得早，是发现得太早。肠穿孔和它没有关系，它还在萌芽状态。我也是头一次碰见这种事。半年之内，应该不会出现问题。老李说无疆，他刑期还有四个月。我们今天送他来，是做肠穿孔手术。你也知道我们的情况，犯人需要手术，都是通知家属全程负责。这犯人抢劫盗窃，这回是三进宫了。他没有直系亲属，这种人就是枪毙都没人收尸。

老李，我这里只有患者。只要他躺在我的手术台上，他就是我的患者。何无疆盯着老李说，都是人，老李，你要是为难，打电话给你们监狱长，我跟他解释。

解释个啥，做！老李手一挥，宣布命令似的，所有费用记到肠穿孔上，我可从没进过手术室，我没见过这块斑。我们不能开这个先例，把他出狱之后的癌都包了，我们几千号犯人呢。

手术室气氛陡转轻松，麻醉师和护士甚至聊起了一部刚上映的电影，只有小刘没话，他得全神贯注地操作。这种手术是全麻，患者跟死过去一样，什么也听不见，张天师来了都叫不醒他，所以手术室每逢这种毫无悬念的手术，都是边聊边做，话题包罗万象，女的说减肥美容，男的说国际风云。反正每天都是给人开膛破肚，面对没完没了的血色和肿瘤不说点闲话，简直会憋闷死。大手术就不行，气场不一样，过于肃穆和压抑，稍有疏忽，台上的人随时可能变成死尸，没人敢开玩笑。

这个犯人，是何无疆的老相识，何无疆从来不愿意想起，却是锥心刺骨，怎么也无法忘记。

犯人叫梁小糖，名字很甜蜜，命苦，苦得比黄连还噎人。梁小糖的老家离何无疆的老家不足百里地，分属两个县。何无疆的老家很普通，普通农家有多穷，他家就有多穷。梁小糖的老家很拔尖儿，穷得拔尖儿，全省近百个县，他们县穷成了冠军。何无疆和梁小糖并不认识。何无疆和滔滔都是考学考出来的，那个年代大学生比较稀罕，何无疆医科大学毕业后，理所当然地分进了丹青市人民医院。梁小糖走不了科举的路子，他小学都没念完，只能走草莽路线。他是背着铺盖卷儿来的丹青，在工地干活，那时还不叫农民工，就是个乡下的农民，小农民。他和何无疆相识在十五年前的一个深夜。梁小糖注定了无法站着面对何无疆，他每一次都是被抬到他面前的。

当时，18岁的梁小糖深夜正在工地干活，挑灯夜战赶工期。他在十八层楼，踩着架子给大楼外部贴瓷片。他不知道自己的脚是怎么踩空的，也不知道十一楼那根钢筋怎么就接住了他。那根钢筋从梁小糖右臀刺入，左肩刺出，贯穿整个上半身，把他吊在了十一楼。

梁小糖的手术做了一夜，胸外科心外科普外科骨科紧急联动，联手完成。光是取出那根钢筋，就用了差不多半个小时。手术台上站满医生，各做各的，何无疆在梁小糖上腹部划开三四寸长的刀口，做剖腹探查，双手往里一伸，知道不妙，梁小糖的半个胃毁坏了，那根钢筋从他的胃部穿过，梁小糖吃的晚饭溢出，流满腹腔，何无疆清理干净，开始给他补胃。这种情况之下，何无疆有两个选择，他完全可以胃部全切，保命要紧，这样做没有后患，但患者太年轻，这么年轻的体力劳动者，如果没有了胃，吃的东西从嘴巴直接进肠道，毫无生活质量，那活着岂非和死了一样。何无疆选择补胃，比女娲补天还艰险，术后稍有感染，就得二次手术，二次手术就没有选择了，只能全切。

梁小糖命大，那根钢筋像死神的一个玩笑，他的肝脏、胃、心脏受到重创，胯骨、肋骨、肩骨均有骨折。他的腹腔内大动脉令所有手术医生惊叹，大动脉紧贴着那根钢筋，甚至为钢筋调整了自身的弧度，好像是缩着身子给钢筋让的道，他太年轻，血管弹性超好，钢筋刺入时，他的大动脉应急性收缩。要是中老年人，大动脉硬且脆，绝对让不开，一被刺破几分钟就完了，神仙也留不住。

梁小糖术后住在普外科，何无疆是他的主治医生。他躺了两个多月，才可以挂着拐杖下床。梁小糖的治疗费用惊人，两个多月花了快十万，十五年前的十万，在丹青市很不错的地段，可以买一套八十平方米的房子。包工头每过几天来交钱，回回唉声叹气，他说何医生，这工程是层层转包的，到我手上也落不下几个钱，我怎么这么倒霉。就是死个人，十万也足够打发了。何无疆说，梁小糖逢人就说老板是菩萨心肠，怎么也不会让他成个残疾人。

何无疆是替梁小糖说话，他把他当同乡看，他对这个无父无母的小同乡充满同情。他觉得自己如果不是会念书会考试，那么，他就是另一个梁小糖，30岁的梁小糖。当时科里人手紧，何无疆隔天值一个夜班，夜班随时被叫起来手术，从来不敢脱衣服睡，从来不敢放心睡过去，天亮了交完班，接着查房换药，上手术台，写病历干杂活，没有节假日，没有星期天。何无疆是一台永远转动的机器。梁小糖开始叫他恩人，后来叫何医生，再后来叫何大哥，最后他叫，哥。梁小糖说，哥，考学有啥用呀，你看你，咋就比我还累呢？

何无疆鼻子发酸。他说小糖，18岁刚进大学的时候，我以为毕了业有个工作就什么都好了，可现在我还和当年一样，一无所有。我爸我妈岳父岳母，都老了，干不动活了，全指着我和你嫂子这份工资养活。梁小糖说哥，我每个月都买彩票，我要是中了大奖，第一件事就是买套房子送给你和嫂子住，你们三口人挤那一间小房，和我们工棚差不多。何无疆问，第二件事呢？梁小糖说，我想谈恋爱，找个念过书的姑娘谈恋爱，念过书的姑娘不一样。何无疆说都差不多吧，你嫂子名牌大学毕业，还不是整天蓬头垢面接送孩子买菜做饭上下班，看不出来她念的那些书有什么用处。梁小糖很认真，那可不一样，到事儿上就不一样了。我都没见她凶过你。何无疆笑，这倒是真的，她几年不发一次火。

梁小糖没人照顾，也没钱，包工头后来干脆不露面，打电话不接，去找就躲起来。不仅包工头，梁小糖几个要好的工友也不再来了。何无疆不担心，梁小糖说过他老家还有两个姐姐，日子过得不错，梁小糖是怕她们受不了，才不告诉她们的。当时梁小糖欠医院费用近七千元，恢复得不好，头晕胸疼胃肠疼骨头发冷，拄着拐勉强能走路，走几步就喘，一喘就出虚汗。

梁小糖手术后严重贫血，低蛋白血症，电解质紊乱，多脏器功能不全，何无疆每天给他补血补蛋白补营养，氨基酸脂肪乳葡萄糖都是大量补充。他去找过梁小糖的工友，工友支支吾吾的，都不肯再来照顾，问包工头的去向，工友异口同声，不知道。何无疆说小糖，要不把你姐姐叫来吧，你这样不能没人照顾。梁小糖说哥，我两个姐姐把我带大的，跟我妈一样，看到我这样，她们受不了。再说家里头都是姐夫当着家，一下子拿出这么多钱，我怕姐夫给姐姐气受，得等我好了，慢慢地和他们说去。

滔滔每天炖汤，鱼汤鸡汤红枣汤人参汤，小火慢炖，熬得浓浓的，她怕何无疆累垮了，做饭炖汤分外上心。梁小糖足足喝了她两个多月的汤，每天两碗，一早一晚，何无疆用保温杯带去的。何无疆隔天值一个夜班，都是滔滔送饭，她不让他吃食堂的饭。他面对的世界凄风冷雨，她挡不住，她能做的只有做饭，变着法子做，让他吃饱吃好，五脏相连，胃暖了，心就不会太凉。后来滔滔做两份饭，何无疆一份，梁小糖一份。住院近三个月，梁小糖脸上有了光，被滔滔的饭菜滋养的。

何无疆30周岁生日，是在家里过的，滔滔做了几个菜，开了瓶酒，梁小糖吃到一半，把筷子放下，他说哥，我也没啥送你的，我身上一点钱也没有，明年生日我再补给你吧。这么说着，梁小糖忽然站起来，然后跪下去，砰砰砰冲何无疆磕了三个响头。声响太大，吓得滔滔怀里两岁的何有疆哇哇大哭。何无疆拉起梁小糖，小糖，你心里别觉得欠我的，我有个弟弟跟你同岁，小时候得病，治不起，死了。我就是因为他，才选择学医的。你长得跟他很像，我看着你亲。梁小糖放声大哭。何无疆说好好吃饭，可别哭丧。迷信的说法，你这么一哭，我整年都过不好日子。梁小糖呜咽，我忍不住。何无疆说怎么忍不住，我们科室的医生护士都夸你够英雄，那么重的伤痛都没见你哭过。梁小糖不哭了，拿起筷子吃饭，吃得极为凶猛，何无疆连说慢点吃，你肠胃还没彻底痊愈，今年全年你吃饭都得细嚼慢咽，并且要严格控制饭量。梁小糖说哥，我迟早都会中彩票，你信不信？何无疆摇头，我从不相信天上会掉馅饼。我劝你别买那种东西了，每次十块钱，还不如买点好吃的。梁小糖说每期都有人中大奖，你怎么知道那不是我？滔滔插话，小糖，你要多念点书你就明白了，永远也不会是你。世上哪有那么多的幸运儿，彩票这池子水比足球还要深。梁小糖不服气，我们工友都说彩票没法作弊，它是最公道的命运。何无疆说据我所知，世间最公正的东西就两样，时光和肿瘤，谁都没法跟这两样东西搞交易，所以都怕老，都怕长癌。至于命运，天灾人祸外加构陷栽赃，有多少人恨死哭死，就有多少人笑死笑疯，所以命运是最不公道的。信命不如信人，信人不如信己，命运是什么？命运就是自己。梁小糖想了又想，嘴里迸出一句话，哥，你就是我的命运。

梁小糖失踪了。过完生日的第二天就失踪了。何无疆在护士站放了二百元钱，让值班护士在他不在时，给梁小糖打饭用的。梁小糖把剩下的一百多元也从护士手里要走了，护士都知道何无疆和梁小糖的关系，没多想就给了他。

当时梁小糖欠医院的费用是9394元，何无疆签字做的担保。不然医院早给他停药了。何无疆胸有成竹，他说小糖是回老家找他姐姐去了，过几天就会回来。一个月后，何无疆去了梁小糖的老家。梁小糖根本没有姐姐，一个也没有。他只有两个堂哥，早已形同陌路。他没有任何亲人，他在这个村子，是吃百家饭长大的。自从15岁离开这里，他再也没有回来过。没有人知道，他去了哪里。

梁小糖以暖流的方式涌入何无疆的生活，以寒流的方式消失。何无疆被医院通报批评。按照医院规定，那笔欠款医院和何无疆各承担一半。他当时的基本工资每月四百元出头，他每月只能领一半工资，另外一半，还债，还梁小糖欠下的债。

何无疆是名牌大学毕业，硕士专攻肝胆外科，院长比较看好他，把他叫到办公室说，规定就是这样，医院每年被患者逃账上百万，我也是没办法。我跟财务说过了，全走医院的账，你这年龄上有老下有小，你不用还了。你知道就行了。

不，何无疆一字一顿，院长，我得让自己记住。

何无疆足足还了二十三个月，才把那笔债了结。他一直在等，等他来对他说，哥，我不是存心的，我是真没办法。只要这么一句话，何无疆就觉得足够。但是没有，连一个电话一封信也没有。从始至终，他对他全是真情，而他对他，全是算计。30岁的硕士生被18岁的文盲给耍了。就是耍了。不然他不会连一句话都不留下，连一个电话都不再打来，一切都是经过算计的。他给他手术、治病、买饭送饭、买内衣外衣买一切生活用品；他甚至给他洗过澡，像给儿子洗澡一样，下手无比轻柔，怕碰着那些刀口；他把他治好了。他把他扔下了。

从那以后，何无疆的心一寸寸地冷，一寸寸地硬，十分红处便成灰，肝肠似铁不容情。他再也没有和任何患者交过朋友。走过红尘才发现，谁也不是谁的缘，缘和劫总是结伴同行的。何无疆结果了梁小糖，就是结果了缘分。结果了缘分，就是结果了劫难。果然，从那以后，何无疆还真没惹上过比较成规模的医患纠纷。所谓规模，在业内的认知也是文武有道的，武的自然是动手，文的自然是官司。动手有很多种，摔门摔杯子砸电脑都不算，揪领子扯衣服拽头发也不算，见血了算，见骨了算，见命了更算。至于打官司，奔波煎熬暗里使钱都不算，明面上的判决结果才算，判多少是多少，不光是钱的事，太揪扯时间和心力。很多经历过医疗官司的医生，官司过后华发满头，赔付款也许只是几千元，但心理上早把家底赔光了。

每个行业的从业者都说过入错行，但是没有人比医生的忏悔更真诚。同行相聚，集体忏悔，是医学界饭桌上的必备菜。过些日子不吃，很多医生甚至会觉得胸闷，就像有烟瘾的人猛地中断了尼古丁，心里可以不去想，五官却都有反应，眼泪多鼻涕多口水横流。这和心瘾没什么关系，纯属生理上的本能反应。鉴于此，何无疆每有饭局，常常邀约王惊雷。按说医生做到这个级别，谁都不缺饭局，可何无疆的饭局总比王惊雷的要高端，都是同行同事，属于业内饭局。王惊雷说最烦患者家属逼着吃饭，七拐八拐地托了关系，弄得你不去都不行。不去得罪人，去了累死人，刚下手术台都是累半死，话都不想说，可是上桌了你还得谈笑风生。半个字不敢说错，一旦病情有反复，患者和医生立刻可以成为死敌，到了那时，你曾经说过的每个字都有可能成为证据。何无疆摇头，我们看患者，患者看我们，都是情意绵绵中杀机无限。原本简单的职业关系，搞得那么复杂，视患者如亲人谁能做到？每天几十个亲人看下来谁不崩溃？我亲人多得受不了，前几天一天六台手术做到半夜，出了手术室六拨亲人抢我上饭桌，家里的真亲人怕我过劳死，非让我回家吃。每逢如此，我只想跪下或趴下，腰和腿站得受不了，就想亲近沙发，亲近十几分钟，还得去看手术台上刚下来的亲人们，根据各种状态下药调药上设备。你得包好，包好就是亲人，好不透就是仇人了。王惊雷说那些饭局好推，管他亲和仇，我就俩字儿，不去。你拉不下脸，是因为你不想得罪牵线的人，还有就是你没被患者家属砸烂过头盖骨。虽然我的头盖骨没有山顶洞人的值钱，可洗头时手指稍微用力，凹凸不平得自己都不想摸。

何无疆微笑，没人能够相信，我们个个身心俱残。都说我们是这个社会的底线，谁封的？那么多高等人群不当底线，叫我们这种挨打受气的去当，也太抬举我们了。王惊雷说医生被杀已经不具新闻价值，现在教师也是底线了，好歹也有个分担。只是无疆，你的饭局我不好说不去。知道你意思，我是外地人，没同学没朋友没圈子，可人跟人不是端几次酒杯就熟的。何无疆说端过好过没端过，王神医你动不动就在太平间待着，很显架子。我已经听过多次议论，说你看不起活人，说你给自己搞小会所，打扰人家死人们休息。王惊雷说谁这么闲？何无疆说每个院子，每个单位，忙人和闲人各半的比例，已属清静之地。有多少累死累活的，就有多少闲得难受的，难受就得挑事，不然显现不出价值来。王惊雷说我就喜欢太平间。何无疆说确实比会所和饭店都舒服，树下吹吹风，事不过心，人不过眼。你真是太会享受了。

享受是生活中最为高端的艺术，懂艺术的人才哪里都不缺，真正会享受的人物总是难得一见。王惊雷就很会享受，多忙多累都不耽误享受。他是个执着得近乎执拗的人，执拗的人都是一条道走到黑，不撞南墙不回头，撞了南墙更不回头，宁可拆墙也要向前。自打踏上丹青的土地，王惊雷就迷上了这里的海棠和面条。海棠只看太平间的，面条只吃医院门口那家小店的，雨打旧梦花送前尘，王惊雷本色不变，永不妥协。他吃面的小店，医院里的医生和护士都不太肯去，店面太小，也过于嘈杂拥挤，食客以菜贩子和农民工为主，汗味儿远远盖过了面味儿。王惊雷最爱闻汗味儿，从小就爱闻。内心里，他把人类职业概括为两种，流汗的和不用流汗的。为生活和生存而流汗的，都和他一样，都是用汗水换吃饭的。至于那些花钱买流汗的，比如健身房的汗和二奶三奶床上的汗，那都是高级汗，他从来就没流过高级汗，没空也没那么多闲钱去折腾。和面馆里的体力劳动者没什么不同，他也是个天天流汗的人。外科医生都得流汗，都得用汗水换生活。手术室温度都是按照患者体温需求设定的，常年温度将近三十摄氏度，医生上了手术台，大脑聚焦，身体劳作，个个汗水湿衣。若是赶上几台手术连轴转，手术服总是会湿透。闻自己的汗闻惯了，闻谁的汗都好闻，王惊雷甚至很享受闻汗，这家面馆汗味儿超标，正好满足了王惊雷特殊的闻汗癖。由于总来，他和好几个菜贩及民工混得很熟，民工说王医生，你身上怎么比我们还难闻。王惊雷说我这职业最惨，我是双料，脑力劳动者兼体力劳动者，不过我有条件天天洗澡，这点比你们强。菜贩说不止，你收入可比我们高得多。王惊雷说我觉得咱们之间不应该搞攀比，我的劳动不止这个价。农民工和菜贩都说，我们也不止。王惊雷说咱们都不止，汗水最贵，可是卖得太便宜。所以都得好好吃好好活，咱们得让汗水越来越值钱。

就如同所有城市的所有街道，医院门口的这条街道上，也遍布着为数不少的饭店和酒楼，至于面馆，这条街上足有十好几家。这当中，共有三家面馆以同一个名字来当招牌，都叫天下第一面。由于都是天下第一，让食客们不好分辨，于是又都给自己的招牌特地加了个备注。何无疆比较喜欢正宗天下第一面，王惊雷科室的医生集体欣赏绝对天下第一面，王惊雷历来反感正宗和绝对，他吃面的面馆就很简单，也足够纯粹，大号就叫天下第一面，说什么都不肯给自己的招牌加备注。面馆老板对王惊雷这个超级 VIP 无比重视，每次都上大碗面，却只收小碗面的价钱，还常常额外送汤送水果。汤是面汤，没什么稀罕，水果就不同了，柿子苹果红枣香梨，都是跟着节令走的，老板的孙子当天吃什么，王惊雷就能跟着吃到什么。王惊雷从没给老板全家做过任何贡献，无功受禄总是于心不安，每次买单，王惊雷都要强调是人碗面，老板假装听不见，非要多找给他一块钱。这家面馆的大碗面和小碗面，差价就是一块钱。王惊雷忍无可忍，老板，你再这样，我以后就不来了。老板说别别，千万要来，我这小店从开业至今，就出了你一个镇店的贵客，你要不来了，我还好意思再叫天下第一面吗？王惊雷说那你得按大碗收费，你别给我打折。老板说这不是打折，几块钱的面怎么打折，我从来不打折。我这是给全家买保险呢，你不是天下第一刀吗，如今这年头，谁都难免挨刀子，真到了那天，你可别让我们排队等你啊。王惊雷严肃了，我的患者都得排队，不是快死的，谁也不许插队。老板说知道，所以更要跟你搞好关系。王惊雷说还有，不得叫我天下第一刀，这个叫法比杀人还狠，我可受不了。老板递上一块钱，你拿着，我以后就不叫了。王惊雷左手接钱，右手接过了一捧鱼皮花生，眉开眼笑，这就对了嘛，以后可不能乱叫了。

八

　　王惊雷是半夜3点43分接的电话，太平间贺师傅打来的电话。贺师傅从没在这个时间段给他打过电话，贺师傅的声音很低，他说惊雷，你快来太平间。王惊雷下意识地问怎么了？贺师傅吐字有点不清，他说，快来，你赶紧来。王惊雷的头发瞬间立了起来，见了鬼似的。他从没听见过贺师傅用这样的腔调说话，这是发抖的腔调，是上下两排牙齿完全不受大脑控制，磕磕碰碰，迸出来的腔调。贺师傅什么没见过，他曾和法医一起把破碎成几大块的尸体拼回成人形，曾和急救中心的医生联手把轧成大饼状的扁尸复原得凸凹有致，曾给电死的焦尸穿上衣服，曾给二十六楼跳下来的女尸梳过头，洗过脸……在这个世界上，早已没有任何可以吓住他的东西，他的太平间，就是万丈红尘的生死驿站，活的死的他都没怕过。

　　能把贺师傅吓出颤音的，同样能让王惊雷如雷轰顶。3点48分，只用了五分钟，王惊雷就让自己从床上赶到了太平间。就这五分钟，王惊雷浑身湿透，尽管打了把超大号雨伞，也丝毫没遮挡住铺天盖地的歪风斜雨。

又是清明，终是清明，王惊雷和清明早已情定今生。和以往所有的清明都不同，这是个没有月亮的清明节，半丝月光也没有。王惊雷从没见过这么泼墨般黏稠的春夜，却有雨，这场雨仿佛如约而至，赶赴清明之约。雷如战鼓雨如卒，天上的银河决堤般，以合围之势扑向丹青的每寸角落。跑进太平间小院，恰好一道闪电掠过，海棠树青灰色的枝丫淡淡透明，满树的花朵宛若冒着浓烟的宝蓝色，熠熠灼目。王惊雷干脆把雨伞扔了，半步跨进大堂。

太平间院子是"回"字形结构，大堂正对着门口。太平间属于豪宅级别的，整个院子千把平方米，关键是"卧室"超大，高端大气上档次，每间"卧室"都有两百多平方米，里头安置十二个大冰柜，每个大冰柜分为十层，抽屉似的，每个抽屉相当于一口棺材，专供死人下榻休息。这些抽屉远比棺材高级，恒温冷冻，尸体存放多久都不会腐烂变质，并且可以随时打开瞻仰遗容，一拽就出来。

贺师傅迎着王惊雷，脸色淡然，嘴角却止不住地抽搐，惊雷，你那个患者，下午送来那个，住88号冰柜的活死人，他有响动。王惊雷心头炸了个惊雷，心底的预感被完全证实了，死人复活。真的是死人复活。他说不可能！贺师傅，这人下午5点30分心脏停跳，心电监护仪呈直线足足十分钟。我亲自做的抢救。撤了监护仪，我又搁了十五分钟，才给你送来的。贺师傅说是，自打十年前心血管内科那个患者在我这儿被冻醒，又活了，你们都会把刚死的患者多搁一阵子，确定死透了，才往我这儿送。可是惊雷，88号冰柜，真有动静。

王惊雷三两步跨到88号冰柜前，伸手就拉，贺师傅手更快，他一把按住王惊雷的手，把王惊雷拉开半尺的冰柜又给推了回去，推得严丝合缝，他说惊雷，你要想好。要想好。王惊雷把耳朵贴在88号冰柜上，他听到了声音，细微得几乎听不出来的声音，恰似尖利的钝器远远地拖过水泥地面的声音。他认得这个声音，他太认得了。心外科全体医护人员都认得这个声音，这是活死人袁如海所特有的声音。

袁如海，男，74岁，原省直某局办公室主任，十四年前退休时，局领导为袁主任搞了个送别宴，忆往昔劳苦功高，话今朝岁月催人，酒桌上觥筹交错盏盏浓情。饮低杨柳楼心月，诉尽宦海袖底风，袁如海大醉，返家途中遭遇车祸，五脏六腑全受到重创，最致命的伤在头上。当时脑外科、胸外科、心外科、普外科，上台了四个主任，联手给他做手术，手术做到后半夜，骨科医生上台了。每逢这类车祸或斗殴性质引发的重大突发性手术，患者没有不骨断筋折的，但是骨科医生大多不会立即上台，他们会等，等着看这个患者能不能活下来，能活，他们会立即上台处理骨头上的事儿；不能活，他们也没有必要给一具尸体接骨头。在这样的手术现场，骨头上的事儿，相较于头部和五脏，是轻之又轻的。骨科医生上台，意味着脑外科胸外科心外科普外科的手术全部成功，意味着袁如海可以活下来。

袁如海确实保住了命。但他的活，比死亡还要不幸。他成了一个活死人，没有意识没有情感没有思维的植物人。植物人能不能苏醒？绝大多数不能，极少数可以；基本上没有可能，但奇迹也毕竟出现过。袁如海的妻子儿女们，头半年是时时刻刻都在呼唤着他快快醒来，后半年则忙于对簿公堂打官司，和袁如海的单位打，和医院打，和肇事司机打。袁如海的单位领导自知理亏，与家属达成协议，所有医疗费用由单位负责；家属没时间照顾，就由单位出钱请特护，请两个丹青市最好的护工24小时轮班守护；袁如海的一双儿女皆在企业工作，全部调进局里，特事特办，速度奇快；局里分房，袁家一下子得了三套，袁家三口人都是局里的人，自然是分三套，全局职工严重理解领导的决定，没有人说半句不是。

和肇事司机的官司，袁家也打赢了，可惜赢和输一样，什么也没落着。肇事车辆是一辆中型面包车，某个小工头雇了两个农民工用来运送装修材料，肇事司机是个郊区的农民，家里砸锅卖铁的，也没能凑足手术费的一个零头；小工头见出了大事，干脆关了自己的建筑材料小店，换了个城市谋生去了；更离奇的是，这辆面包车是旧车市场"二"了好几手的二手车，哪个车主也没舍得给它买过保险。它是辆黑车，和任何保险公司都扯不上关系。

袁家人和医院敌我难辨，时敌时友，长达三年。走了法律程序，判定医院所有救治措施无任何过错，不承担责任。然后就是谈判，医院派出精兵强将以最高礼遇相待，双方达成完美共识。相信奇迹，等待奇迹，以不懈的爱心共同创造生命和医学的奇迹。

为了这个共同的奇迹，袁如海在丹青市人民医院住了十四年。在漫长的十四年间，袁如海确实创造了不少奇迹，除了妇产科，他几乎住遍了医院的所有科室；他的单位很慷慨，每年以支票和医院结算，从不拖欠，没有任何对治疗费用的质疑，这使得袁如海在医院成了名人，成了从不招人嫌的老安琪儿。不说话，不抗议，不喊疼，不提问，用什么药都行，上什么设备都好，僵而不死，永不咽气，这样的患者，试问天下医院谁能敌，试问天下医生谁不爱。刚开始他住在脑外科，后来转普外科，再后来是消化科、神经内科、心血管内科，出现应急状况也好办，送到 ICU 加强治疗，缓解几天再接回来。

袁如海浑身是病，哪个脏器和部位都有可能出现并发症，因此随时转换科室，是完全有必要的。在这十四年间，袁如海的妻子儿女不离不弃地陪了他整整两年。头两年。后来儿女忙碌起来，他的妻子又陪了他三年，也是每天都来。再后来，隔天来，三天来，一周来，半月来，直至两三个月来一回，坐一会儿，看几眼，问问情况，就走了。

不是亲情凉薄，不是夫妻不相爱儿女不尽孝，而是人间至情都一样，怎堪得这般无尽消磨。都是袁如海的错，他实在太不争气，他渐渐变得让家人无法承受。除了专业医护人员，任何一个正常人，在走到袁如海跟前时，都会被吓得魂飞魄散。他的全身插满了管子，每根管子都连着仪器，吃的喝的都由管子输送，拉的泄的也靠管子排出;他骨瘦如柴,眼窝深陷如黑洞,皮肤的颜色不是人的颜色,是品牌家私最常用的黑胡桃色,上面还泛着层水汪汪的油光,刷了清漆似的,这是长期使用营养类药物的正常反应,他不会说话,只会喘气,早几年还会呻吟,后来就只会发出那种尖锐的咝咝声。咝咝了十几年,也没有任何的音符变化。两个男护工,24 小时在岗,他们的工作是严密监视每台仪器的变化,发现异常及时去叫医生。还要经常给袁如海进行全身的捶打按摩,以保证血管不坏死,皮肤不溃烂。他们工作很称职,袁如海的单位每逢春节都给他们发双薪。

袁如海的儿子和女儿,调入他的单位后都干得不错,局领导对他们很是另眼相看,他的女儿已升为副处级。儿子袁小海子承父业,成为办公室主任,工作业绩相当显著。袁小海连续数年当选"丹青市十大孝子",在丹青市是个家喻户晓的人物,感动过丹青无数的老老少少。每逢九九重阳节,丹青电视台会在袁如海的病房给袁小海做访谈,录节目。这一天,两个护工放假,袁小海亲自给父亲擦洗身体,按摩皮肤,修剪指甲和头发,每隔几分钟就用濡湿的棉花棒蘸蘸父亲的口鼻,以免脱皮。他说,人世间最大的道理,就是孝道。不讲孝道的人生是罪恶的,没有孝道的社会是可耻的。现在很多人崇尚西方社会的所谓自由,这是很可怕的趋势和苗头。长此下去,我们中华民族几千年来的孝道何以立足? 又何以传承? 自从我的父亲成为植物人,有许多人劝我放弃治疗,我不能接受。我绝不放弃。因为,我始终在等待奇迹。我始终在等着我的父亲能够醒来，轻轻叫我一声，小海……

袁小海的话如海涛翻腾，席卷无数丹青人的眼角心头。只有王惊雷的心灵比较干燥，做这个节目时，袁如海刚转到王惊雷手上，是从普外科转来的，按惯例，袁如海当时所在科室的主任也要在节目里说几句话，有个呼应。王惊雷就此事去问何无疆，问他们以往是怎么说的，何无疆悠悠然，这节目做了多年，医院几乎每个科主任都露过脸，咱们能说什么。咱就说做好本职工作呗，确保患者生命安全呗，相信奇迹呗。王惊雷打断何无疆的话，无疆，恕我不敬，要是你爹呢？何无疆起身去把办公室的门关上，说道，惊雷，也恕我不敬，要是你爹呢？我就一句话，你所做的，必然也是我所做的。王惊雷说，我这人不孝，要是我爹，他活不过百日。何无疆说，我不如你，我比你孝一点。要是我爹，半年以内吧。不瞒你说，这十几年来，袁如海在我这里进进出出好几遭，每次我都征求袁主任的意见，问他是否放弃，搞得袁主任对普外科很不满。这不，要做节目了，他说我前年上过节目，是否换个科室，我说那就心外科吧，反正老先生哪个脏器都很需要治疗和养护，我们王主任是心脏之王，上节目够派儿，就转给你了。

袁如海这种患者，是给谁就让谁高兴的主儿。何无疆转给王惊雷，是因着两人交情好，心有戚戚的交情。人世间所谓交情，或基于利害，或基于同道，王惊雷与何无疆，两者兼而有之，合作多年，求同存异，大节无歧。

王惊雷和何无疆都没有想到的是，袁如海在转到心外科的第三天，竟然死了。

按照常规常情，多年的植物人死亡，对医院和家属都属于解脱。毫无康复可能性的植物人到底该不该死？这个问题太高级了，全社会已经探讨多年，至今还没有拿出任何标准性质的答案。由于该问题的涉及面太过于广大深远，早已超出医学范畴，因此各医院在面对植物人患者时，都执行统一标准。统一标准化繁为简，早已简到不能再简，那就是听家属的，完全听家属的，绝对听家属的。家属说放弃，那就放弃，医院和医生永无二话；家属说坚持，那就坚持，医院和医生从无异议。关于放弃和坚持，这当中的惨淡煎熬，令无数植物人的家属血泪飞溅，难于抉择。作为正常人类，谁都不会轻易狠得下心，直接就给自己的至亲宣判死刑。都是要熬的，都是熬出来的，熬到没法再熬，熬到熬不下去，植物人也就熬到了尽头。熬到尽头的植物人很快就会被送进太平间，熬到尽头的植物人家属个个心力交瘁，往往是连哭一哭的激情都没有了，都被岁月给熬干了。

植物人但凡超过两年，基本也就没了人样，电视里的木乃伊是什么样，多年的植物人就是什么样。不管照顾得多么精心，多么周到，生命本身的真相总是无可粉饰的。两年，很多医生都知道，两年就是一道坎，是植物人家属的大坎。很多家属都会艰难地挺过这道坎，再难再穷，他们也不会栽在两年以内。两年以内拼情感，两年过后拼财力，至于五年十年的植物人，那必须是双拼双赢的奇迹，情感和财力缺一不可，缺了哪样都不成。何无疆和王惊雷都经手过植物人，何无疆经手的植物人是个女人，当时才三十出头，因在小诊所做乳房整形手术，由于填充材料来路不明，毒性严重超标，导致脑部因中毒而缺血缺氧，就这么成了植物人。女人被送来医院时，那家小诊所已经关门了，老板和所谓的手术医生都已不知去向。这女人是二婚，就是因为太重视二次婚姻，才去做的隆胸手术。当时丹青的正规医院，都还没有正式展开过整形手术的相关项目，女人是没有选择，才进的小诊所。何无疆如实告诉女人的新婚丈夫，非常遗憾，我们各科室联动，都已尽了最大努力。但是就目前医学水平，我们回天无力。你妻子不会死亡，也不会醒来，她的未来只能是个植物人。女人的丈夫追问，会有奇迹吗？何无疆摇头，不会。她不能没有呼吸机以及相关设备，否则就会很快死亡。是放弃还是坚持，我们尊重你们的意见。女人的丈夫说，我们刚结婚，还没有来得及开始，她怎么这么糊涂。何无疆说医院近期收治了好几个女性患者，都是整形手术惹的灾难。你妻子最为严重，因为你们错过了救治时机。女人的丈夫泪流满面，我们刚开始只顾着去找小诊所讨说法，没顾上来医院。那天她忽然不会动了，我才意识到她病得很严重。女人的丈夫选择坚持，也算是情深义重了，他足足坚持了两年。两年过后，何无疆再没见过这个男人，是女人的父母选择了放弃。何无疆陪着两个老人，把女人送进了太平间。何无疆对老人说，节哀，保重。老人早已被榨干了眼泪，就只会苦笑了，老人说外孙子没人要，亲爹不要，继父更不要，我们得要。我们得把他养大，不保重还真不行。再后来，老人带着那个孩子来找何无疆看过几次病，何无疆每次都领着跑上跑下的。那个孩子偷偷问过何无疆，叔叔，我妈到底是怎么死的？何无疆说为了改变，你要记住，改变总是双刃的，有些改变可以成全生活，有些则能够摧毁生命。

九

　　王惊雷经手的植物人共有三个，这三个人的生命加起来，也才不过活过了三个年头。头两个都是年轻人，因重大意外伤害而成为植物人，由于没有任何希望，家人都没能挺过足年。第三个活过了两年，因为医学无法界定，这个人究竟会不会醒来，家属就坚持等待。等过了第二个年头，家属熬不住了，要求把人接回家去，王惊雷说撤掉设备以及药品，你们知道后果？家属说知道，我们几家人都已债台高筑，我们受不了了。王惊雷说，那又何必要接回家？就在这里撤吧。家属痛哭，我们舍不得。我们还想在一起，多一天是一天。王惊雷说理解，尊重，好吧。这人被接走后，还没几天就回来了，走的时候是植物人，回来时已成为尸体。

　　袁如海是王惊雷经手的第四个植物人。王惊雷不敢小看袁如海，因为他还从没见过活了十四年的植物人。医院里有些医护人员，私下里不把袁如海称为植物人，他们管他叫药神。虽然刻薄，却也十分到位，袁如海这十四年，每天都在用药，差不多每时每刻都在用药。如果离开药品和设备，袁如海就不是植物人了，他只能是个死人。毫无悬念的死人。鉴于袁如海的特殊身份及病情，王惊雷亲自去接他了。接送仪式都很隆重，因为袁如海身上的设备太多，每次换科室换病房，都得是兴师动众的。王惊雷多年来接送患者无数个，但是这次很不习惯，主要是没法交流。不像从前，他会对病床上的患者说，我是心外科王惊雷，我来接你了。多数患者都会有个回应，病情轻些的会跟他说话，还会跟他握握手什么的；病情重些的也会发音含糊地喔喔，唔唔；即便是插着管子的，戴着氧气面罩的，也至少还会对着他眨眨眼睛，甚至点点头。王惊雷按照惯例，对袁如海说道，老袁你好。话音未落，就听到扑哧，扑哧，是几声浅笑，是病床边的护士和护工同时发出来的笑声。护工说王医生你可真神，这么多年，我们还从没见过有谁跟他说话的。护士也说王老师，怎么说都是白说。咱全医院都知道，谁要能让他开口说话，那得诺贝尔医学奖伺候。王惊雷说家属呢，家属都会跟植物人说话的，明知听不见也要说。护工撇撇嘴，王医生，重阳节拍电视的时候，他家属才跟他说话。平时都没人理他，炸弹都炸不醒的人，谁会跟他浪费唾沫呀。

袁如海入住心外科后，头两天很正常，王惊雷给袁如海调了一批药，和以往十四年的用药大同小异，改善血管循环系统，加强全身保健营养，增强电解质提高免疫力，促进消化吸收。因是住在心外科，亦有必要体现科室特色，王惊雷专门给加了几瓶活血化瘀、营养心肌的药。科室特色不体现出来，是不妥当的，如果碰上省市医保及监管部门来查病历，就会找出毛病来。因此袁如海的全身上下都是特色，住在哪个科室就是哪个科室的特色。他像一棵树，树干基调不变，每挪次窝，就得换换花色，赤橙黄绿青蓝紫，花海如潮亦如画。袁如海住在普外科时，何无疆把他的肝胆胃脾胰肾肠，都给好好调理了，王惊雷打算再把他的心脏功能着重加强和巩固。

袁如海这样的患者，比大熊猫还宝贝，搁谁手上都是宝贝，谁都不舍得让他去死。医生不舍得，医院不舍得，家属更不舍得，袁小海和医院每个科室的主任都是老相识，妇产科主任除外。他手机里存有每个主任的号码，手机号和家里号码，电话一拨，沟通无障碍。袁小海早已不是当年那个莽撞的企业小员工，袁如海的遭遇拔苗助长，将他迅猛催熟，而机关里的多年历练，也使他更加确信奇迹，确信奇迹永在人间。奇迹是人创造的。人心所向就是奇迹。

袁小海欣赏医院的大多数科主任，因为他们和他一样坚信奇迹，开药下单，竭尽所能，种种精密的医学检查和昂贵的药品，春天的艳阳般，时刻照耀着袁如海僵尸般的身体和生命，让他走过秋，挨过冬，又挺过夏，怎么也上不了阴风阵阵的奈何桥。袁小海不怎么欣赏何无疆，何无疆每次都暗示他不可能有奇迹，问他是否继续治疗。袁小海提出换个科室，袁如海就被转到了心外科。袁小海本来还嫌王惊雷不是科主任，没有职务，后来听说他是心脏手术王牌，立马同意了把父亲交给他，局里有个副局长的岳母有心脏病，也不知道日后要不要做手术，办公室主任这个角色，不学会两袖藏风是做不好的。袁小海和王惊雷见面，是在医生办公室，几个医生合用的办公室，王惊雷科主任被撤，单间办公室早就腾给了新主任。握手寒暄，沟通病情，阐述治疗方向，双方迅速取得共识，临走，袁小海问，王主任跟何主任不错？原来我是考虑把老父亲转到泌尿外科的，从头到脚顺延治疗嘛。王惊雷说我跟何主任多次同台做手术，医学观点接近。袁小海又问，王主任认为我父亲还有希望苏醒吗？王惊雷说希望当然是有，只是概率太低，所以叫作奇迹。

王惊雷对袁如海的治疗乏善可陈，没有任何新意可言。活人还应付不过来呢，活死人只要不死，就是治疗圆满。王惊雷每天要应对大量的患者，术前的要反复沟通，术后的要时时跟进，躺在台上的要落刀精准快，刀刀见真功。常常是他在前头走，后头跟一帮，跟着的都是患者和家属，见缝插针，能问一句是一句，一直跟到手术室，他进去了，他们才散；等他出来，自然又是另一帮人跟着。总有人跟，总有人问话，问这个问那个，他都得答，他不答人家就不踏实，就睡不着觉。他是一条日夜运转的流水线，传输带上是一颗颗永远也修补不完的残破的心，这些人心都是一辈子只上一次流水线，怎能不紧张，怎能不问透，怎能不跟紧了他问来问去，问短问长。

中国医生不比国外，外国人的人命才叫金贵，国外的外科医生，尤其是心脏外科医生，全年到头，做十几台手术足矣，足以养家足以立身，足以受尽尊重足以对每个患者提供同样等量的尊重，也足以对每个患者建立专业档案，跟踪到底，无微不至。中国医院和医生走的是量，全靠量多撑着，优秀些的外科医生，哪个不是全年大手术三五百台这样的海量，海量，就只能删掉无数必要的细节和程序，从患者入院到手术到治疗到出院，OK，拜拜，咱们就此别过，青山绿水，但求后会无期。一旦再相见，只有两种情况，一是患者对医生太满意，又介绍了亲朋好友来看病；再就是愈后效果不佳，回头来论理找事的。头种情况双方高兴，旧患者成为介绍人，比做媒还有面子；新患者也放心，这年头谁都是不怕单着就怕病着，找着个好医生比找着个好配偶还实惠；医生更乐意看回头客，有根旧丝线两头牵着，怎么也比生人好打交道。

第二种情况，每个医生都遇到过，所谓愈后效果不佳，起因说不清楚，遗传基因，自身免疫力及抵抗力，是否遵医嘱吃药及休息，出院后心情心态，等等等等，可是归纳到患者方，结论就一个，你看，你看，你没给我治好，都是你的责任，你得给我管到底，包治包好，包永不复发。医生要寻因，患者要探果，最终各让半步，半费或免费进行再次的治疗。这样的事儿多了，医院不乐意，医生是医院的人，自然得让医院乐意，那就拖，本该一周出院的拖到十天，本该十天出院的拖到二十天甚至足月，用光阴这把钝刀，削掉所有不安定因素。

袁如海死亡是在下午。王惊雷上午进手术室做手术，还没下台就接到科里电话，说49床患者手术刀口绽裂，引发脑缺氧，已休克，情况危急，让他速来速来。王惊雷立刻让两个助手下台，回科室按他指示进行抢救。后半台手术，王惊雷孤军奋战，状甚惨烈，一边做着台上的患者，一边电话遥控指挥科里对49床患者进行抢救。他不敢，也不能，离开手术台。他若下台回科里，台上这个患者必然不保，因为他的两个助手还远远不能够担纲这般的大手术，再者，患者家属都在手术室门口候着，手术进行一半，主刀医生先行撤离，那是大忌，他犯不起。这台手术整整进行四个小时，王惊雷两头兼顾，精神高度紧张，出来时满身虚汗，他没换下手术服就冲回了科里。49床患者命不该绝，到阴间转了半圈，又被王惊雷的两个助手强行给拽了回来，这会儿已进行过刀口的重新缝合，仍在昏迷状态中。这患者是某上市公司董事长，六十出头，子女众多，妻贤子孝，他不用子女陪护，只让女秘书贴身照顾。患者家属都已赶到，十余人立马把王惊雷团团围住，摆足了兴师问罪的态势。王惊雷先发制人，他说男的跟我走，女的都留下，你，也过来一下。这个"你"，就是董事长的女秘书。

回到办公室，王惊雷抹把脑门的汗珠，开口说话，他说我在手术台上下不来，请你们理解。可我一边手术一边指挥和调整抢救措施，同时，落实清楚了导致黄董事长出现危急症状的所有细节。王惊雷转过头，死盯着女秘书，女秘书是典型的白富美，芙蓉如面柳如眉，在这般美人面前，王惊雷实在不想痛下杀手，把她剥光，剥光在这群男人面前。可是若不剥光她，这几个男人就会把他剥光，让他吃不了兜着走。于无声处，他若没本事把惊雷捂软在云层里，这颗雷就会把他炸半焦。王惊雷说，我再三叮嘱你们的父亲，黄董事长，术后三个月必须绝对禁欲，术后半年都要节欲，可这才手术后半个月，他就把我的话当成耳旁风。简直就是不要命了。你们家属怎么当的？不想让他活了是不是？女秘书本能地尖叫，你胡说，你胡说，我们根本没有！王惊雷说很对不起，金秘书。我只能这么做了。他对身旁的两个助手示意，助手立刻把一只垃圾桶倒扣在桌面上，桌面上顿时摞满了各式污物，最抓眼的，是几大团黏糊糊的卫生纸。这只垃圾桶，是董事长病床边的，王惊雷在手术台上指挥助手立即将之转移到医生值班室，寸步不离，严加看管。

这就是经验，一个医生行医多年才能得到的实践经验，读多少书花多少钱也买不来的自救经验。王惊雷指着那几团污纸，不软不硬地说，我们检验科设备齐全，血液、毛发、精液以及阴道分泌物，都能立即出结果。各位如是有疑，可以立即采样，送去检验。事实胜于雄辩。

女秘书哭着跑出去。屋里立刻换了气场，剑拔弩张化为风平浪静，甚至还带有几分愧疚与感激。打发完这拨人马，王惊雷对两个助手说，你们要记住，凡是这种突发性刀口迸裂，必然是剧烈运动所导致。这才是焦点，抓住这个焦点才能反戈一击转败为胜。你要是被那一大堆并发症绕进去，你今天就完了，因为当事人是死也不会认账的，尤其是当着那么多子女的面。遇到这种情况，救人重要，留下证据同样重要。垃圾桶和床单都要留着。这桶垃圾锁库房去，先别扔。等董事长认账了，再扔。

这时已是下午三点，王惊雷没顾上吃饭，手术台上刚下来的患者还在危险期，他盯到四点多，才坐下吃饭，是手术室给他叫的盒饭。凡有重大手术跨越饭点的，手术医生可得到五十元误餐补助，还有份有汤有水有鸡腿的免费盒饭。刚吃几口，护士跑来叫他，说袁如海不行了。王惊雷扔下盒饭就跑，两个助手比他年轻得多，跑步速度比他快，先他一步跑进了袁如海的病房。袁如海不同于其他患者，其他患者出现危急情况，会呼喊会挣扎会出现各种应急反应，袁如海不会，袁如海永恒地平静如水。王惊雷和两个助手全力施救，各种药品设备全部上阵。在做心肺复苏时，助手太过于急切，加上袁如海的整个身体本就如同糟木，两把按下去，袁如海胸骨肋骨都被按断。然后是电击，电击足足十分钟，没用。袁如海就这么死了。死得毫无征兆，就像那场车祸；死得极其蹊跷，就像他的人生，只和旁人有关，和他自己没有任何关系。他的生与死，都是别人的事，从来都是轮不到他自己做主宰的。

王惊雷很快弄清了袁如海的死因。王惊雷并不是间谍，也没受过任何相关培训，可这个职业，硬是把他逼成了半个间谍。袁如海死于气管导管。医院每过段时间，会升级一批设施和设备，不升级就是落伍，落伍就没有竞争力，这批气管导管就是刚换的，下午才换上。所有患者都换了，一般患者插鼻腔里头，重些的患者用呼吸机，袁如海是植物人，他的管子必须插入到肺部才行，值班护士没看说明书，理所当然地，按照老管子的插法给他插上了。新管子老管子都是气管导管，对插管深度却有不同要求。就是这根新换的气管导管要了袁如海的命。插上管子后的一个多小时，护士再也没来看过。两个男护工先是给袁如海拍打了全身，耗时四十分钟，然后上手机玩游戏，整年陪着个活死人，不打打游戏看看电视，简直会憋疯。护工发现心脏监护仪异常时，为时已晚。王惊雷回天无术。5点30分，袁如海正式被宣布死亡。正式之前，王惊雷"破案"还用了二十分钟。王惊雷迅速将案情报告科主任，同时知会护士长。科主任问王惊雷怎么处理？王惊雷铿锵回答，你定。科主任向院长请示，问怎么处理？院长说人命关天，该怎么处理就怎么处理。科主任、护士长和王惊雷三人，把插错管子的护士叫到主任办公室，痛骂得小护士几乎晕倒。骂完训完，科主任让护士正常工作，放下包袱。这件事从头到尾，只有五个人知道，院长、科主任、护士长、王惊雷、当事护士。就连王惊雷的两个助手都不知道，或者说，知道也是不知道。

王惊雷亲自把袁如海送入太平间，挑了个88号的热门吉祥号冰柜，和贺师傅一起，把袁如海填了进去。袁小海正在外地出差，闻听噩耗，异常平静，正在星夜回程。王惊雷从太平间出来，又回科室处理了几个重病人，直到晚上九点多，他才把那盒残羹冷饭吞到肚里。回到家里，呆坐半天，累得完全丧失了思维，就上床睡了，直到3点43分，被贺师傅的电话惊醒。

十

癌细胞，在显微镜下，它的分子呈现出的图案，比绝代妖姬还要摄魂夺魄。晚霞晨露，凤凰牡丹，哪个也不及癌细胞绝美。美到极致是一种罪，绝色女子一般见不到，她们只能是君王的掌中宝，癌细胞却是大美无疆满人间，谁都有机会遇见，谁都有机会沾上。几十年前得癌症，相当于彩票的头奖二奖，人数甚少，而今的癌症，和彩票末尾那种五元钱安慰奖一样，中奖幅度巨大，任何人都很容易得到。每一个生活在雾霾中的人，随时都有可能和癌细胞致命邂逅。

梁小糖肠子上的癌细胞，已被成功截掉，前延后伸，截掉六寸。就像女人子宫中的胚胎还不能被称之为人，梁小糖肠子上这块斑，也不能叫癌症，只能叫准癌症。何无疆坚信它已被扼杀在摇篮里。他没有让他放疗化疗，没有那个必要。他给他开了些抗肿瘤药物，跟老李交代清楚，让连服一个月。

何无疆每天早晨查房，身后带两个医生，两个护士，还有护士长，梁小糖身边三个狱警，总共九个人，可谓济济一堂。何无疆照例是问几句惯话，感觉怎么样？通气没有？梁小糖不明白通气，小刘会代何无疆解释，通气就是放屁，放了没有？很多手术术后的重要指标之一，就是排气与否。梁小糖说放了。他无论说什么，都是垂着眼皮。犯人都这样子，一个比一个低眉顺眼，没有底气。但何无疆觉得梁小糖如此，是他没脸见他。何无疆没拿他当梁小糖，他拿他当患者看待。躺在他的病床上，就是他的患者，他得管到底。直到梁小糖一周后拆线，何无疆也没有看到他的眼睛，他的头总是垂得很低。何无疆问老李，别的犯人都是一手输液，一手铐床架上，这人怎么脚也铐上了？不是四个月刑期就满了吗？谁也不会这时候逃跑，抓回来又多判几年，这笔账谁都算得清。老李说高危，明白吗？你们有高危患者，我们有高危犯人。这犯人有严重暴力倾向，犯人和犯人打架是常有的事，十几个男人塞一间屋子里，打架免不了，别人打架最多头破血流，这个梁小糖打架，回回从人身上咬下一块肉，他连狱警都咬过。昨天你们护士给他扎针，扎三次没扎上，我们怕他发狂，赶紧过去按着他。无疆，你交代一下，你们跟他说话都站远点。何无疆去护士站找了几块绷带，厚实绵软，他扔给老李，垫一垫，你们那铐子太紧，影响输液效果。

聪明人都喜欢和笨人相处，拿笨人开涮兼练智商。何无疆手下的小刘很聪明，他和急救中心的韩心智很要好。两人夜班对上了，没事就凑一块儿，主要是吃，在小刘这里吃，医生值班室总有吃的，住院患者送的，烤鸭烧鸡牛肉猪肘，牛奶果汁各式水果，什么都有。何无疆办公室更多，他在护士站留了把钥匙，让谁愿意吃什么，自己去挑。很多患者亲朋好友众多，来看望患者总不能空手，病房里的东西常被患者家属拎到医生办公室，名正言顺，借花敬佛。韩心智没吃的，谁也不会看急诊还带着美食去，韩心智就吃小刘的。何无疆每晚都到科室看看，他就住在医院家属院，十分钟就到，很方便。这是他自己定的规矩，多年从未中断。他上午下午都在科室，患者随时找得到他。晚上再看一眼，他放心，患者也安心。

何无疆每次见到韩心智，都是小刘值班，两人似乎很投机，大吃大嚼，高谈阔论。只要桌上没酒，何无疆就不制止，有时随手抓把干货，他也坐几分钟，聊几句话。韩心智说何主任，上次那个吸毒的，她果真才19岁，你怎么看出来的？何无疆问她现在干什么？韩心智说戒毒了，强制戒毒，现在推销保险。卖保险怎么比吸毒还能缠人呢，整天缠着我买保险。何无疆就笑，这个韩心智不光是笨，他还对人拉不下脸，他不被缠才怪呢。

有一种水果叫怪兽，深咖啡色，长长的像香蕉，皮上长满红色的软毛，削了皮，果肉淡蓝色，糯糯甜甜，汁水如牛奶。怪兽来自大洋彼岸，丹青市场上几乎见不到，一只几十元，普通人见到也不会买。何无疆看完重患者，拐办公室提起一纸箱怪兽，下午患者家属送的，打开看看，十二只，他先揣夹克兜里四只，给滔滔和儿子带的。路过护士站给值班护士三只，夜班护士都是两人值班，其中一个的男朋友来探班，也坐护士站里头，叽叽咕咕，浓情蜜意，两人见到何无疆有些慌乱，何无疆只当没看见。他只会和护士长沟通这类事。

小刘和韩心智见到怪兽眉开眼笑。何无疆坐下，三个人各拿一把小刀，削怪兽的皮。刀是手术刀，刀片寸长，刀柄四寸，刀是侧锋，锋利无比，外科医生值班室的桌子上，永远有手术刀，裁个纸片什么的方便随手。三人干的都是刀口上的营生，使起手术刀削怪兽，比屠夫切猪肉还顺手。护士的声音就是这时响起来的，护士喊道，刘医生，快来，58床患者窒息！小刘跑得比兔子还快，韩心智紧随其后，何无疆在最后，三人都是左手怪兽右手刀，来不及放下。58床患者是科室赵医生的患者，73岁，直肠癌切除，有心脑血管高血压病史，术后情况平稳，差不多就要出院了，患者是吃馄饨噎着了，老伴给他包的菜肉小馄饨，他吃得太香太快，一口没下去卡在了咽喉部位。老伴给他拍背，同时按护士铃，护士走过去用了半分钟，跑到医生值班室叫值班医生又是半分钟。58床在走廊最东头，离医生值班室较远。所以有经验的老病号，在住院时会特别强调要求安排离医生值班室最近的病房。

这种时候，人命以秒来计数。何无疆他们赶到时，患者已经满脸青紫，一动不动，陷入休克状态，小刘在最前面，他直接扑到患者身上进行心脏按压，同时对护士喊，上呼吸机上吸痰器！护士迅速跑出去，等她回来最快也要一分钟。把呼吸机管子插入患者气管，最麻利的医生十五秒可以完成。

已经来不及了。这个患者不可能等来呼吸机救命，他只需要一口空气，他的气管被馄饨堵死了，上不去下不来，再有两三分钟，他会死亡。再有一两分钟，他极有可能因这次窒息导致大脑高度缺氧，而成为植物人。何无疆上前，刚把手中的刀举起来，只见韩心智的刀已经落下，落在患者的咽喉，照着那只馄饨的位置切了下去。噗的一声，馄饨带着脓血从刀口进出，直接击中韩心智的脸上。这时患者的气管中全是高压，馄饨是被强气流顶出来的。

就是这一口空气，救了这个患者的命。他很快缓过来了。他的老伴又哭又笑，情绪完全失控。这两个老人，儿女都在国外，两人都是医院的老病号，每年轮着住院，互相陪护，相依为命。小刘开始给患者喉部切口消毒并缝合。赵医生接到电话，正往病房赶过来。谁的患者谁负责，这是铁打的行规。值班医生只能代为处理紧急事宜，主治医生是每逢自己的患者有事，就必须到场的。所以医生大多会选择住在医院附近，不然大半夜地动不动跑来跑去，谁都受不了。

何无疆让小刘和韩心智到他办公室，他对韩心智说，你犯了两个大忌，知道吗？韩心智说知道，第一，这是普外科患者，你们都在，我无权处置。第二，那把刀是切怪兽的，刀上都是红毛和果浆，如果一刀下去，没能把人救回来，患者家属要是追究，我们不占理。小刘的抢救措施才是无懈可击，即便没救过来，人死了，或是成为植物人，我们没有半分过错。

知道你还切？何无疆说，小韩，你不笨啊。

我没想那么多，来不及去想。我在急救中心，每天都是应急的事儿，我不可能先把情况都想清楚，我就一个宗旨，能救的我一定要救，能活的我就不能让他死。有半分希望，我就尽百分努力。何老师，我命挺好的，我救过来好几条人命呢。

我确定你是第一次面对这种情况。当时你不切，我也会切。但是我会在落刀时，把头部错开，这样就可以避开那只馄饨。我被鸡蛋羹和花生米打过脸，打得挺疼的。馄饨力道更大呀。何无疆说，而今的医患关系，已经十分恶劣和可怕，你是干急诊的，我相信你体会更深。今天你不作为，我不认为你有错；你做了，我个人向你致敬。

何无疆和急救中心主任老王关系很好，当年两人一同来的医院，住同一间宿舍，滔滔来了，老王立刻卷被子走人，老王的女朋友光临，何无疆也得快速消失。老同事老室友老交情，是可以交底的关系。何无疆知道韩心智是应聘来的，调不进来，于是常常值夜班，他好说话，同事有事都是让他顶班，或和他换班。韩心智被人打过两次，一次是一群酒棍，喝多了来医院输液醒酒，横七竖八躺在抢救室，发生争执，几个人打他一个人。第二次是一个中年男人大半夜送小女友来缝针，小女友割腕自杀，韩心智看过那道浅浅的刀口，说只破了皮，都没挨到血管，不用缝，消消毒就行。中年男人当即挥拳，还发了微博，说丹青市人民医院急救中心医生见死不救，不给红包不救人命。此微博被大量转发，医院的辩解在网上显得苍白无力。很多网民只相信他们自己想相信的，他们相信这个世界官必欺民，强必凌弱，医生宰患者，卖家欺买家，弱者永远无辜，强者一定有罪，玩自杀的必是危急的，穿白衣的必是冷血的。

韩心智被网民人肉，手机经常接到辱骂短信。他已经交了辞职报告，这个月干满就走人。老王对何无疆说，我这急救中心成了流动站，有办法的都走了。剩下的面对患者就一个心思，来看病是不是？那好，你说吧，你说怎么治就怎么治，全听你的。

何无疆对韩心智说，小韩，你到我这儿怎么样？我这儿比急救中心好一些，都是住院患者，只要沟通到位，一般情况下，没有暴力事件。当然，吵闹和纠纷也是免不了的。你们王主任那里，我和他协调。

小刘早已满脸通红，何无疆如此肯定韩心智，那就是对他的否定。不料何无疆说，小刘，你做的也没有错。这种情况下落不落刀，医学没有界定。我们，也有选择权。小刘说何老师，为什么无论面对何种患者，何种病情，我都无法控制自己的大脑。我总是在想后果，有些后果让我深感恐怖。何无疆说时事逼人，谁能奈何。当年我入行的时候，还不是这样，那时候只想着怎么救人，不择手段也要把人救活。可是现在谁敢呀，只要你程序上技术上稍有违规，那就是你日后的罪证。就像这个患者，小韩把他救活了，可是小韩的施救措施就是违规的，用那把刀就是严重错误。要是这人没救活，家属追究起来，不光是小韩完了，连我也得跟着连坐。谁不怕呀，谁都怕。

何无疆去急救中心主任办公室，跟老王要人，要韩心智。老王极为不满，大声嚷嚷，无疆你不能这样挖我墙脚。你要谁都成，要小韩就不成。何无疆说一句话，你给不给？老王说给，必须给你。本来我还打算找你呢，小韩这样的医生，保住一个是一个。他都不像他这代人，他简直就像咱们这代人。只认病不认人，病在市长身上，还是病在掏垃圾的身上，他都是那样。我这里很多人都嫌他缺心眼，我就喜欢他缺心眼。要那么多心眼干吗，当医生的心眼太多，就不会看病了。何无疆说，那你还跟我矫情什么？老王凑过来，近乎耳语，小韩现在成了落水狗了，我想给他抬抬身价，就是要让他们都听听。好医生走不到绝路上，人人都想抢着要。正巧这时有护士进来，何无疆说，老王，我就是非要韩心智不可，你不给是不是？那好，我找院长去要人。何无疆拂袖而去。

晚上，何无疆看电视剧，是部比较热门的医疗题材的电视剧。看了没几分钟就换台了，滔滔抗议，你干吗，挺好看的。何无疆说太好看了，我都看不下去了。这是医生吗，这是护士吗，有这样的医生和护士吗，我们有这么闲吗，我们上班就是打情骂俏外带搞婚外情吗？滔滔说你不这样，不代表别人不这样。何无疆说这么风骚的医生护士，反正我没见过。还有，你见过患者大出血被送进医院，医生先扑上来把脉的吗？白痴都编不出来这么精彩的剧情。门铃响了，滔滔过去开门，韩心智提着只塑料袋进来了。何无疆笑说，小韩怎么来了？韩心智说，我也不想来，是我们王主任让我来的。何无疆就说，来就来吧，还拿东西干吗？韩心智说送礼呀，你都要我了，我能不送礼吗。何老师，我可是诚心给你送礼的。滔滔接过袋子，居然很惊喜，小韩，你怎么买这么多只怪兽，这得多贵呀。韩心智微微脸红，嫂子，我没花钱，这是王主任替我买的。他有个老患者做水果生意，他买的很便宜。何无疆说这也太多了，吃不完很快烂掉，这样，小韩你不是挺爱吃吗，你分一半带走。韩心智说好的，烂掉太可惜了。嫂子你挑最软的给我，我回去当晚饭吃。滔滔就问，你还没吃晚饭？韩心智说顾不上，肚子里忙着打腹稿，等着跟何老师背完再吃。何无疆命令滔滔，去下点速冻饺子，让咱们小韩吃着背着。

十一

何无疆每天早晨 6 点 30 分吃饭，6 点 45 分出门，到离家很近的丹青市人民公园沿湖走半圈。他是听着蛙鸣长大的，他痴迷公园的荷塘，晓风推着荷叶上的露珠，滚过来，滚过去，当露珠跌落，碰巧砸着水面上小青蛙的脑袋，小青蛙总是大惊小怪的，于是一呼百应，满塘的蛙鸣，这样的声音，就是童年。7 点 15 分，何无疆会准时出现在普外科主任办公室。穿上白衣，他就不是何无疆了，他是一张绷得紧紧的弓，箭在弦上，随时发射，每射出一箭，都关乎别人的命和钱，不敢放松，只能绷着。在这里，他没有独处的时间，永远有患者在等着他。

何无疆一到，早就守在办公室门口的七八个人一拥而上，立刻包围了他。这些人都是朋友的朋友，熟人的熟人，或者远的近的老乡，拐了弯的他根本就无从回忆的什么从前某患者的亲朋好友。他的回头客太多，常常是一个患者经他治愈出院后，再介绍亲戚朋友七姑八姨的找他看病，呈几何状扩散，雪球越滚越大，大得他只知道那是一个雪球，而无法弄清楚雪粒和雪粒之间，谁是谁的谁。何无疆迅速问清情况，八个人，六拨人马，头两拨好办，看了片子确定必须手术，他开了住院证让他们去办手续。第三个是胰腺癌晚期，患者儿子拿了摞丹青市四院的病历资料，想转院来这里给父亲寻找最后的奇迹，何无疆说，没有手术价值了，我的建议是不要转院，以减少痛苦为原则，就在四院继续治疗吧。患者儿子说何医生，我老婆再有三个月生孩子，有没有办法让我爸看看他的孙子？何无疆问，家里经济状况怎样？你父亲是什么医保？患者儿子哀求，我爸是企业退休工人，全家人都是挣工资的。你给想想办法吧，就是砸锅卖铁我也要让我爸多活几天。

何无疆对砸锅卖铁这个词汇早已麻木。对这样的家庭来说，莫说砸锅卖铁，就是砸骨卖髓，也是有心尽孝无力延时。像这种癌症晚期的患者，医学所能做到的只是拖延，拖延死期，每天的拖延都是费用，越拖越贵，因为癌细胞越来越猖獗，药品只能越用越昂贵。他前几天刚送走一个患者，送进了太平间，同样的病，不一样的身份，那个患者硬是活了十个月还多，每天近两万的治疗费用，全是昂贵的进口药物。那是个要害单位的退休领导，单位直接往医院打的支票，不封顶，可着花，何无疆懂得那老人的心思，他是非要熬到孙子考上公务员，考进自己的原单位，他才肯咽气。何无疆每天超豪华大处方伺候，直把老人那口气吊到凤愿得偿。领导和工人的命运是不等价的，在岗位上不同，退了休也不同，天上人间的差价。再高的医术也抹不平那道沟。何无疆对工人儿子说，很遗憾，没有办法。目前医学解决不了这个问题，我们只能让患者在最后阶段，身体不那么痛苦疼痛。何无疆接着看一个女人，女人连续两天吐血便血，何无疆给她开了几张检查单，如果排除消化道出血，那就是肿瘤引起的。他心里有数，八成是胃肠道肿瘤，但他不说，等着让检查单说。成熟的人一句话不多说，成熟的医生一个字不多说。女人追问，何无疆说你先去检查，出了结果再来找我，我今天三台手术，你下午四点以后来。

　　然后是个三十多岁的男人，男人右手缠了条毛巾，血迹斑斑。他说何医生，我妈两年前是你给做的手术，切掉半个胃，才花几千块钱。我们全家都记着你。我知道你每天早晨来得早，我6点就来等着你了。何无疆不知道他妈是谁，他手下患者一茬接一茬，比早春的韭菜长得还快，生活境况艰难的，他都尽心地给他们省着用钱。记着他的人很多，他却无法记得他们，太多，记不住。何无疆检查男人的右手，一道口子横贯掌心，口子很深，切口齐整，是个早市上卖鱼的，人太多，生意太忙，支应不过来。情急之下，把刀刃当成刀背去抓，用力过猛所致。何无疆开了台灯，让男人把手掌伸到灯下，他俯下身凑上前看，他让男人把五个手指挨个向掌心握，再伸直。男人疼得吸气，照做了。何无疆说不行，连我都觉得很不妙，四根肌腱都断了。你别动你看不见，肌腱有弹性，断了就缩短缩里头了，见过鸡鸭肌肉里的白色细条腺体吧？那就是肌腱，人和鸡鸭的差不多。你得马上做手术，住院吧，不然这手以后没法干活。男人问手术得多少钱？住院得多少钱？我这手养着全家人，我这手不能废啊。何无疆说五六千左右吧，手术顺利，恢复得好，五千应该够了。男人说我孩子肺炎发高烧不退，在儿童医院住着院，住了三天就花了五千多。何医生，我没那么多钱，能不能让我少花点？何无疆说我知道你的手很疼，每秒钟都很疼，你来这里等我是你相信我不会让你多花钱。你这样的情况去任何医院住院，差不多都会近万元。不是医院有什么问题，手术费和术前检查，哪里都执行同样的收费标准，这两项已经三千多，我只能从你的术后用药这块儿多操点心，省了再省。

男人左手紧攥着右手说，也不觉得有多疼，多疼我都能忍，就是怕花钱，这么多钱得卖多少鱼才能挣回来？何无疆开了住院单子递给男人，男人没接，男人说何医生，谢谢你。我不治了，我走。男人转身就走，走到门口要回身关门时，何无疆说等等。他拿起电话打到急救中心，放下电话，他说，你都听到了，去找急救中心王主任，他安排医生给你缝合，这样就不用进手术室了，就在他们的清创室缝吧。输液三天，之后服口服药。何无疆这么说着，已写出张处方递给男人，他写得很慢，怕药店不认识。医生写字都是狂草，患者一个挨一个，每看完一个就得把处方递给人家，一上午看几十个患者是常事，狂草是被逼出来的。何无疆说这是今天的药，你到外边药店去买，再找个诊所去输液。明天早晨这个时间你来找我，我看看伤口再给你调药。按说你这种情况急救中心会拒收，让你住院治疗，这回就算特事特办。这样算下来两千多也就够了，赶紧去吧。男人没动，想说什么又说不出来的样子，何无疆想了片刻，低声说，其实我和你一样，都靠一把刀养家糊口。

　　三个小时后何无疆接到老王的电话，无疆你不够意思，你说也算熟人，我这里医生都忙着，我就亲手给他缝了。整整几个小时，我弯着腰趴他手上，这种细活太磨人，我眼睛也不好使了，一会儿近视一会儿老花，我把脑袋挪前挪后，这刚干完了。患者跟我千恩万谢，我说别谢我，你谢何主任。患者说我不认识何主任，现在才说是怕你不给我缝。都说你们宰人，你们也没宰我，还这么帮我。何无疆说他没钱，手要残废，我要上手术，不找你找谁？这种活小是小，可它是细活，没经验的医生缝不好，严重影响灵敏度，患者几年干不了落力活，我不找你我找谁？再说了，就算我没托你，这人是你自己碰上的，你照样会管。老王说还真是，咱俩这辈子都不会有什么出息。每年都发誓不管闲事，发了等于白发。男人说话不算话，算什么男人。何无疆说人不双赢枉丈夫。劳动者的手等于命，你趴三小时等于救条命。也不算白干，二十元手术补助费你也赚了。别嫌便宜，有比没强。老王说不止，还有两兜子鱼，刚送来的，你下班路过把你的拿走。何无疆说难保没人看见，难保没人告状，你都拿着，不能咱俩都栽到鱼上。上周因为牛奶和水果，俩科主任受到警告。老王说不是水果是番茄，水果是上上周的事了。还真得注意点，这鱼味道很腥，我得先转移了。

　　八点整，何无疆到医生办公室，普外科九个医生全在，都已换过衣服，白墙白桌白衣，清一色地白。值夜班的医生小陈开始交班，通报夜间所有住院患者情况，何无疆知道整夜太平，没有大事。有大事，电话早打家里把他叫来了。他能睡到天亮，就是没大事。整个普外科六十张病床，住了七十多个患者，走廊里加了十几张床，今天会有几个出院的，走廊能清静点，但最多到明天，新的患者就会填进来。新旧交替，周而复始，这些患者只有三个去处，要么治愈回家，要么转进 ICU 重症监护室，要么送进太平间。归根到底，希望永在人间，普外科的患者，还是站着出去的多，躺着出去的少。

外科是以做手术为主的科室，同时也医治感染和肿瘤，以及创伤。外科主要有脑外科、胸外科、普外科、神经外科、心外科、骨科、肿瘤外科和泌尿外科，普外科是外科当中第一大科室，什么手术都做，肝、胆、肺、脾、胃、肠，乳腺胰腺阑尾甲状腺等，这里的医生全是大拿，要的就是杂项，拿不下来，就混不下去。目前九个医生，全是男性，女医生吃不了这碗饭，站手术台是重体力劳动，有时一天十几个小时地站着操作，女医生无法承受。在丹青市人民医院普外科的历史上，女医生只出现过两个，分别在八十年代和九十年代，八十年代的是工农兵学员，赤脚医生出身，喜欢土办法治病，患者不肯挂她的号，她就悠悠然研习养生，退休时依然面若桃花。九十年代的神通广大，原在消化内科专攻肠胃不调，时值普外科主任退休，她空降至此，迅速填缺，在主任职务上差不多五年，从未上过一台手术。她是专家号，患者很多，手术和管床都由手下医生完成，她主要负责和患者沟通，嘘寒问暖，无微不至，年年当选全院先进。

此后，普外科再无女医生。属于两头不愿意。就算有人真想当花木兰，何无疆也是坚决不要，人事部门怎么说他都不要。宁可科里缺人，空着那个位置，他也不要。眼下就缺人，科里医生分四组，老赵老钱老孙都是副高职称，手下各带着个主治医师，都是一老一少自成一组。何无疆患者最多，他自己带了两个人，小陈和小刘。韩心智来了得先练手，何无疆让他有机会就上手术，谁有手术都跟着上。小陈是住院医师，还不能独立做手术，主要干杂活；小刘是主治医师，已经跟了何无疆六年，聪明能干，迟早青出于蓝。可惜聪明人是人人都喜欢，男人女人都抢着喜欢。小刘在当今医患关系很恐怖的大前景下，居然惊世骇俗地和女患者恋上了。女患者挂的何无疆的号，何无疆每周二上午在门诊坐诊，属专家号。何无疆忙不过来，常派小刘替他去坐诊，需要手术治疗的收进来住院，小毛病就地解决。女患者胳膊上有个皮下脂肪瘤，小刘三下五除二给解决了，不料女患者每个周二上午都来，美其名曰复诊。女患者貌如海棠，是丹青人，在加拿大留学，读水利，正读硕士学位。小刘抵挡不住，两人很快热恋。何无疆问小刘，是你去加拿大，还是女朋友回丹青？小刘说，我不想走，她不想回，每天打着时差视频，何老师如果你是我，你怎么办？

何无疆说我不大能体会这种风火雷电的感情，我的婚姻就和包办差不多。小刘不信，你们那么好怎么可能包办。何无疆说就是包办。她是包办方，她说咱恋吧，我说好，就恋了。她说咱结吧，我说好，就结了。她说不许有外心，我就没。她说咱离吧，我说坚决不。她说我要走,我说求求你。到今日为止,据不完全统计,我求她大概几千次,她宽恕我大概几百次吧。小刘惊恐,你在人前都是爷的范儿啊,嫂子跟我们说半天不见你就没主心骨,就心慌得要命,女人怎么比咱们还会装。那我以后呢?何无疆面无表情,如果你在家里受气,罪在婚姻不在伴侣。如果你在外面痛苦,罪在世道不在职业。前提是,当你并没有错误时。小刘说难怪你从不发火,是你不让自己有具体目标,婚姻和世道,这概念真让人无怨无悔。何无疆说你要不是我学生,我不会教你这些。自打把概念玩大,我就没什么不能忍受的了。小刘说我很难抉择,这年头有个好上级比有个好配偶还不容易。我跟你六年,何老师你从没欺负过我。我们一开同学会,好几个同学喝点酒就哭,被科主任和上级医生踩得受不了。到现在都中级职称了,还不会做手术,主任只让他们拉钩,不让他们动刀。我觉得我挺幸福的。老师不会变,女朋友我可拿不准,好好的工作总不能说不要就不要了。何无疆感喟,人生百年眉不展,神仙万载无欢颜。抉择确实不容易。这样,你请两个月的假,去实地感受一下。小韩也是熟手,干活不错,两个月科里能应付。小刘没再说话。何无疆自己多年没休过假,小刘看得清清楚楚,韩心智虽是熟手,却只擅长应急性外伤,他做手术还不行,手还没练出来。两个月,何无疆的手术按正常流量,是二百台左右,小刘如果不在,有大手术,他得经常向老赵老孙求援。何无疆说事关个人前程,再困难也得让你去看看。你能回来,我是最高兴的。你要是不回来,只要日子好,我同样高兴。小刘说，老师，你还记得我第一次做手术吗？

　　小刘第一次主刀，是夜班值班，急救中心120拉回来的急性阑尾炎患者。当时是夜里三点，做好术前检查，麻醉就绪，小刘一刀划下去，傻了，一寸长的口子，患者的肠子呼地冒出来一大截，把刀口堵得严严实实，塞进去揪出来都不容易。是麻醉师的原因，这个手术麻醉师用硬膜外麻醉，属于局麻，从后腰扎进去，针管要准确推进椎骨缝隙，把药物注入脊髓硬膜外。麻醉师归手术室管，女的，50岁还值夜班，心里很不爽，半夜被叫起来上手术更不爽。医院不成文的规定，各科室只有主任和副主任不用值夜班，其他医生轮转。女麻醉师竞争手术室副主任失利，看哪儿哪儿不顺，小刘这种级别的医生，她都不带正眼看的。小刘按按患者腹部，硬邦邦的如铁皮，知道是麻醉效果不行，他对麻醉师说，老师，静脉滴注全麻药吧。小刘错在没用问号语气，他用的是句号式，这就有指挥的嫌疑了。麻醉师权当没听见。小刘让护士赶紧给何无疆家里打电话，叫他快来手术室。手术医生的双手在手术中不属于自己，只属于患者和那把柳叶刀。他们接打电话，全靠护士，护士得把电话举到他耳朵边说话。

　　何无疆没说来，也没说不来，只说你先进行，把肠子推回刀口，正常进行。小刘满头大汗，再次对麻醉师说，静脉滴注全麻药，不然会出事故的。麻醉师慢悠悠地，小伙子，我在手术室干了大半辈子，出不出事故不用你教。天下手术事故多了，哪个事故都一样，手术医生负责，轮不着别人。

十二

　　患者忍无可忍，躺在手术台上破口大骂，他是局麻，腰部以下没知觉，上半截可好好的，患者骂麻醉师骂小刘骂医院，骂医改骂世道骂全人类。何无疆进来时，麻醉师正和患者激烈理论，小刘边哭边做手术，两个护士围着他转。手术室护士分两种，器械护士和巡回护士，器械护士和手术医生一样，双手必须保证绝对无菌，巡回护士负责备药、杂活、接电话什么的，此刻器械护士给小刘递器械，巡回护士用纱布给他擦眼泪，不擦不行，怕眼泪掉刀口里头。何无疆对麻醉师说，全麻药静脉滴注，必要时气管插管！李姐，你别跟小刘一般见识，他年龄跟你儿子差不多大。麻醉师笑骂，无疆，你就这么损你姐？姐可没亏待过你。这么说着，全麻药物已推入，患者不得不昏迷过去，患者用最后的意识咬牙切齿，我要告你们草菅人命，我告你们全是白狼。何无疆说别不识好人心，刘医生要是多给你切开两寸，就什么事都没了，他是想用小刀口完成手术，减短愈合时间减少感染概率。

　　那台手术仍是小刘主刀，何无疆给他打下手。事后，何无疆对小刘说，手术是必须多人配合的，哪个环节出错都要命。手术成功是全体医护人员的共同努力，手术失败，主刀医生首当其冲，是第一责任人。你得记住，任何情绪，不能传到手术刀上。上了台你就得是机器人，无情无欲无悲无喜，六亲不认，只认得那把刀。就算家里房倒屋塌，你也得当作没事，下了台再去救灾。你手上捏的是刀，是人命。你当时哭着做着，那是大忌，下手稍偏半毫，把他肠子划漏，那就叫医疗事故！小刘悲愤难抑，何老师，是她欺负人。你来了就什么都行，你没来她就等着看我笑话，她根本没把患者当人看，麻醉效果那么差她还理直气壮。何无疆说个个一肚子气，都把自己当窦娥。她不是坏人，下回再搭台，记着说话客气点，李医生其实很好相处。

何无疆觉得小刘运气不错，起码比他当年好得多。李姐充其量算个炸药包，光明磊落的炸药包，不阴，也不毒，想爆炸还提前打招呼，很够意思了。真遇到那种化学武器级别的，于无色无味无声无息之间，就能取人性命的，你唯一能指望的，就是天意。

何无疆做过一台无比惨烈的手术。交通事故，患者送来时肝脾破裂失血过多。麻醉师操作有误，全麻，从口腔插管入气管，管子插得太深，导致手术过程中患者心脏停跳。何无疆当时是副主任医师第一年，他和科主任一组。他们这一组三个人，何无疆上头是科室主任，下边还有个住院医师。这个科主任是外地医院调进来的，以副主任身份调进来。原科主任和新调来的副主任很不对劲，普外科整天硝烟弥漫，何无疆是原科主任的手下，后来科主任斗不过副主任，一气之下调到省里一家专科医院。副主任成功晋级，何无疆被他收编。何无疆跟了他四年，干活海量，受气也海量，他没有办法，他只有忍，死扛死忍，把活干到无可挑剔，日子久了，两人似乎也有了点情分。

何无疆给科主任打电话求救，科主任说很快到。何无疆说心电监护仪显示，血压 60/40，心率 150，已经快速补液，加快输血，静滴升压药物。两人都清楚，这个数字意味着多么巨大的危险。主任说你别慌，我马上到。何无疆说主任快点啊。这人的身份证是狮子村的。

丹青市有八大城中村，分别以狮、虎、豹、熊、鳄、雕等凶猛动物命名。城镇化之后，八个村子的村民成为市民。历届市领导为参评全国文明城市，多次想给这些村子改改名字，改得和谐美好一些。但阻力很大，这八大城中村的村民个性就如同他们的村名慓悍威猛。丹青市有几支在医疗行业很出名的队伍，相当专业的医闹队伍，就来自于这几个村子。

科主任说无疆，别怕，要相信自己。这时麻醉师急切喊道何医生，血压 50/30，心率 180！心电监护仪"嘀嘀"报警，患者的指标已突破危险底线，何无疆双手加快速度，这个情况只有抢时间，和快速赶来的牛头马面抢时间，就比谁的动作快，稳准快。患者的肝脏有几道大裂缝，一块已被撞掉，脾脏有一半被撞烂，似一团酱紫色的稀糊，何无疆全身的能量聚到手上，两只手快速动作，用止血钳夹用胶粘用线缝，止血，只有止血才能回天。忽然间，患者心率上升，升到极限，然后骤然下跌，何无疆喊道，肾上腺素针，阿托品针静脉注射，快快。

何无疆败了，牛头马面比他快了一步。患者心脏停跳。何无疆进行胸外心脏按压。手术室气氛异常紧张，只有监护仪的警报声和何无疆的喘息声。他足足按了十分钟，又十分钟，麻醉师说何医生，宣布死亡吧。

何无疆没听见，他好像着了魔，按，按，按，怎么也不肯停手。也许冥冥之中，原本就是有着奇迹的。奇迹就是不放弃，奇迹就是坚持，奇迹就是什么都不信，不信科学不信鬼神不信邪，只信自己只信天。第三十三分钟，患者心脏跳动！心脏监护仪显示屏上绽放出一波波起伏的曲线，上上下下，连绵不绝。

这台手术如有神助，堪称完美。就是这台手术，让何无疆在医院一夜成名，从那以后，他开始顺风顺水，声名鹊起。那天，科主任始终没有出现，直至何无疆手术结束，把患者送进 ICU，科主任也没有露面，不仅没露面，手机也关机了。他认定那个患者会死在手术台上，肝脾破裂大出血连带手术中那般突破极限的指标，这个人只能死。这人一死，何无疆就完了，狮子村的专业医闹队伍会日夜围困医院，不给巨款誓不退兵。任何医生遇到这种情况，只能有三种结局，要么辞职，要么调动，要么灰头土脸地往下熬，没有三五年，别想缓过那口气。

麻醉师黄海，事后找何无疆喝酒，他说无疆你仗义。何无疆说，拉不拉你下水，我都是同样的结局，何必拉你垫背。手术过程中，患者几次出现危险，何无疆察觉和麻醉管有关，他只是轻声问黄海，深了？浅点！黄海很快修正过失。黄海说，换个医生还不得嚷嚷得全院皆知，得把八成责任推到我身上。何无疆说即便推给你，主刀医生也脱不了干系，同端一碗饭，保一个是一个。

黄海和何无疆成为铁杆，何无疆渐渐人气飙升，铁杆众多。医院同事三亲六戚生了病，需要手术的，大多都会交给他，他都尽心关照，关系近的，他让滔滔提些水果鲜花再去病房看望看望。后来几个院长的家属手术，也都放在何无疆手里。就这么过了三年，科主任调走。何无疆被任命为普外科主任。刚当上主任挺高兴的，回老家时，乡长和村长都来接驾了，口口声声地，咱们走仕途的难啊。何无疆说你们才是仕途，我也就是刀口上吃碗饭，够不着仕途。乡长很认真，就是仕途，咱俩都平级了，咱这级别都被写进县志了，名垂青史啊。村长满脸愧色，我过年给县志办捐了几头黑毛散养猪，才在你们后面给我补了几小溜字儿。史册，是那么好留的？何无疆说本来我还挺拿史册当回事的，现在才知道那是什么玩意儿。我那小学同学，就那个草莓王，率先把草莓做成干儿的，前不久肝癌死我那里了，跟他同炉火化的都是书，各种各样大大小小的荣誉证书，还有他的传记，以及全球全国的名人录，都有他。死后追债的无数，没人要他的草莓干儿，都送进垃圾场了。草莓只能鲜吃，做成干儿骗人骗己，他家世代文盲，可他的传记都说他是诗书传家的儒商。关羽的坐像是手捧《春秋》，他的汉白玉卧像也是看书，书名是《四季》，他嫌《春秋》少了俩季节，卧像可不是跟卧佛学的，据说是学陈抟，随便卧卧就赚回来一座华山，比卧佛的香火还有商机。他是每时每刻心如火烤，永远亢奋，否则也不至于这么英年早逝。他临死对我说，活得值死得更值，再活一遍还要这么死，就图个光宗耀祖，就拼个青史留名。村长说值了，他真值了。总被人记得就是值了。乡长也说他可没白活，县长到现在还总表扬他，全县企业家的典范。人过留名万古流芳，少活几年算什么。何无疆举杯，大境界，为你们的境界干杯。

癌症晚期患者到底能活多久，医学上是有大致界定的。医学界定只认数据，癌灶位于哪个脏器，具体位置和大小，扩散度如何，扩散后机体的各种指标各是多少，等等。医生根据各种数据进行综合比对，得出结论，才会告诉患者家属。由于数据总是太过于死板，而生死又总是太过于牵扯命运造化，总是很抽象。所以从来就没有医生敢于只谈数据，不谈其他。都是要综合的，综合各种因素，亲情的力量，患者的心理耐受度，家里的经济状况和护理状况，患者的基因遗传，甚至当时的天气冷暖，温度湿度以及雾霾污染指数，等等。反正都有关系，说不了哪个关系最要紧，但是哪个也不能被遗忘、被忽视。于是医生都会说得相对笼统，大致三个月到半年吧；大致半年到一年吧；大致两年以内吧。患者家属越想具体，医生就越是含糊，我们又不是算命的，我们都是根据医学数据和相关经验进行判断的。其实最关键的不是数据，而是你们。患者到底还有多少日子，主要在于你们。

家里出了癌症晚期患者，最难熬的往往不是患者本人，而是家属们。有些患者直至死亡，都不知道自己究竟是怎么死的。当家属选择隐瞒，患者只能被隐瞒，患者问医生，我是不是生癌了？医生说笑话，癌细胞就那么好生？有些人天天防癌，就怕生癌，却还是生了癌；有些人高度厌世，又不好意思玩自杀，倒是想生癌，可就是生不了。这都不是医学了，这都是命。你不要疑神疑鬼，你就是个肺气肿，很快就好了。患者拽住医生的白衣，求求你告诉我吧，我怎么越治疗越难受，我要不是肺癌，你干吗天天给我用抗肿瘤的药。医生微笑，抗肿瘤的抗是什么意思？预防嘛。你这肺气肿都大半年了，当然要抗肿瘤，不抗就会真的发展成肿瘤的。患者眼含泪花，我真是肺气肿？医生说真是，快松手，好好配合我们，很快就会痊愈出院的。患者极为听话，积极配合医生进行各种治疗，治了两个月，患者出院了，从病床上出到了那个冰与火的神秘世界，先在太平间的冰柜里冷藏两天，然后就躺进了烈焰嘶鸣的火化炉，悠悠数十载活色生香，匆匆几分钟灰飞烟灭，这就是癌症对人生的深切问候，以及了结。家属临走，向医生道谢，医生说不用谢，撒谎也是我们的职业职责，你们决定隐瞒，我们就得撒谎。你们有选择，我们是没有选择的。家属说要是不撒谎，他是不是就没这么长时间了？医生说也许是，也许不是。人跟人不同，有些人面对真相更能活，有些人得知真相就垮了。我不了解他，你们才有发言权。家属说我们也不了解他，我们是怕他崩溃才骗他的。医生说至亲至爱，有亲有爱也就够了。至于了解，那实在是昂贵无比的奢侈品，很多患者家属都说不了解，于是就都选择了隐瞒，这样相对保险一些。家属喃喃自语，真是不了解，生活了一辈子，我怎么就不了解他呢。医生说别难受，我从医多年，还没见过几个又相亲又了解的人家。家属说那就好，都这样就好。医生说放心吧，九成九都是这样，你家不是特例。

由于长期见不着特例，医生有时也难免惆怅，于是回到家里，就特别重视搞了解。医生问家属，你要是生了癌，我跟你直说不？家属说哦，我怕，你就骗我到死吧，反正你总是这么骗的。医生说还是直说好，我不想骗你。家属撒娇，你必须骗我，你要爱我你就得骗我。医生满脸苍凉，好吧，我爱你，我骗你。何无疆也落实过这个严峻的问题，他对滔滔说，打个比方，你是医生，当你查出我身体生癌，已扩散，就剩下几个月了，你是否告诉我真相？滔滔说当然，因为你才是医生，你这么问，其实是在问我想怎么死，是糊涂死还是明白死。我选明白死。何无疆说了解是什么，是无数次的沟通与碰撞，没有无数次，就没有最后谢幕时的清醒。滔滔说别煽情，沟通的方式最重要，你刚才要是不懂得先拐个弯，我就会选糊涂死。何无疆说什么世道，回家说话要拐弯，在外头大骗特骗，半点弯也不用拐。滔滔说勿自责，你们当骗子都是被逼的，都是家属逼你们的。何无疆说那家属呢，谁又逼他们了？

没本事骗别人,都要骗自己的至亲,谁逼的？滔滔说世事本如此,相爱容易相知难，相爱相知是神仙。何医生，你见过神仙生癌的吗？何无疆说神仙生癌，相当于凡人成仙，概率超低，难得遇见。

十三

贺师傅在给王惊雷打电话前，已经独自聆听袁如海的声音长达半个小时。这是绑在凌迟柱上的半个小时，每分每秒都是漫长的一生。贺师傅不信鬼神不信天，他只信地，只信人，他觉得天没眼地有眼，人也有眼，只是有眼的人太少，多数人都是白长的眼睛。所以他的海棠茶，从不祭天，他只敬地，喝不完的泼到海棠树下，尘归尘水归水，就是敬了地。他常年做茶给王惊雷喝，是敬人，他敬着王惊雷。他认定王惊雷是个有眼的人，眼睛雪亮，什么人什么事都能装下，能照得亮堂。

贺师傅才不怕"诈尸"，看管太平间的人，哪个没见过"诈尸"。诈尸算什么，不过是个死而复活嘛。贺师傅就怕噩梦，每个晚上他都会被噩梦纠缠，被恶鬼追撵，那几个恶鬼血肉模糊，整夜整夜地围在他的床边，又哭又笑又骂，掐他咬他打他。他总睡不着，睡不着就起来到院子里走走，拍拍海棠的树干，吹吹暗夜的小风，看看头上的星星和月亮。今夜暴雨，他只能在屋子里待着，待着待着，就听到了袁如海的声音。以往也有过这种情况，贺师傅会立即把那格冰柜断电，把冰柜平拉出来，火速打电话叫来送尸体的医生，赶紧处理和抢救，半秒钟都不敢耽搁。可这次不同，当他确定响动是88号冰柜传出来的，他被撕裂了，拿起电话又放下，放下又拿起，整整煎熬了半个小时。

贺师傅懂得医院，也懂得袁如海。他更懂得生与死。什么是生，什么是死，他比任何人都懂得。生生死死于普通人是人间惨剧，于贺师傅却是阎罗殿里的十八般酷刑，火烧油煎生吞活剥，心尖上永远横插着好几把匕首，不疼，也不颤，就是渗血，滴滴答答地渗，怎么也结不住痂，渗的血都不鲜了，都枯黑了。贺师傅觉得袁如海和自己同是天涯沦落人，相逢是天意何必恨相识。袁如海早已没有生死，生也是死，死也是生，生死同在，生不如死。贺师傅扛了半个小时，袁如海的吢吢声不时钻进耳里，他扛不住了，才打电话让王惊雷快来。他想和王惊雷一起扛，直到，把这个声音扛至灭绝。

王惊雷和贺师傅四目相对，无语已过万言。王惊雷推开贺师傅挡在冰柜上的那只手，他说贺师傅，我只能救人。医生只能救人，不管他是谁。贺师傅打个寒战，那只手无力地坠下了。王惊雷抽出冰柜，袁如海冷不丁地横在他眼前。袁如海是伴着超常低温所特有的一股股白烟出现的。王惊雷俯身，趴在袁如海脸上，左手翻开他的眼皮查看瞳孔，右手同时探向袁如海的心脏。王惊雷没有探试袁如海的颈部脉搏，袁如海的脉平时都探不到，这会儿更不会有。

王惊雷不能置信。但是,袁如海真的复活了。在心跳完全停止、冷冻八个多小时后,袁如海就这样在太平间还魂了。王惊雷迅速把袁如海移出冰柜,平移到担架床上,进行紧急救治,他让贺师傅快打电话到心外科叫值班医生过来接人,同时让护士赶紧准备袁如海所需的一切仪器和设备。

在将袁如海安置到原病房原床位、全身插满管子和仪器,确定彻底安全后,王惊雷赶回太平间。开会,开紧急会议。出了这等大事,院长副院长、心外科主任和院办主任,以及质管科主任周尚礼,都已飞速赶至现场,何无疆也被叫来参会,毕竟袁如海是从他手里转给王惊雷的,才不过三天,从医学角度解释,这因因果果必是要有着前后照应的。贺师傅转身要走,这等会议轮不到他在场,不料院长说,老贺,你也坐下开会。这个会议除了主要相关领导,就是当事人了,你也是当事人。就从你开始,你先把情况说说,咱们先还原事态,再厘清头绪,然后共同找出解决办法。

这是丹青市人民医院自建院以来,首次在太平间召开会议。十个活人坐着说,近百号尸体躺着听。活人挨个开讲、陈述、表白、讨论,天色渐渐破晓,院长不时抬腕看表。幸亏袁小海不是巴菲特,他没有私人飞机,不能立刻飞回丹青。袁小海正在东南某沿海城市陪领导出差,从这个城市到丹青,最早的航班是上午 8 点 15 分起飞。丹青市也沿海,小半个城市边沿都是海岸线,但丹青市是北方城市,袁小海不是海龟海豚,他不可能从海洋里潜回来,最快最快，袁小海会在上午十一点钟出现。

院长的心情，和当年的雍正皇帝被八弟九弟逼宫时一样，悲愤无助，而又必须挺立如松，直挺到最后的胜利。雍正坐在龙椅上俯瞰着满朝文武，心里头算呀算呀，算铁杆，算死士，最终算出来一个半。院长比雍正强得多，因为院长的帽子比雍正小得多。大有大的彪悍，小有小的风骚。大到极致小不了，小到极致却能大。这年头要看一个人有多大本事，都不能通过朋友来看了，那是水泊梁山的把戏，早被扫进历史的垃圾堆了。当今流行看对手，对手即镜子，照照镜子就能知道自己的斤两，对手是狮子老虎，自己必然不是臭虫苍蝇。院长和袁小海，镜里镜外也算基本制衡。院长用雍正皇帝的眼神，看着眼前几个精兵爱将，院长不能不满意，全是铁杆。起码在袁小海的问题上，全是铁杆。

院长总结，此事重大，定要严密封锁消息。哪个医院太平间都活过人，从医学上找准答案，舆论还好平息。植物人死而复活，会对医院名誉造成致命重伤。绝不能让任何媒体知道，绝不能让社会上任何好事之徒知道，不然火上浇油，在座的都是过街老鼠。当前整个问题的核心是，怎么解决袁小海。按不住袁小海，一切都是白说。

王惊雷说就我个人的行医经验，袁如海复活事件，我们无法从医学上找到任何依据。从医学角度，这是绝不可能的事情。我到现在都还像做梦，难道真像爱因斯坦所说的，任何科学走到极致都如同宗教，玄而又玄？何无疆说我也不能相信这个事实，袁如海的任何指标，都不可能死而复活。质管科主任周尚礼原是神经内科医生，多年前也曾治疗过袁如海，后来医院成立质管科，专门负责协商解决医患纠纷，院长考虑到他在医生岗位上就已身经百战，堪称战神，就把他调到质管科独当一面了。周尚礼说，医学无法解释，就不要用医学解释了。我刚才看了袁小海主任的微博和微信，袁如海死亡时，小海主任正站在某著名寺院佛像前，双手合十，他落了这么四个字：为父祈祷。他是每到任何地方，都要为父祈祷的，我是常年给他点赞的，有时候还评论。所以，我个人观点，袁如海复活，只能是奇迹！医学史上的奇迹！孝感动天的奇迹！谁说苍天不开眼，那是人间无孝子！

院长重重地拍了下大腿，每当开会开到情绪激动时，院长就会拍桌子，太平间没有桌子，就连椅子也是临时凑的，高矮不齐，院长这一掌只能拍到大腿上。院长说，小海主任连续数年当选"丹青市十大孝子""感动丹青"人物，听说近来很有希望提拔。处级当那么久了，也该进步了。周科长这个创意很好，高屋建瓴，就这么定调子吧。大家都是淋雨来的，湿衣服穿了大半夜，大家辛苦了。都赶紧回去换身衣服，洗把脸，咱们要以最饱满的精神面貌迎接小海主任。散会。

王惊雷直接回了科室，跟何无疆同乘一部电梯，两人都得回去查房，查完房得上手术台，谁也没空回家去换衣服。外科医生都有熬夜的本领，每逢有重大手术，上手术台一站大半夜是常有的事，下了台就在办公室眯一会儿，早晨接着查房，接着做手术。

熬夜是他们的基本功，算不得什么。何无疆送给王惊雷两盒咖啡，他说我前患者从巴西带回来的，特醇，半杯提神，满杯亢奋。悠着点喝。王惊雷苦笑，我还用提神？小海主任就是我的提神剂。何无疆也笑，惊雷，我再送你一服提神猛药，刚才没说，人太多。我同学老赵，省肿瘤医院脑外科主任，手下有个女患者，颅内胶质瘤，我同学给她做手术，这手术难度极高。她孩子在国外，她先生就日夜陪护，伉俪情深啊。王惊雷说无疆，你今天怎么老说废话，我又帮不上什么忙。何无疆说你这人怎么这么张飞，你让我说完行不行。王惊雷说你怎么这么孔明，我患者都麻醉了，台上等着呢。你说，你快说。何无疆说，那个女患者的先生，是袁小海的局长，敢问路在何方？

　　王惊雷看看脚下，跟何无疆重重握了下手。王惊雷来丹青这些年头，八成以上的精力都耗在了手术上，刀锋上的事儿他是超级自信，别的事儿就总是比较迷糊。他在这个城市没有故人，没有老乡，没有同学圈，也没有过硬的人脉。西北的朋友倒也有几个保持着联系，不过都是远水，解不了近渴。他从没觉得孤独，孤独是时间的特产，只有闲极无聊有大把时间可以消磨的人，才有资格抒发孤独和寂寞。时间对王惊雷来说，是高大上的奢侈品，他常年连轴转，没有时间去感悟什么小资情怀。他手里都是些命悬一线的心脏病患者，朝不保夕，今不知明。几十年面对着这些人群，王惊雷不能不觉得自己的人生很不错，相当不错，不错极了，不错得都快产生优越感了。他有同行佩服的好刀法，患者公认的好口碑，父母健康妻儿和睦，医院里没仇人，手术台上没事故，银行里小有积蓄，工资奖金月月准时，没秃顶没肚腩没肿瘤，有房住有车开有饭碗端，这样的人生，难道还不是成功人生？这么多年过去，千把人口的村子也就出了他一个成功人士啊。

等王惊雷忙完，可以坐下喘口气，医生办公室已是夕阳破窗，满室的橘红，刷得墙壁都像能捏出百分百的橙汁来。王惊雷用手术刀修指甲，修得很慢，一丝不苟。外科医生都爱修指甲，属于职业共性，他们常年戴手套，手套既要密闭性又要灵活性，都是超薄乳胶材料，指甲稍显尖锐或生了毛刺，就很容易剐破手套。那是很危险的，而今各种甲肝乙肝艾滋病传染病，比明星绯闻传染得还要快，一旦和病人血液交叉感染，后果极其壮烈。按规定，外科医生手上有伤，是严禁上手术台的，可规定是规定，谁也不会真拿手上的小口子当理由不上台，大不了多戴两层手套。王惊雷原来所在的西北医院，有个妇产科女医生，在给一个艾滋病患者实施子宫切除手术时，手术刀不小心划破自己的左手食指，她立即采取了所有医学措施，可是很不幸，她被感染了，不得不因此结束职业生涯，就此归老。王惊雷记得那个女医生当时才不过四十几岁。

这样的人和事见多了，王惊雷对于自己所遭遇的那几次暗算，早已囫囵吞枣，痛饮消化了，连残渣都不剩分毫。那算什么呢，那是千秋万代，每个炎黄子孙的人生必修课，上至秦皇汉武，下至李四张三，谁的人生也绕不过暗礁与陷阱，谁的人生都少不了血流满面。碰伤了，摔惨了，爬出来包扎包扎，继续前进，乌云怕风吹，鬼魂怕见光，而阳光每天泼满大地。再说了，西方人牛吧，牛得傲视全球，可他们每天顶礼膜拜的耶稣，不也是因为背叛与告密，才被钉上十字架的吗？可见神界、人界无甚区别，火烤胸前暖，风吹背后寒，王惊雷是专攻心脏的，他只喜欢前胸的暖，没闲暇去忽悠后背的寒。

　　王惊雷的办公桌上只有电脑和手术刀，以及医生必备的各种检查单，没有任何其他杂物。何无疆当作宝贝回赠给他的几颗钢蛋儿，王惊雷收起来了，收到了抽屉最里头，轻易不肯看一眼。何无疆的钢蛋儿就在办公桌上，他是每天都要看看的，越看越有感觉，越看越像图腾。医学的图腾，粮食的图腾，以及医患关系的图腾。由于图腾，所以无价。图腾原就是无价的，集三种图腾于一身的图腾呢，那简直就是倾国倾城的天下尤物。尤物在手，何无疆信念爆棚，有生之年，他确信自己也会拥有王钢蛋这样的绝顶患者。因为总看，这几颗钢蛋儿越看越好看；因为总摸，这几颗钢蛋儿乌黑发亮，状如铁器，没人能看得出它的原形竟是粮食。何无疆在经过长久的相处与磨合之后，好不容易才狠下了心，把钢蛋儿送给韩心智一颗。韩心智也是个信奉图腾的人，接钢蛋儿的样子比接和氏璧还要激动，他说何老师放心，咱们代代传承，我也要有这样的患者，我非有不可。小刘对此有些忌妒，何老师，我跟你多少年？他跟你多少年？为什么给他不给我？何无疆说你要去加拿大见女友啊，你要这个干什么，过海关还要遭盘查。小刘说粮食就是粮食，我能解释得清楚。我会用流利的英语，把钢蛋儿的故事讲给洋人们听听。他们哪听过这样的故事，哪见过这样的图腾啊。何无疆郑重地说，就因为这个原因，我才不给你。全世界的医患关系都是公对公，为什么中国医生王惊雷能跟患者搞出个生死相许的情分？那不是他俩太有情，那是他俩的背景太无情，那是现在的医患关系太糟糕。什么是家国？站到外国人的海关口，你的身后就是你的家国。咱们自家的事情，没必要拿出去跟外国人煽情卖乖。你换点小感动过关了，可你的家国呢，你这是给你的家国丢人。小刘愣怔好半天，何老师，我从来就不知道你的家国情怀这么浓重。何无疆说什么情怀，我这人从没什么情怀。我就知道情怀挂嘴上那是吹牛，情怀落地才是情怀。所谓家国情怀，那得十几亿人共同操持共同努力，你要是回来，我就给你。小刘说我也极为踌躇，我得看看那边的环境，再做决定。何无疆说拿钢蛋儿当图腾，是我这代医生和患者的追求，这样的图腾是至情，更是悲哀。未来的医患必然不是如此。什么是医什么是患？谁不生病谁不看病？医患只是医生和患者吗？医患就是所有人，医患就是我们的家国！迟早迟早，钢蛋儿会成为一个久远的传说。我们的未来，绝对不会逊色于海关那边的洋人。因为我们每天都在往前走。小刘就问，那得多少年？何无疆说每个人各尽其职，好好干活，务实不务虚，扔掉点私欲，多两分公心，哪会干不过洋人。我们的医患，我们的医疗，我们的一切，都不会不如他们。小刘神往，但愿快些，但愿我这代人再也不用这样的图腾。何无疆说不负时光，方能如愿。

何无疆问过王惊雷，你为何不把钢蛋儿搁桌上？王惊雷说你是否会睹物思人？何无疆说是，常常想起王钢蛋。王惊雷说所以，我不用搁也会想。何无疆说惊雷，你也会伤感？王惊雷说才不会，我是不想过劳死，王钢蛋这样的人群太多，我要整天用这颗钢蛋儿来搞励志，我可能还没退休，就把自己给累死了。何无疆说搁不搁没分别，那东西早就长你心里了。王惊雷说在我们的世界里，有多少王钢蛋，就有多少袁如海。现在袁如海可真成了我的鬼门关了。

十四

报应这个词，大概只对极好和极坏的人才有作用，对绝大多数人是没用的。袁如海不怕报应，所以他活了。顽强地活下来了。活成了一个传奇，一具海纳百川的僵尸传奇。

袁小海是被一群人簇拥着，拥到袁如海病床前的。除了院长和贺师傅，所有列席太平间会议的人都到场了。袁小海长跪不起，将脸紧贴在父亲焦黑的手背上，摩挲着，未语泪先流。质管科主任周尚礼及时抓拍了几张角度不同的照片，微信给了袁小海。袁小海是被周尚礼搀扶着架起来的，他足足跪了十几分钟，跪得满室肃然，跪得每个人都觉得自己的膝盖也软了。

袁小海紧握住王惊雷的手，王主任，多亏你，又把我父亲夺了回来，从死神手里。王惊雷说这是奇迹，医学奇迹。袁小海哽咽，王主任可能不知道，昨天下午 5 点 31 分，接到你的电话，说我父亲……我当时就昏倒了，还吐了血，我们同事叫来救护车要把我送医院去，我说不去，我哪儿也不去，我要回丹青，回到我父亲身边，就是爬，我也得爬回去。王惊雷无比愧疚，愧得手心都冒汗了，但他的右手仍被袁小海紧握着不松，握得两个人都是满手的汗。周尚礼小声说，小海主任，到我办公室去坐坐吧。这么多人杵在这儿，可别打扰了老爷子。袁小海缓缓摇头，周主任，你那儿可是处理医患纠纷的地儿，不合适。我对咱们医院感谢还来不及呢。就在这儿说吧，我父亲也能听着，他是不会说话，可他心里头明白。

王惊雷把整个过程讲了一遍，从医学角度详细阐述了对袁如海的抢救过程。他讲完后，屋内一片死寂，只有袁如海的哗哗声不时响起。袁小海说，王主任，我衷心感激你们对我父亲所做的一切，你们太尽心尽力了。只是有两个小问题我不太懂，一是你说我父亲是因为全身多功能脏器衰竭而引发死亡，我有点想不通，咱们不是一直都用着最好的设备吗？这么多设备用在他身上，这么多年都过来了，怎么昨天突然就衰竭了？会不会是哪个设备出了什么问题？

王惊雷说我们的设备在丹青乃至全省全国，都是第一流的。不是设备本身的问题。周尚礼接着说，天有不测风云，人有旦夕祸福。小海主任，我们多年来一直严格执行着你的要求，上最好的设备，上最好的医生，没有这两个最好，老爷子又怎么能安享十四年的太平岁月。叫我说呀，这回你又创造了一个奇迹，一个能再次感动丹青的新奇迹。

第二个问题，袁小海接着说道，我一直想不明白，既然我父亲下午5点30分被宣布死亡，送进太平间88号冰柜。那他为什么在凌晨 3 点 58 分又被宣布复活？在这 10 个小时又 28 分钟，足足 628 分钟的时间里，他的身上是没有任何设备的！没有仪器没有管子没有药品没有营养液。在没有这一切的情况下，我父亲居然拥有生命迹象，那咱们这十四年来的设备，是不是都白用了？

小海主任，奇迹之所以被称为奇迹，就在于它很少发生，甚至从不发生。周尚礼拍拍袁小海的肩膀，小海主任，我也是医生出身，都干了半辈子了。医学和奇迹，它不是一个概念。绝对不是同一个概念。就像坊间有些社会渣滓的小道消息，对你的大孝行为进行过各种诋毁，不堪入耳。我们全医院从没有一个职工相信过。我们只认我们的概念，我们只认铁打的事实，你是人世间罕见的大孝子，我们上下同心地佩服你。

袁主任，我补充一点。何无疆开口，以我半生的医学经验，你父亲身上的任何指标，都绝不允许他离开这些设备以及药品。至于太平间冰柜的 628 分钟，是人体在极限条件下的本能性突破，是任何生命体都先天拥有的对于生命的本能性自救。也就是说，正是由于这十四年来日复一日的精心养护，才使他得以撑过那628 分钟。王惊雷说，袁主任不仅感动了丹青，也感动了你的父亲。正是你十四年来的坚守和执着，才创造了那 628 分钟的奇迹。

袁小海说苍天可鉴。无论如何，我代表全家谢谢你们再次挽救了我父亲的生命。袁小海对着众人，深深鞠躬，直起身来，他说，通过这次的事情，我觉得我太不孝，我对不起父亲。我不敢想象那 628 分钟，他在冰柜里是怎么熬的，那么冰冷，那么黑暗……我早就应该多学习和掌握医学知识的，以后也好和你们更为深入地沟通父亲的病情。提个要求，我想把父亲这十四年来的所有病案病历带走，回去好好看看。

我已经让人给你全部复印好了。周尚礼亲热地挽着袁小海的胳膊，小海主任，都在我办公室呢。比你个子还高，比你体重还沉。走，跟我去看看吧，我让人给你抬车上去。你是怎么也拿不动的。

袁小海回身，走到袁如海身边，蹲下，轻轻捧起袁如海的一只手，捧了好久好久。两滴眼泪，顺着他的面颊，滴落到那只手背上，瞬间被吸干，无影无踪，就仿佛从没有来过。多年植物人的皮肤，比戈壁的沙漠还要饥渴，还要焦灼，对于任何属于生命的汁液，总是贪婪地瞬间吞噬。

院长是在小会议室看完听完袁小海全程视频的。周尚礼给袁小海上了超级 VIP 待遇，从他进医院到离开，全程跟踪拍摄，特写传神，远景逼真，活活一部真人秀大片。院长看得认真听得仔细，一字不落，半个眼神不少，尽在掌握。这年头，录音录像算不得稀罕，满世界的视频头和手机，只要动了心思，干这种事可谓投入低效用高。不少患者找医生看病也会时不时地给医生录录音录像，免得日后反目，总得留个证据。医生的反击方式是态度端正加字斟句酌，没必要的话半字不说，有可能产生后患的行为绝不显现。患者怕挨宰，医生怕被告，越怕越防，越防越怕。相对于普通医生，院长更怕，哪个医生出事，医院都脱不了干系，院长就是众矢之的的活靶子。医生只是偶尔处理纠纷，一年处理两三次，最多四五次，而院长却是百川到海的海，整年脱不了纠纷和官司。院长怕得都麻木了，都不知道怕的原滋原味了，只是本能地怕。爱到深处是极端，怕到深处不寻常。院长就像吃麻辣火锅被辣到胃穿孔的人，上了手术台经过清洗、缝合、治愈、出院，此后见到麻辣火锅的本能反应就是逃逸，有多远逃多远。不仅火锅，连菜地里红艳艳的辣椒都会灼伤他的眼，没辙，只好弄副大墨镜扣眼睛上，免得看什么都是血色满天。

周尚礼，就是院长贴心贴肝的大墨镜。自打脱下白大褂，执掌质管科，周尚礼人尽其才呕心沥血，为医院东征西战，平南克北，夜夜枕戈待旦朝朝鼓角争鸣。招呼对手时，他是铜壶煮三江的阿庆嫂，该笑就笑，该哭就哭，该无表情就无表情，该卖萌就干脆萌得对方人仰马翻；和对手谈判时，他是动漫片中的百变金刚葫芦娃，狠如老鳖酸如陈醋软如奶酪甜如蜜糖，硬似乌龟壳，滑赛娃娃鱼，该怎样就怎样，该咋练就咋练，常年独家担纲生旦净末丑，无畏无情地驰骋于医患纠纷的万里疆场。院长对周尚礼极其满意，从称呼就可以看出来，从小周到周科长，从尚礼到礼，每抹掉一个字，都是移山填海的赫赫功业。

院长打电话到财务室核准了数字，放下电话压低声音说，礼，就这五个月，医院赔付款项超过七百万，还不包括我上周才给那位壮士签字的八十五万。要是天下医院都这样，左手挣着右手赔着，外赚个挨打挨骂，那还不如歇着不干，歇着至少没风险。全于袁小海，他对亲爹都那么孝顺，他头上又顶了那么多高帽子，他能跟咱们撕破脸吗？我看他不能。咱们的脸和他的脸，是十四年岁月凝聚而成的同一张脸。

院长，恕小弟直言，周尚礼放下茶杯，说，咱们的脸是医院几十年的招牌，是集体荣誉，在丹青谁也撼不动。他的脸是他自己的脸，他可丢不起那张脸。丢了就什么也没有了。他不会对簿公堂，没傻到那份上吧。他会跟咱们存大同求小异的。我的看法就一个字，磨。事大事小，一磨就了。

这个小异，这个数，你看够不够？院长推到周尚礼眼前一张纸，纸上写了个数字。周尚礼盯着数字想想，他说院长，我跟你保证，我绝对不会让袁小海冒出这个数字。你就放心吧。整件事我只担心两个人出纰漏，太平间贺师傅，还有心外科王惊雷。

院长说贺师傅你可以放心。惊雷那里，确实要再谈谈，你和何无疆先给他敲敲边鼓，回头我再跟他说几句。以他的为人和行医经验，不至于。

不是为人，也不是经验，院长，再恕我直言，是本性。周尚礼说，他对袁小海很不待见，脸上没有，眼神里清清楚楚。现在这市面上哪里还有人，都是精，都是妖。王惊雷还停留在人的阶段，我就担心他被袁小海给收了。

尚礼，不要胡说！院长紧锁眉头，盯着周尚礼抬高声音，惊雷是我亲手引进的人才，他是咱们心外科的活招牌。我可以保证他的人品，他在任何情况下，都不会出卖医院。

院长把话说到这个程度，周尚礼只能说是是是，但他心里就是不安生。周尚礼沉思着，对院长说，按道理咱们必胜，可我总觉得哪里不对头。具体我也说不出来，就是怕失手。院长说你从来都没有失过手，不用怕，袁小海除非疯了才会跟咱们开战。周尚礼叹气，我平生对手都是疯子，人人都被逼疯了，我都弄不清自己是不是也疯了。我是从没败过，可院长老兄你知道什么人最怕败？常胜将军最怕败啊。

周尚礼不是不信任王惊雷，他是不信任任何人。在他这把椅子上坐久了，没有人再敢轻易说出信任谁。信谁都得栽，只有谁也不信才能永保不败。他经历过太多的功亏一篑，扳回过无数的覆雨翻云，堡垒都是被人从内部给攻破的，长城都是从里头先坍塌的。叛徒，每个医院都有叛徒，每个医生身边都有叛徒，每起医疗纠纷都有告密者。周尚礼不恨叛徒，从来不恨，既然每个人都有着成为叛徒的卓越潜质，他总不能仇视全体同事吧。再说叛徒也太多，他是想恨都恨不过来。他只能防着，壁垒森严严防死守。他甚至很理解叛徒，也不过就是私下给对手提供几份专业病历以及专业知识，就能获得丰厚酬劳，还能扳倒或搞臭身边的对手，这种事要是不干，那简直需要透支储备多年的良心。干赚和透支，脑残了才会选透支。周尚礼不同于一般人，他历来是个感觉异常的人，比春夜月光下跳舞的猫咪还要灵异，十里香风中，哪怕渗了半根老鼠毛，他也能捕捉得到。他就是担心王惊雷，说不清道不明的一种担心。王惊雷是人，袁小海是精，周尚礼只见过精与精之斗，还没见识过人与精开战。

王惊雷对周尚礼的反复敦促不以为然，甚至还有点反感。他说周科长，我觉得那个袁小海，他翻不起多大的浪头。这事真要闹大了，咱们和他谁都没好处。周科长盯着王惊雷，惊雷，你竟然相信，这世上还有所谓的同盟？王惊雷说没有吗？那我和你呢，你和院长呢，咱们医院上上下下呢，这不是同盟，这又是什么？周科长说咱们是，可咱们跟袁小海不是。王惊雷又问，那这十四年怎么说？这十四年不都是同盟吗？周尚礼说之前的十四年是，今天不是，这十四年就此断裂了。天下所有的同盟，哪个没有断裂的日子？之所以同盟，那就是为了断裂。之所以断裂，那正是因为同盟。没有同盟哪有断裂？没有断裂怎叫同盟？同盟只是时间和利害的产物，断裂才是同盟的真正底牌。王惊雷拍头，周科长你别说了，你越说我越晕。我就一样，我绝对不会跟他同盟，行了吧？周科长说不行，你连同盟的本质本色都没搞清，我怎么敢大意。王惊雷说你也太小看我了，你当我三岁孩子那么好哄。我跟你说，我对同盟的理解很简单，没你们那么复杂，生死不弃就是我的同盟观。周科长呻吟，老天，这观念早就过时了，惊雷你得更新呀。王惊雷反问，那你的同盟观是什么，你说出来，我照着你的更新。周科长左思右想，说话的腔调恰似浅吟低唱，惊雷，我从来就没相信过同盟，我只相信同道人同路人。在这个问题上，咱们唯有风雨同舟，方可谓之同道。王惊雷爆笑，别跟我玩概念，概念都是骗文盲的。咱可都是科班出身的所谓知识分子哦，知识分子不信概念，只认事实。什么同盟同道同路的，我只知道不背叛不出卖，这就是铁打的事实。周科长眼珠狂转，惊雷，你怎么把我给绕晕了。你这口才怎么都快超过我了。王惊雷说口水淹不死人，口才砸不倒人，口才的最高极限也不过就是真话。

十五

梁小糖出院前夜，老李递给何无疆几张纸，复印件，梁小糖三次入狱的犯罪记录。老李说，我猜你们以前认识。你给很多犯人做过手术，从来没有好奇心。何无疆把当年抢救梁小糖的事说了，他说，十五年过去，我没想到他会这样。老李说我在监狱干了半辈子，看犯人看得奇准，哪个出去是永别，哪个出去是小别，我从来没看错过。这个梁小糖，他一定还会再进来。他这辈子就是在监狱进进出出，直到老死里头。

为什么？何无疆用眼神问老李。老李说，中邪，鬼上身，不偷不行，不抢不行，每年到了那个时候，他非去作案不可。只见过结婚择吉日的，没见过抢劫还挑时辰的。不是鬼迷心窍是什么？这回出去了，他会把案子做得更大。他同屋有个专撬保险柜的惯犯，两人私下拜把子，那个犯人把撬门撬锁的绝技都传给他了。不瞒你说，很多犯人在监狱互相交流，出去之后本事倍增，而且还都是跨界人才。

何无疆翻看那几张纸，看得心乱如麻。老李喜欢说话，说个不停。何无疆打开柜子，里面几条好烟，他说老李，你全拿走吧，你知道我从来不抽烟。给你那两个小兄弟也拿两条。病房楼禁烟，你们到我办公室来抽，让我跟梁小糖单独去说几句话，行不？

老李说靠山吃山，靠水吃水，医生就得吃患者，这烟谁送你的？两千多一条。何无疆回敬，我看你平时抽的烟也挺贵，吃犯人的？我这是某县太爷送的，在这儿住院割个要害物件，左侧睾丸一粒。老李啧啧，他的蛋可真贵，独蛋，没法玩了吧，谁呀？何无疆呵呵笑，说出来雷死人，你听听就罢，不得外传。这县长和我们卫生局长连襟，局长指示院长，为这粒睾丸专门成立了医疗小组，由组长副组长专家和顾问组成，已经多次会诊和研究。这台手术阵容强大，有三组医生同时进行，我这组摘睾丸，整形美容科主任给他进行腹部抽脂，牙科主任给他拔牙。每个主任带两个助手，加上麻醉师和器械护士，十几个人围着他，站都站不下。趁着这次全麻，人家把大肚子和烂牙都消灭了。不仅如此，我们都签了保证书，要本着对某县百万群众负责的精神，把这台手术做好做精。

这号货迟早得找我报到。老李很有把握，在外头越能作，进去了越没种。就他这破级别，进去了可没单间，住大房少不了挨打。我们犯人专打两种人，贪官和强奸犯，管都管不了。到时候可别把他剩下的独蛋也给打烂。

何无疆进了梁小糖的病房，是深夜，窗帘没拉上，大灯已经关了，只有廊灯亮着，夜色水似的泼了大半个屋子，梁小糖就在水中央。他睡着了，睡得像只折翅的鸟，他的左手高举过头，被铐在床沿上。何无疆把大灯按开，屋里雪亮，夜色瞬间退潮。何无疆坐到另一张病床上，他说，梁小糖，你没睡，坐起来吧。梁小糖睁了一下眼睛，又闭上，他说是何医生？谢谢你治好我的病。我一定好好改造重新做人。何无疆说小糖！梁小糖坐起来，蹭着坐起来的，他的全身都得配合那只被固定的手。他看着何无疆，眼神很麻木，何医生，我好像隐约记得，十五年前也是你给我做的手术，对吧？何无疆说不是隐约记得，是时刻不忘，对吧？小糖，事实上你从来没忘记过，就像我一样，对吧？梁小糖说所有帮助过我的人，我都记得，我们的每个管教干部，我都记得，何医生救过我的命，我当然不敢忘。可我现在这个样子，也报答不了你什么。出狱之后要是混好了，我会好好回报你。

回报？去偷，还是去抢？何无疆看手机，老李给他二十分钟，他没时间做铺垫了，只能直捣主题。他说小糖，你几乎颠覆我的人生观。从你之后，我陷入封闭状态，再也没有轻易相信过谁。我怕被骗我怕被耍我怕再次遭到背叛。不是钱的问题，是信任被粉碎了。在我替你还账的那两年里，七月天的太阳，也让我觉得冷。谁想接近我，我都往后退，我怕人，怕每一个人，我觉得普天之下全是梁小糖。小糖，我知道你和我一样，我们心里都有一个死扣，我们必须合力，才能解开它。

刀锋出鞘似的，梁小糖眼中闪出两线簇亮，直勾勾砸向何无疆，何无疆接住了，用眸子。他在等待梁小糖说出真相。他渴望这个真相，这个真相可以让他瞬间破冰，直抵春天。更重要的是，这个真相，可以给梁小糖招魂，把他弄丢了十五年的魂给叫回来，让他灵魂复位，再不必活在鬼上身的状态，再不会中邪似的去偷去抢去进监狱。

何无疆和梁小糖四目相对，很久。何无疆说，小糖，我刚才看了你的记录。我可以肯定，你三次进监狱，都是为了那笔钱。你想还给我，想在八月十五中秋节还给我，因为那个日子对我们很特殊。这些年，你什么都干过，工地、煤窑、货场装卸，火车站擦过皮鞋，市场上卖过爆米花，你干过二十多种职业。第一次被抓，是十四年前，中秋节黄昏，丹青大酒店停车场，你盗窃一辆私家车上的公文包。丹青大酒店离我的医院四公里。第二次作案是十年前，中秋节当晚七点，你在莲花商场侧门口抢劫一个年轻女人的手提袋。莲花商场离医院一公里。第三次你是抢劫加盗窃，之前的两次监狱生涯，你又学了本事，艺高人胆大，你在中秋节夜晚9点30分，金连天珠宝专卖店，从后门撬锁进去，目标是保险箱，可惜还没打开，被夜班保安发现，你用铁棍击昏保安，迅速抢劫一批珠宝，出门沿梧桐路由西向东逃走，在梧桐路中段被抓获。当时你离丹青市人民医院，不足两百米。你是要来找我，小糖，不管用什么手段，你要把那笔钱还给我，对不对？

不对不对不对！梁小糖大声喊，你别自作多情，何医生，根本就没你的事。我抢我偷算什么，这回再出去，我杀人。我什么脏活累活都干过，可我永远也攒不下钱。我连顿肉都不敢吃，我每天干活累半死，为什么我这么穷？我下煤窑干了大半年，那底下比地狱都黑，发到手的工钱东扣西扣的，就那么点儿啊。我第一次偷的是工地老板，他欠我们五个月工钱，怎么要都不给，我不该偷他吗？第二次抢的是煤老板的小老婆，她在商场光买衣服就买了十几万的，她凭什么？他们吃的喝的花的，全是我们的血。他们越有钱，我们越没钱。他们有多富，我们就有多穷。我们为什么怎么干都这么穷，全被他们搞走了。他们是天生的老虎狮子顿顿吃肉喝血，我们是天生的牛羊兔子鸡鸭鹅，连草都吃不饱，还要被他们吃被他们嚼被他们吸血吸髓。我要杀了他们，我只要出来，我见一个杀一个，一个都不放过。我这是替天行道！

梁小糖眼中是火，全身都是火，他整个人就像一团火焰。仇恨的火焰，毁灭一切的火焰，和这个世界同归于尽的火焰。他三次入狱，罪行一次比一次重，这十五年，他在监狱蹲了十一年，剩下的四年，他到处挣扎，为了活下去，更为了攒出那笔钱。只是，他无论怎么卖力，得到的报酬都只够糊口，不够还债。他只有三个中秋节是自由的，他一次也没浪费，做了三次案。每次偷到抢到，他只有一个方向，他向着丹青市人民医院狂奔，他要把那笔钱还给他。他是这世上唯一一个对他好的人，可是他却不辞而别，在吃完他的生日饭后不辞而别，把那笔债留给了他。他说过，来年生日来找他。他觉得一年可以挣出那笔钱，9394 元，可他没有挣到，他拖着满是病痛的身体，在工地上卖死卖活一年，包工头说过中秋节给大家结账，可是包工头跑了。他白干了半年活。他什么都不信了，他对这个世界只有恨，遮天蔽日的恨。他想杀了那个包工头。他好不容易找到他，整整跟了他三天。就是这三天，让他把杀心压下去了。包工头像只没头苍蝇似的，在这个城市东走西窜，到处求爷爷告奶奶，求人家把工程款给他结了。包工头都给人家下跪了，才要到那一笔钱。梁小糖决定不杀他了，他只要拿回他和工友们的钱就行。他知道钱就在车上那只皮包里。于是他砸开车窗取走了那只皮包。他觉得天经地义。可包里的钱太多，远超过包工头欠他们的工资。他进了监狱。从他坐牢的第一天起，他就决定了，此生，他梁小糖和何无疆，只还钱，不相认。要相认就等下辈子，下辈子干干净净地再相认。

何无疆知道，梁小糖根本没打算认他。他给他的，梁小糖早就无力承受。梁小糖是个吃百家饭长大的孤儿，一路走来，爬冰卧雪，他的人生是没个尽头的北极，千里冰封，万里雪飘，满心满腹都是冻得死人的冰碴子。只有他给过他温暖，万分火热的暖，他把他烧得都要融化了。一个雪人，是见不得火的，尽管他总觉得冷。

八月十五，中秋节，是何无疆的生日。梁小糖每到中秋节，都着魔似的要扑向那堆火。他必须来找他，找他还债，不把那笔债还了，他过不下去，过不去自己。可他每次都被抓，足足十五年，他还是欠了他的。他是一个人见人厌的罪犯，连监狱里的犯人都嫌弃他，他们只崇拜铁血英雄，铁血英雄都是杀过人的犯人。有些英雄已经成了鬼魂，可监狱里仍然流传着他们的传说。梁小糖要做英雄，出狱之后，他要做个替天行道的英雄。

何无疆清楚，梁小糖是绝对不会认他了。他绝不会以一个罪犯的身份和他相认。自卑跌破极限，很多人会以极度自尊自傲的方式来自我保护。梁小糖是个几乎不识字的文盲，他没有何无疆那种自我调控的能力，他心里的扣越扣越死，砸不掉解不开，勒得他皮开肉绽。如果说那笔钱是何无疆心口的一条刺，想起来就扎；那么对梁小糖来说，那是一座塔，一座镇妖降魔的塔，每分每秒都压在他的头顶，压得他无法喘息不敢面对，压得他只有举起屠刀才能解脱自己，才能跟这个世界平起平坐。

何无疆站起来，看着梁小糖，梁小糖不接他的目光。何无疆说保重小糖。何无疆走到门口，梁小糖的话追过来，我就是要杀人，我出去就杀人。何无疆笑了。对着门板笑，没有回头。滔滔有时生气，会噘着嘴对他说，不过了，无疆，我就是不想过了，咱们不过了吧。何无疆就得哄，三言两语哄好，该怎么过还是怎么过。梁小糖说杀人，和滔滔说不过一样，是发泄，更是撒娇，只能向最亲的人撒的娇。滔滔撒娇炉火纯青，有人疼的女人到 90 岁也会撒娇。梁小糖撒娇是张飞绣花，架势不对，滋味拙劣。最关键的是，他自己根本没意识到，这句话剥光了他，一下子就把他打回原形。他还是当年那个人，那个渴望烤火的小雪人。

小糖，我无法想象，背负着那么多的从前，你是怎么走到今天的。何无疆缓缓转身，死黏着梁小糖的眼神，继续往下说，就是那笔钱，让你和我都变了，都不再是从前的那个人了。那笔钱不大，当年不大，现在更不大，你把它放下。咱们两个大活人大丈夫，咱们不能败给那笔钱。小糖你说，连一万块都不到，你就把这辈子都给搭上？多不值啊。梁小糖目光涣散，他说搭上了，我这辈子都搭上了。九千多块钱，它就买我一辈子。我已经卖给它了，我赎不回来了。

小糖，我本来已经赎身成功，可是你这么一来，弄得我好像是白赎了，我又回去了。十五年，我们的十五年，就那么不值钱？何无疆热切地说，小糖，咱们俩没那么便宜，咱俩谁都比那笔钱贵得多。别说是九千多，再加几个零又怎么样，我在你眼里头，总比钱值钱吧？最值钱的人，压根就和数字没关系。数字多大，都买不来，也卖不了。梁小糖说是啊，你就是太值钱了，多少钱都没你值钱，所以我才非要把那笔账给抹平，不管用什么办法，我都要把它给抹平。那么大个窟窿，我要不抹平它，咱俩之间就没有平地，只有窟窿，谁往前谁摔倒。

何无疆说没有窟窿，只有平地，时光可以沧海桑田，更能够填平窟窿。你是心里有洞，你那个洞就值九千多块，你那个洞太廉价。你要是为了填洞而杀人，我认为你连枪毙都不配。早知道你是这样，我就不应该给你割掉那个癌灶，等它扩散了多好，你和这个世界就此两清，谁也不欠谁的。梁小糖咬紧牙关，腮帮子直哆嗦，就是不说话。何无疆笑说，又来了，你一激动就这样，当年就用这招降住了我。不过现在没用了，我已经百毒不侵。

梁小糖每次痛哭之前，必须先咬牙，咬牙成功率三七开，七成的眼泪可以憋回去，还有三成会冒出来。这些隐私可不是何无疆观察所得，而是梁小糖主动向他倾诉的。何无疆等了几分钟，没等来梁小糖的滚滚热泪，倒是老李敲门催促了。何无疆没时间了，临出门对梁小糖说，小糖，仇恨等于自残。对这个世界的最大报复不是杀人，而是自重。你要重自己，世界就轻不了你。你学学我，我为那九千块卧薪尝胆十五年，而今怎样，名医了吧，成功了吧，我幸福得不得了。要是没那九千块，我还不知道自己有多值钱呢。梁小糖溃不成军，齿缝里挤出句话，他都不敢张口说，当他腮帮子哆嗦的时候，但凡张口，必然就是哭腔。梁小糖说，哥，是我害了你。何无疆也扔了句话，十五年，万金不换。别作践自己，别给自己划价。我们还有未来，未来就像从前，跟钱没有关系。自救吧小糖。

　　大半夜电话响，老李气急败坏，无疆，梁小糖疯了，嗷嗷得整层楼睡不成觉。你把他怎么了？何无疆根本不理老李，直接挂断电话，拨到护士站，让护士去给梁小糖打安定，他说静脉推注，给他打双倍的。护士说双倍？不双倍也足以撂翻他。何无疆说单只是睡觉，双倍是抗焦虑抗烦躁，快去执行。安置妥当，何无疆才给老李回话，他说安生了吧？我告诉你老李，我把你们的工作都给做了，杀人犯梁小糖就此不复存在。我对这个社会，可真是做出了巨大贡献。老李哀求，无疆，我要细节，你教教我。何无疆说保密，晚安。

十六

　　梁小糖出院，老李的警车开不出去，医院大门又被堵了。这回是豹子村的医闹队伍，雇主嫌狮子村老虎村要价高，退而求其次。豹子村来的都是老弱病残，先头部队有二十几个人，活儿却干得老到专业。一口黑色棺材横在医院大门口，十几个老头老太太围着棺材排开，齐齐跪在大门口车道上，把大门堵得水泄不通，七八个学龄前孩子披麻戴孝，给过往路人散发传单。老老少少满脸悲怆，哭着喊着，老的喊，哥哥，弟弟你死得冤；小的喊爷爷啊爷爷还我爷爷。三条白布横幅触目惊心，上面的黑字适用于所有雇主：草菅人命还我亲人。苍天有眼严惩凶手。誓向白衣恶魔讨回公道。

　　医院门口乱糟糟，里面的车出不去，外面的车进不来。老头老太太各司其职，烧纸的、喊冤的、哭号的，合作默契，纹丝不乱。医院保安走上前劝阻，几个老太太就地躺倒，打着滚儿哭喊。他们只是先头部队，他们的任务是造势，造上几天，火候差不多了，青壮年骨干出场，文戏武戏就看医院的态度。医院同意赔钱，那就坐下来讲价钱；医院要是想走法律途径，那就打，到死了人的科室去打，打不着当事医生就打其他医生，医生不在就打护士，只要不打出人命不打成重伤，打完了再谈，谈完了再打，医院不赔款，他们绝不收兵。哪个医院也架不住他们的持久战，终究是要给钱的。他们还从没败过。

老李自恃开的是警车，穿的是警服，别的车辆拿这些老头老太太没辙，老李不怕，他跳下车对他们喊，让开让开，执行公务，赶紧让开听见没？老李想错了。他的两条腿被两个老太太迅速抱住，老太太是膝行，跪着扑来的，她们抱得紧紧的，老太太哭喊，警察同志啊求你给我家老头子做主啊他死得冤啊你不能不管啊我们孤儿寡母就靠他养活啊……

老李动弹不得，老太太力气很大，她们多次抱过多家医院院长的腿，抱住了就不松手。没人敢对她们动手，谁也不敢动她们一指头。她们身上什么病都有，都是原装的老毛病，正愁着没人给她们进行全面体检和治疗呢。

这帮老人很敬业，跟着村里唱戏的练过舞台上的膝行，吊过嗓子，可以跪一天哭一天，不带换岗的。老李想打110，一抬眼，看到两个巡警就站在几米开外，满脸的爱莫能助。老李打何无疆电话，何无疆说没办法，我们院长昨天偷偷走侧门都被抱住了，抱了两个多小时。你千万别动，你一动她们就会昏过去，说警察打老人。现在就一个办法，你让梁小糖下车救你。老李火冒三丈，他奶奶的没王法了？你让犯人救警察？何无疆说快点，不然你今天出不去，趁现在 120 通道还没堵上。这帮人就是要让医院一个患者也进不来，颗粒无收，就看谁能撑了。

梁小糖往跟前一站，两个老太太吓得不知所措，梁小糖穿着囚服戴着手铐，他没表情，就说了一个字，滚。老太太不撒手，梁小糖抬腿就踢，一脚踢翻一个老太太，同时两手一伸，揪住了另一个老太太的头发，他说老不死的，我今天把你们全灭了，我就是想杀人。老李紧抱住梁小糖的腰，他说快放手快上车，撤！

何无疆坐在警车里，似笑非笑望着老李和梁小糖，他是刚才趁乱上的车。何无疆指挥警车后退，拐弯，绕到大楼另一侧的 120 紧急通道，快速开出大门。何无疆让司机绕医院一周，把他送到后门放下。老李训斥梁小糖，谁让你真打人的？打出毛病怎么办？梁小糖不服，你们这身警服也就是压压良民，这种刁民只认得暴力。梁小糖的目光比刀子还利，刀锋上全是杀气。何无疆盯着他的眼睛，梁小糖眼中的火焰渐渐熄灭。老李问何无疆怎么回事，何无疆说一个 86 岁的老人，半月前入院，全身癌扩散，骨质疏松得一碰就折，先住神经内科，后来转 ICU，再后来 ICU 要求转消化内科，消化内科不要，把人推回 ICU，ICU 又要求转胸外科，胸外科主任当时不在，手下医生收了，主任回来一看，让人又推回 ICU。ICU 这种地方，一进去就得上各种设备，家属嫌贵，要求换科室。哪个科室都不收。十三天，死了，花了十四万。家属要求 ICU 少收一半，ICU 不同意，闹到医院，医院不减。家属就雇医闹队伍，狮子村要价最高，要二八分成的八；老虎村要三七分成的十；豹子村只要四六分成的六，家属就雇的豹子村，豹子村跟医院开价一百八十万，正在谈判中。

老李问最终会赔钱吗？何无疆说会，医院每年赔钱超过上千万，你不给他他就天天堵门，堵得患者进不来，损失更大。报警没用，找谁都没用，只能破财消灾。现在神经内科，还有ICU的主任和当事医生不敢来上班，不然挨打也是白挨。老李关切地问，无疆，你遇到过这种事没有？何无疆苦笑，我天天上班如履薄冰，看病用的心思少，判断患者动机费心多。你比如这个老人，癌细胞扩散全身，之前会出现各种反应，可他家人不送他治疗。等到全扩散才送来，摆明是想让他快点死在医院，花钱越少越好。这种情况，我绝对不会收。因为你怎么做都是错。你让他死在普外科，他说你救治不到位；你送到ICU，他说你推卸责任。说来说去就两条，第一，他要当孝子，他不能让人说他不给老人治病。第二，他要花钱少，花多了他得讨回来。就是现在这样，还能倒赚一笔。说实话老李，从医二十年，我真没有见过真的孝子。有退休金的老人情况好一些，那些贫病交加的老人，会让你觉得，所谓人间亲情，那只是一个幻觉。病房楼上以前每年都有人跳楼，现在窗户封死，只能开一道十五厘米的缝，跳不成了。跳楼的多数是老人，得了绝症的，得了重病的，儿女无力负担或是不愿负担的。你见过老人给满堂儿女下跪叩头要钱治病吗？我见得多了。有些病能把几个家庭快速耗干，那些当儿女的也没办法，动不动就来跪我们，我们有什么办法？医药费欠一分，计算机自动锁死，半片药也取不出来。最终是老的也恨，小的也恨，老的恨小的不孝，小的恨老的不死，然后老的小的都来恨医院，恨我们，都是悲苦，都是恨，越踩越恨啊。一瓶药从药厂出来4元钱，扎到患者手上70元，所有人认定我们赚了66元，事实上这瓶药进到医院60元，医院只能加价15%，这是铁的。没人追究从4元到60元去哪儿了。都把怨气出到这最后的70元上头。反正是谁也不信谁，谁都防着谁。患者防我们，我们更防患者，现在动不动打医生杀医生，哪个医生不得高度防范？哪还有心思去钻研医术，全琢磨着怎么规避风险。我的患者就几类，一是老家来的，拐着弯都认识；二是前患者的三亲六戚，有口碑，好沟通；再就是熟人朋友介绍的，中间扯着关系呢。全然陌生的找我，我说没床位。说得难听点，混到我这个份上，完全可以挑患者，可以只做熟客，不接生客。没到这份上的医生不行，他们风险更高，我们医院的急救中心和ICU已经多次被砸，医生经常挨打，于是流动性极高，现在大多数医生是聘用的，很多我都不认识。不怕你笑话，我们医院多年来非正规硕士学历不要，现在成什么样了，一降再降，急救中心招不到人，连地级市医专毕业的都聘。医学专业不同别的行业，学历是必需的。任何其他专业，本科都是四年制，唯有医学是五年，那是给人治病的底子。一茬不如一茬了，医生是这样，护士也是这样，我上班敢有半分盯不到，就会出麻烦。就刚才下楼前，我去查房，进病房一瞄，出了两身冷汗，一个昨天手术插着尿管的女患者，她尿袋里头是空的，一夜没有尿那可能吗？护士下尿管插错道儿了！另一个更恐怖，输液瓶子是葡萄糖，这是个糖尿病患者，做的结肠癌手术，我开的是氧化钠盐水，护士给她挂的是糖水，这是杀人啊！我还不敢动声色，这话一说出来，家属就得炸窝，立马就是纠纷。我让护士长赶紧给换了。分分钟都是生死都是人命，站手术台比农民工累，给人治病比封疆大吏搞阴谋累，我这职业就是风箱里的老鼠啊。

车就停在医院后门，何无疆没下车。后门也被堵了，他身上穿着白大褂，根本进不去。何无疆把白衣脱了，从车上抓了个黑塑料袋，把白衣塞进去就要下车，老李拦住他，无疆，放半天假吧，别去了。我把人送回监狱就没事了，咱到监狱后面的麦田转转去。何无疆说不行，待会儿两台手术，一个乳腺癌全切，一个颈动脉肿瘤。那个瘤很奇特，长在颈部大动脉上，红枣大小，一旦碰破，鲜血会像高压水枪般狂喷。这人去了五家医院，没人接这个手术。不切不行，再拖下去，这人随时没命。他睡觉都不敢翻身，怕压破。

你让他去北上广切去，没风险。老李说。何无疆说，他没钱，他去不起。我也是斗争好半天，才咬了一回牙。这人和鬼差不多，我比他还害怕。

什么人？老李问。

是豹子村村民，老李。何无疆说，这是我患者中的第四类，我刚才只说了前三类。第四类，实在走投无路的，我有能力拿下的，我接。

好半天，老李说，无疆，你有种。

逼出来的，自己逼自己。何无疆说，不逼怎么办？三十几岁的人，我明明能救，我看着他去死？

要是做失败呢？梁小糖忽然问。

脱了这身白衣，我走人。何无疆抖抖手中的塑料袋，笑看梁小糖，小糖，失败迟早会来，谁也不是神。但是今天不会，我有把握，放心。

老李跳下警车，几步追上何无疆，低声说，无疆同志，提醒一句，豹子村的红包可不敢要哦。

老李同志，本人绝对清白，我这身衣服白衣胜雪，你信不信？何无疆也压低声音，红包从没收过，不是不想要，而是不敢要，有些患者给医生红包时会留下证据，一旦病情反复医患反目，那个红包就是炸弹。本来只是医术问题，加上红包就成了人格污点，涉及组织纪律。没有办法，我们这行业自从被封为全社会底线，穿白衣的早吓酥了，给人看病就是老鼠对着猫啊。不过我接的猫基本都是熟猫，接生猫很需要勇气。老李说我们这行业就成不了底线，我们是在坚守底线。何无疆说你们太高大上，当然没法当底线，底线就是棋盘上的工兵，挖雷用的，炸死很正常。没有任何其他行业比我们更适合当底线，所有人的人生极限都将在我们手中聚焦，是生是死，有钱没钱，亲情孝道等等，很多人早已被逼成了地雷，而我们则是工兵。我们的宿命就是挖雷，地雷要爆炸，我们活该粉身碎骨。我不悲观，对底线对行业都不悲观，大棋局风云变幻，小棋子何须费神。挖雷半生，不也活得好好的，我那些雷不仅没炸，有些还被去掉了火药。治好了病少花了钱，绝境逢生，没借债没卖房，也没活不下去，他们由此认为工兵很良善，棋盘挺美好，怪有奔头的。真的，我也交了不少朋友。没办法，很多关系都是非敌即友，早已无法回归常态。老李说都这样，我的关系也都这样。每年都有从朋友变成敌人的，从没有能够反过来的。何无疆说因为你真诚，我们也是从工作接触成为朋友关系的。很多人的敌和友，每天都在变化中，因为利害格局总在变。他们对你如何，和情感没有半丝的关系，这种人我从不接近。什么时候都是人和人，不分敌和友，就都消停了。老李说没法子消停，也没法子分清楚，有些人是永远盯着你缠着你，时而是友时而是敌，是敌的时候跟你最亲。何无疆笑了，亲不亲都是挑逗，只要无利可图，都是个烟消云散。

给豹子村村民林爱火做手术，做颈动脉肿瘤切除手术，何无疆很怕，比林爱火还要害怕。本来手术前，主刀医生照例都是要安抚患者的，这回反过来了。何无疆说不行，我还是害怕，再往后推两天吧？林爱火说，这都推两回了，还推？何无疆说恐惧，顾虑，满手心的汗，手指头发抖，这可怎么下刀？你这个瘤有丝毫差池，你和我都完了。林爱火握紧何无疆的手，何主任，你别怕，别紧张。何无疆苦笑，平时都是我们这样握着患者的手，让他别怕。轮到你，什么都是反的。林爱火无奈，咱们丹青市民都歧视动物，就因为我是豹子村的？何无疆说我不歧视动物，是动物欺负我们。你们村老老少少集体上阵，把我们医院堵成了老鼠洞，你们是猫我们是鼠，你说老鼠给猫做手术，这得多大勇气？林爱火说何主任，你别把自己当成鼠，你也是猫，你真是猫，你跟我就是猫跟猫。何无疆深呼吸，自言自语，是啊，我也是猫，老鼠哪有这么大胆子，就这样了。麻醉，现在就麻醉。林爱火感动了，感动就要掏心，掏心说话，他说何主任，就算你真没割好，我也不杀你不打你，真的，你就相信我吧。何无疆说闭嘴，不准说话，别干扰我培养情绪。林爱火被麻醉后，用尽力气，对何无疆说别怕，生死都是命，我认命。

何无疆对所有参加手术的医生护士说，谁也不用怕。这患者是我接的，我是主刀医生。我从来就不认命，我只认刀。我的刀就是他的命。给我刀，咱们开始吧。刀在手中，何无疆眼中只有肿瘤，那颗长在颈动脉上头的肿瘤。手起刀落，血色飞溅，他什么也看不见了，看不见狮子老虎豹子，看不见老鼠和猫，甚至看不见助手和护士。他的整个世界，就只剩下了那颗肿瘤，还有那把最小号的手术刀……

十七

　　王惊雷和王惊雷，都是王惊雷。两个王惊雷，没有真和假，只有早和晚。

　　是医生王惊雷先叫的王惊雷，粉丝王惊雷才改名为王惊雷。谁也阻挡不了王钢蛋改名为王惊雷，就连王惊雷自己也不行。王惊雷说钢蛋，我这名字很不咋样，也就是出生的时候，天上响了串炸雷，我爹不会写那个炸字，我就成了惊雷，因为雷声太响，我娘受惊才生的我，我是被雷声吓早产的，在娘胎里就很没胆子。所以你千万别改名，钢蛋能吃，可比惊雷实惠。王惊雷得到的回答是，晚了，改过了。你看看吧。王惊雷就看了，看完就傻了，他看的是王钢蛋的身份证和户口本，双证，证上大名王惊雷。王惊雷问道，你把钢蛋弄哪儿了？你这么弄，我和你不就是一个人？胡闹。王惊雷相当愤怒，他无法忍受自己被人如此地崇拜和追随。他甚至为此询问精神病医院的同学，应该怎么治疗这样的精神崇拜症。同学说，所有病态的精神崇拜，皆由洗脑与强制而产生，心理学上叫作精神与情感的双重错位，民间通俗的叫法是被骗了。

这类患者会由被骗发展为自己骗自己，不断给骗局增砖加瓦，至死无悔，很多人终生不愿醒来，有学者提出该病症属于心理毒瘾，但此名称尚未应用于心理医学。这种情形历史上有过太多，群体病症更易推波助澜，无孔不入，清醒者会为清醒付出惨痛代价。但是据你所述，你这个患者并不属于病态崇拜，因为你既无引导，他也没有自欺。你们双方都极为清楚自己和对方的身份处境，他改名字也并非对你进行施压及诱导。你这个名字对他有着巨大的精神慰藉作用，每当他被人称呼为王惊雷，他就觉得你在他的掌握中，对他而言，惊雷，你所代表的是他的心脏。他怕死，他想活，他想让你给他的心脏做手术，可是他什么也控制不了，他只能给自己改改名字。

　　王惊雷说是的，我前不久才跟他谈过，我告诉他不要再为手术攒钱了，这个年龄有钱也没有手术价值了。他说那也要做，没价值也要做。然后他就回老家改了名字，成年人是不能改名字的，可他跟那个户籍警是同村加亲戚，他说只要他叫王惊雷，我的气就能过给他，他就不会早死。户籍警他妈会跳大神，所以他有时信法律，有时信邪气和鬼神。这回是为鬼神违了点法，于是王钢蛋就成了王惊雷。他拿我的名字当他的护身符，荒谬至极。同学忍不住笑说，过气这个理论极为新颖，心脏之王的气还能驱邪呀，惊雷你不要刺激他，无论是心脏还是精神系统，他都不能经受折腾。王惊雷大声说，你就是幸灾乐祸，换成是你试试看。我们全医院都在看我笑话，他叫王惊雷也就罢了，你知道那个户籍警帮他全家都改了名字吗？王爱雷，王小雷，王炸雷，王亲雷，他家全是雷，就连他女儿都改成了王记雷。他说他过我的气，可他全家都在过气给我，这样就能好气永不断，他就不会死了。我说你直接跟你全家过气多好，何必非要饶上我。他说因为我的气是正气兼专业气，要是没有我，他家的气会在互相过的程序中搞乱搞歪，那就出人命了。同学说我真是无限同情你，可我确定他没有精神体系疾病，他只是缺了点文化，并多了点信仰。王惊雷喘气都粗了，我看了他家户口本，我大半天都没法工作，下完处方不敢签名，到底谁是王惊雷？同学说爱莫能助，同性之间我还没有见过这样的，我手下有两个俗称花痴的患者，症状与此吻合。王惊雷问花痴也改名字？同学更可怕，每天叫你万千次，叫得你想去改名字。还有一个自恋症，整日对着镜子呼唤自己。刚住院时我们得叫他圣上，他自称朕，经治疗不断降级，现在自称县令了。我没少费劲，预计他明年可以成为凡人。惊雷，干咱们这行的，能够干到你这个份上，连我都觉得脸上有光。什么偶像巨星的，他们的粉丝没有咱们的实在，咱们是生死之交，一个顶万个。我很羡慕你，我的患者都是精神疾患，当他们康复出院，只要不再复发，他们永远不愿意想起我们。有时在公共场所遇到从前的患者，我都是装作看不见，他们也是同样。曾经生死与共，此生不复相识，这就是精神病院的医生和患者。王惊雷说明白了，可我真是受不起。同学说多少人梦寐以求。王惊雷和王惊雷，不逊于梁山伯和祝英台。好好珍重吧。

在王惊雷还叫王钢蛋的岁月里，王钢蛋就迷上了王惊雷。王钢蛋可不是凡人，他成名成得很早，以命硬而成名。因为家族性先天心脏病，王钢蛋在家里既是老八，也是独苗。他妈不断地生，就活下来他一个，硕果仅存，十里八乡很多妇女都向他妈取经，甚至拜师，因为有许多女人死于怀孕和生育。这个地区，从古至今就是心脏病高发地区。高到什么程度，有个别村子全军覆没，居然找不到半个健康人。而大多数的村庄，男男女女提着头结婚和生育，双双死在洞房不算稀罕，新婚丧妻丧夫司空见惯，那也不怕，剩下的鳏夫寡妇将会再入洞房。不死就该生育了，孩子死了再生，女人死了再娶。生生死死百年，居然香火不断。生出来的孩子即便过了出生关，还有活命关，一般来说，能够活过五六岁的，也就能活下去了。活到三四十岁，就又到了鬼门关。五十岁是这个地区的极限，数百年来越过极限的男女屈指可数。曾经有多批专家来到这个高海拔地区探求病因和治疗手段，给出的结论很多，世代近亲繁衍，土质水质，山岭上的某种罕见树木及岩石，等等。

　　有专家提出钢蛋儿就是首号致病嫌疑，号召人们放弃钢蛋儿，改用新鲜食材，村民们极为愤慨。钢蛋儿是此地家常主食，之所以是主食，是因为耐吃，耐放，耐一切。就算放上好几年，放得变了色，长了毛，吃的时候只要把毛抹掉，敲碎，用水泡开，照吃不误。山区都比较缺耕地，山民都特别爱粮食，好不容易收点粮食，如何储存是大问题。因为来年来来年都有可能白白播种，什么也收不到。靠天吃饭的地方，没人讲究新鲜，把粮食做成钢蛋儿，能吃能搁能顶荒年。王惊雷也是山区出来的，成为名医后，很多习惯都在潜移默化中变得高档了，高级了，甚至都豪华了，没有人能够看出他是什么来头，有些人见他着急打包行李时，竟扯下脖子上的名牌领带当绳子用，都以为他的来头很高很大呢。但是王惊雷不能看见粮食，以及食用油，看见了就得现出原形，挨过饿的山民的原形。他看面和油的眼神，顾盼之间痴情飞溅，犹胜吕布望貂蝉。于是他的患者都很爱给他送面食和油，面粉面条面饼面馃子，花生油大豆油菜籽油芝麻油。情绪低落想闹旷工甚至罢工时，王惊雷会久久地凝视着家里的面和油，以此自勉和励志，看够了就去上班了。每年惊蛰前后，心外科走廊里会不时翩跹着几只生猛的蛾子，医护人员都知道，它们来自王主任办公室的无公害农作物。

王惊雷上大学时，常嫌食堂的面食太软，就到外面的小摊上找硬食，众里寻它千百度，蓦然回首，钢蛋儿就在灯火阑珊处。钢蛋儿是西北的山地面食，西北山民长期吃不着是会想的，王惊雷找到了钢蛋儿，也结识了王钢蛋。王钢蛋就是摆摊卖钢蛋儿的。够硬，跟我小时候吃的一样。王惊雷尝了口洗脸盆里的钢蛋糊，赞叹道。王钢蛋自豪，那是，这些钢蛋儿跟我同岁，是我爹为庆祝我活下来特别夯制的。王惊雷说我家也有老钢蛋儿，我出来念书都带来了，也都吃光了。学校附近我都找遍了，就你的最正宗，那几家的钢蛋儿夯不过百次，最多叫铁蛋儿。王钢蛋指着不远处的医科大学，问道，你是学生？王惊雷点头。王钢蛋继续落实，你是基础还是临床，你不会是学口腔的吧？王惊雷打量这个最多一米见方的小摊子，看看浑身油渍的王钢蛋，不能不刮目相看了。他说大叔，我是临床，四年级，我们学制五年，明年毕业。王钢蛋说哦，四年级临床，该是忙着练解剖呢，明年就该去医院实习了。王惊雷立正站好，是的大叔。王钢蛋说不要紧张，你毕业打算去哪个医院？王惊雷说叫去哪里就去哪里，这不是我的事，这是学校管的事。王钢蛋压低声音，缺心眼吧，你一辈子的事，你不管你让别人管？王惊雷说不是别人是学校。王钢蛋飞了个白眼，好孩子都让学校给骗傻了。朝廷大不大，也是皇上管，学校算个啥，校长看谁顺眼就让谁管分配，啥世道都分肥差瘦差。告诉你，要去大医院。轮转一年，要进心外科。好好干几年，你要当主刀的，专给心脏做手术。这么说着，王惊雷就得到了汤料超足的一大碗钢蛋儿，王钢蛋说这是秘汁，我独门绝活，你吃了就会上瘾，一般摊子都用羊肉泡馍的汤料，我也是。但我一直在等你，我只让你吃秘汁。好吃吗？王惊雷说没觉得，就跟羊肉泡馍的差不多。

相熟之后，王惊雷吃出了秘汁的好，也吃透了王钢蛋的苦心。王惊雷说钢蛋叔，我信你的话，你在这里摆摊，你苦苦研制秘汁，你珍藏祖传老钢蛋儿，就是因为你有先天性心脏病，你只有做手术才能活下去，不然你随时都会死。你等了好几年就为了等一个医科生，因为你现在反正钱也不够，你要从起跑线开始投入，跟医科生共同开始。这样等你钱攒够了，医科生也出头了，你们也有感情了，他就不会让你死了。王钢蛋说别再叫我叔，惊雷，我比你还要小两岁。王惊雷极为意外，但他知道风霜催人老，山里人总会显得很老相的。王惊雷说钢蛋，难怪你办事这么没谱，还是太年轻。我要是不爱吃钢蛋儿呢，我要是进不了心外科呢，我要是手艺不好救不了你呢。这么多偶然，你就敢赌定个必然？胆大包天。王钢蛋昂首向天，惊雷，我每天下了床都不知道晚上还能不能再上床，每天晚上睡觉都不知道还能不能再睡醒。我随时会死。我没有钱。我不能干重体力活。我不能给别人打工。我要活下去。你说，就在这里摆摊，然后买定一个医科生，是不是我最好的办法？

　　第二天，王惊雷说想了整夜，的确没有其他办法。王钢蛋满脸是笑，你们读书人的毛病就是想得多，心眼多，但是不聪明，还喜欢把囫囵话拆开来说。你提的问题就很弱智，在这个世界上，没有人不爱吃钢蛋儿，除非他不是人。吃了我的钢蛋儿和秘汁，没有人会不帮我，除非他不是人。帮我就得进心外科，那么大的科室，那么高级的手术，谁能不想当主刀？除非他不是人。还有最重要的一条，我是卖钢蛋儿的，凡是来吃钢蛋儿的，都是小时候没吃过好东西的，必然是从山上下来的，这样的人都很没见识，很容易摆平的，只要我对他好，他能对我坏吗？除非他不是人。王惊雷主动说出了最后几个字。王钢蛋说不，其实就是赌，别人都是买定离手，我是买定不离手。我就赌赌命，因为我随时会没命。我就赌你，赌输了是你没良心，赌赢了是我赚条命。惊雷，我赢我输，都是我的事，和你没关系。就咱们这里的人，有交情谁还说钱，可我从来不让你白吃吧，因为谁也别欠谁。还有我的惊世秘汁，我后来也让别人吃了吧，我也是怕你有负担。总之你的前程你做主，不用考虑我。我不是跟你赌，我是跟天赌。王惊雷说这可是豪赌，因为你的赌注是我。只是钢蛋，我必须问你，与其买别人，你怎么不买自己呢？你自己怎么不读医科，然后自己救自己？王钢蛋立刻悲愤满腔，我都试了，闻鸡起舞，熬夜不睡，揪头发，掐自己，头悬梁锥刺股，都试了，就是看不进书，我一看书就头晕就恶心就眼睛疼，就会睡着，扎也扎不醒。最要命的是还会犯病，好几次差点死过去。天下所有的爹娘都想让孩子多看书，可我爹娘求我不要看书，我们村子的人都知道书最毒，看多了会死的。王钢蛋让王惊雷参观了大腿，几个当年的锥子眼儿风韵犹存，卖相极为生动。王钢蛋说后来我就明白了老天爷的用意，他是怕我看书太多看伤心了，让我留着心眼保命呢。王惊雷说中医有所谓喜伤心的说法，没听说过看书伤心。王钢蛋摇头，咱山上的谁不会用点草根树皮，咱下了山都是中医，有用没？真出了大毛病，把山啃秃也不救命。在你没主刀之前，我不能动情我要平静，看书就会动情，动情就会伤心。

　　王惊雷和王钢蛋，就此开始了此生不渝的奋斗。说不清是谁为了谁，总之都是为了心脏。王钢蛋的心脏，成为王惊雷奋发的原始驱动力。王惊雷对心脏专业的超常兴趣，就是在那个时期形成的。王惊雷成为心脏手术的名医后，偶有闲暇，回顾平生，他始终弄不清楚，是王钢蛋成全了他，还是命运本就如此安排的。王惊雷历来是个勤奋的人，勤奋的小学生，勤奋的中学生，勤奋的大学生，直至勤奋的医生。他学不会悠闲，他就只会勤奋。呼啦啦勤奋了半辈子，好不容易功成名就了，他还是没能学会享受，不敢学，也不想学。原始的力量总是无限生猛，王钢蛋就是他的原始动力，一个王钢蛋就能把他逼成名医，那么千百个王钢蛋呢，千万个王钢蛋呢，千千万万个王钢蛋呢。那简直就是山海和鸣的惊天狂响，那简直就是山呼海啸的巨大能量，山都呼了，海都啸了，王惊雷唯有移山填海，像精卫那样填海，像愚公那样移山。不把山移走，不把海填平，王惊雷此生誓不罢休。

王钢蛋都受不了了，他说惊雷，你别这么狠，你怎么比我还狠。王惊雷说做人有两狠，要么狠自己，要么狠别人。我只会狠自己，我越狠，我就救人越多。你说不狠行不行？我必须狠，我这个职业，不狠是做不好的。王钢蛋说那也不能这样，你得先恋爱结婚，把女人搂怀里再去发狠，不然我怕你耽误了，可别找不到老婆。王惊雷说这个不好办，见了好几个，她们都嫌我又穷又狠，还特别傻，都不跟我谈。王钢蛋问，你难受不？王惊雷说没有，不动心就不难受。我还嫌她们长得不好看呢，我就想要个长得好看又支持我发狠的女人。王钢蛋说必须的，就你这股狠劲，也得搞个好看的女人过日子。每天都要看，不好看岂不是败胃口？王惊雷说这事不将就，搂怀里一辈子的人，将就了就会搂不到底。我可不想半道换人，我宁可晚点结婚，也得搂个可心的。王钢蛋就问，惊雷，你懂爱情不？王惊雷说猪都懂，我会不懂？只要一个被窝睡觉，一口锅里吃饭，好饭先让她吃，我后吃；要是有人来砸锅，我顶着，护着她；要是世道无情，真把我们当猪来宰，那就只能玩命了，我这把刀，也不是只会救人的，杀人照样一刀毙命。王钢蛋啧啧，惊雷，你说话太粗，不像是个读书人。王惊雷不满，我患者都是你这样的，我说话没法太讲究，他们听不懂。王钢蛋叮嘱，你跟领导和同事说话，可得讲究点，你可别让领导怀疑你文凭也是买的。王惊雷大笑，钢蛋，你真是白花钱，你买个文凭有什么用，也就落个看看。王钢蛋羞涩，我就想看看，我跟你的文凭一样，都是学医的。我没事就看，看看就不怕死了。这钱花得值，可比护身符管事多了。

十八

　　王钢蛋宣布结婚的时候，王惊雷在当地最大的医院，经过一年轮转，正式进入心外科。王惊雷说你这种身体条件，绝对不允许结婚。你连看书都怕动情，结婚不是更动情？王钢蛋说错啦，看书是动情，结婚是发情。你别嫌难听，所有动物都发情，人不也是动物？是动物就得发情，动物发情还分个季节，咱们高等动物可是四季都要发情的。你可以不动情，但你不能不发情。你可以没有爱，但你不能不上床。你可以没爱人，但你不能没女人。硬憋着不发情，人是会憋变态的，说不定我还会憋犯病，憋死。憋死不如发死。和尚偷情太监娶亲，几千年都没断过，没啥事比吃饱和发情更值得提头上。我爹我娘身体还不如我呢，可他们就是结婚了。人不能活得太干净了，没有发过情的人生，活多长都是轻于鸿毛。王惊雷说钢蛋，听你这么说就知道你心里特别怕，越找理由越害怕。王钢蛋吐气如兰，惊雷，我会不会死床上？你能不能陪我洞房？王惊雷说死床上重于泰山。王钢蛋说知道你正在搞爱情，搞得不顺手，不能听见别人洞房。王惊雷说别跟我提

170

爱情，昨天刚散伙。王钢蛋说是咱不要她，明明土鳖还装洋，说我的钢蛋儿不卫生，就她老家那地儿，过年吃钢蛋儿都不能敞开了吃。王惊雷说明明是她不要我。怎么我跟谁谈，你都看人家不顺眼。王钢蛋说她们都不配你，就那第四个，勉强差不多，我也嫌她脸黑腿短腰粗头发黄。王惊雷就以为王钢蛋的妻子必然会是美貌的，结果洞房隔壁睡了一夜，新人双双毫无伤亡，清早新娘子娇羞道谢，王惊雷几乎仰视，他的个头超过一米八，这新娘丝毫不低于他。王钢蛋说她这身板儿特别能干活。王惊雷说也好。王钢蛋说不好，女人不好看，再好也白好。可是好人谁会跟我呢，她跟我同乡，都有病，谁也不嫌谁。王惊雷你再眼馋洞房，你也不许将就，你要找个好的，好看好用样样好。王惊雷说都嫌我没情趣没爱好，只懂心脏不懂生活，都说我这人没意思，乏味。王钢蛋咬牙切齿，都是山鸡，惊雷你是凤凰，你要憋住，母凤凰这几天就会飞来，我给你算过卦了。

王钢蛋每天早晨都算卦，醒了不洗脸不刷牙，先算卦，周易八卦天王观音甚至雷公爷风婆婆，他是轮流问话的，怕总问一个，会把人家问烦了。王钢蛋就问一样，我今天会不会死。刚开始抽到死卦，王钢蛋都不敢出门摆摊，后来死卦抽得多了，也没死，胆子就大了，他把摊子摆到了城隍庙侧边的背街小巷里，连卖钢蛋儿带算卦。王钢蛋说算卦就是人生，都是五五开，啥事都是成败各一半。我在业内已经很有名气了，他们都是跟一个神，我给十几个神打工呢。这么说着，王钢蛋疼得直龇牙，王惊雷正在给他的脑门缝针，王惊雷说别干了，每个月都被打，名人不好当。
王钢蛋说不干咋活，摆啥摊子都会被打，穿制服的砸摊子，收保
护费的也砸。我不出摊子要饿死，自古下九流的都得被打，还是
你们上九流好哇，光是受点精神摧残就行了。王惊雷说那是别的
上九流，我们这个上九流是精神肉体都要被打。王钢蛋凝视王惊
雷，惊雷，你可是我一手捧红的心脏之王，你说实话你被人打过没？
王惊雷说小声点，第一我没红，第二我不是王，第三我还没挨过打。
我是科里最不起眼的小医生，不准胡说。王钢蛋说娶媳妇娶个母
凤凰，这是算卦算的。可是你当心脏之王，这可不是算卦。这是
天意，也是我心。王钢蛋双手捧心面向苍天，脑门上的缝合口还
在渗血，渗得眼珠都红了。王惊雷也望天，望了好半天，他说我
只相信科学和医学，我从不信天意。现在我信了。

　　王钢蛋的预言比观音灵签还要精准。王惊雷果真娶到了一只
母凤凰，还没花钱，也没扎本。王惊雷说真是没办法，打都打不走，
非要嫁给我。以前都是我被分手，这个是我一说要分她就会吓哭，
她说茫茫人海就遇见我一个这么笨这么乏味的，什么爱好也没有，
永远不会出轨，不会乱花钱，不会藏心眼，也不会骗她，她将永
远控制我的精神肉体以及收入。王钢蛋猛拍大腿，我这样的卦王
全西北没有第二个，可惜太杰出，被整个行业封杀了。

　　娶妻成家后，王惊雷犹如被吕洞宾那根点石成金的手指，深
情地抚摸了全身，突然地开了窍般，在专业领域突飞猛进，几年
之后，他做心脏外科手术的功力，已是无人堪敌。他不得不成为

心脏之王，这个名字是患者集体奉送的，和王钢蛋并无关系。由于他的患者以低收入低文化群体为多，所以他们起的名字就比较直白和庸俗，也没有任何的回旋余地。这期间，王钢蛋不再摆摊，他已是三个孩子的爹，摆摊子是不够养家的。他开始打工，什么活都干了，就连工地也干了。犯过说不清多少次病，都是立刻吃药，王惊雷给的药，吃了药也就顶过去了。没有老板知道他有病，都拿他当正常人使唤。王惊雷常常给他送粮食，各种粮食，他说你不能干工地，换个活吧。王钢蛋说老婆摆摊我打工，三个孩子都有病，不光是吃饭，还得治病。王惊雷说有个项目，属于慈善项目，慈善组织和我们医院联合做的。我给你申请了，我还找了领导。因为媒体跟踪，几个比较严重的手术是我做，我说话不会没用。王惊雷说话当然有用，但是王钢蛋涕泪交加地哀求他换人，把手术对象换成自己的儿子。他的三个孩子两女一男，病得一个比一个严重，王钢蛋动不动就打电话，惊雷，老二不会喘气了。惊雷，老三脸是黑的，还吐白沫了。惊雷，老大昏死了，掐人中也不醒。王惊雷开始都是说，赶快送来。后来，王惊雷改变了说法，他说你赶快给他吃那种红盒子的药，快。或者是，白盒子的药喂五粒，十分钟不见效就送来。

王惊雷反对无效，他是根据病情决定人选，他说就算是换，也要换成小女儿。可王钢蛋只认性别和香火。王惊雷说你的愚昧无可救药。两天后，王钢蛋脱胎换骨了，他说就是愚昧，我们这种人还保什么香火，世世代代的人下人，活着就是给高等人垫底的。就闺女吧，说不定没病了还能嫁个好的。只要嫁给姓王的就行，第三代跑不出跟我的姓。这个手术当然是成功的，只是后续比较麻烦，小姑娘要不停地对着镜头说感谢，感谢这个感谢那个，都是举话筒的事先教的，开始还能挤出几滴眼泪，后来就干了，怎么教都哭不出来了。王钢蛋两口子也多次上镜，王钢蛋演技极好，后来直接取代了女一号，父代女哭，极为煽情。王惊雷说这项目据说效果非凡，兴许还有后续，我再给你儿子交申请。王钢蛋说不，这事是好事，就是太扇脸，老让我们全家哭，住院哭手术哭治疗哭，出院了还得哭，回家了也得哭，都查不清次数了。弄得我孩子看见镜头都哆嗦，有次拍了一整天，让我们说了几百回，都不行。我们这种人，从来都是没人管的，生生死死有病没病都是自己的事。我还以为慈善完了就完事了，原来真是没有白占的便宜。拿钱打脸，按说没钱的人都没脸，可我这回不想再挨打了。惊雷，我不图那个便宜了。往后孩子大了，电脑和电视里头都留着这个事儿呢，找个对象都会让人小看，三岁看大七岁看老，从小就为个免费东谢西谢的。我们不谢了。我们自己攒钱。王惊雷说好。连我都烦了，每次都让我赞美项目，我说我就只能说说具体病情。不行，人家让院长给我下命令了，必须说项目。我现在听说他们要来，就进手术室。王钢蛋说惊雷你得听话，听院长的话。你那个王多大也是干活的，人家院长可是管人的。干活的永远搞不过管人的，管人才是最高级的专业，比你的手术刀厉害得多。王惊雷说只有两种人，干活的和不干活的。咱们都是干活的人，

174

只不过活不一样。

王钢蛋说当年搞导弹的不如卖茶叶蛋的，拿手术刀的不如拿剔骨刀的。我就说不行嘛，乱套嘛。干什么活可不一样，我们这种活谁都能干，就不应该比你们挣得多。什么时候王惊雷每个月干完活，挣得比王钢蛋多百倍千倍，那才是对了，那才是人命最值钱了。王惊雷说想都别想。王钢蛋说我就那么想，我这辈子见不着，我孩子见得着，最多到我孙子，迟早总能见得着。王惊雷说学习你的乐观。王钢蛋说我每天都逼着自己乐观，不然会悲观死。

王钢蛋以无限乐观的心态干活挣钱，每天都记账，每周都入账，到银行去入账，银行有利息，总比搁家里强。家里粮食和油基本不用买，王惊雷办公室就是他家的小粮仓。王钢蛋家住最繁华热闹的商业区，每片高楼群的身后都隐匿着几条蜿蜒深远的小巷，如美人后颈的疔疮，不定睛细瞅是无从发现的。王钢蛋每天进进出出的，从闹市到小巷，区区百十米，每步都走得艰辛，犹如跨越了年头，半个世纪踏尽，就进了家门。他每天早晨都要率领全家做操和喊口号，就像巷口的那家美容院那样，美容院喊的是要么美要么死。王钢蛋家的口号更狠，要么活要么死，好好干活晚上见。口号喊了几年，喊不下去了，连回忆的勇气都喊没了。

王钢蛋先是丧妻，后是丧子。妻子死在摊位上，儿子死在课桌上，都是毫无征兆的突发性死亡。王钢蛋在随后的半年中，成功主宰了三个人的命运。他的大女儿，以及他的两个堂弟。他说求你了惊雷，去跟你领导求个情。让我们再进进那个项目吧。脸算个啥，命最重啊。那么多人上人都不要脸了，我这种人凭啥要脸，我是要脸不要命，活活把老婆儿子给要死了。我还想自己攒钱呢，真是天杀的蠢货，攒到死我也攒不够啊。王惊雷说都是蠢货，我更是。我曾经还很反感这个项目，因为不断有人插入和插队，有些病情轻些的能活活挤掉病重的，每次几十个，有些人根本就不用做手术，内科用药就可以了。我只见过争好处的，还没见过争着挨刀的。我看不惯，所以当时你说不排队了，我也没拦你。其实项目本身是好的，毕竟每次都能让几十个人得以活命，至于上镜感谢什么的，哪样也没命大。钢蛋，给你争了一个名额，是特别加上的。都是人命，我不能让你插队。下一个得到明年。做完了咱们都要好好上镜头，你当是想上就能上的？每年几十人的指标，好几万人排队，有些人排着排着就没了。我现在每次上镜都夸项目，猛夸，我老婆说我讴歌得让人恶心，她听见就想吐。太没见识，根本不是母凤凰，就跟山鸡差不多。我是真心夸的，我就想夸，我见过太多你这样的人群，有病，没钱，想活命。你还只是要自己攒钱救自己，我面对过不少全家凑钱救孩子的，几家人凑，凑好几年。这类手术并不算贵，根据病况，在我手上三五万，重的也多不过五六万，就能过得去了，可就这个数字，也还是有太多人家拿不出来。王钢蛋说是拿不出来，因为过日子总有事，今天这个事明天那个事，每次刚攒够都被这事那事给弄没了。王惊雷说这个项目是千般错，一样好。就这一样好能顶千般错。我就是要夸，使劲夸。

王钢蛋和两个堂弟都是独苗，三个人都是父母早亡，相依为命过来的。两个堂弟始终跟着王钢蛋，他说向北走，他们是看都不看南方半眼的。王钢蛋让两个堂弟抽签，他说抽签就是抽命，谁也怨不得谁，都给我认命。

命运总是想怎样就怎样的，人得认命，签也得认命。上上签和下下签，就如同人上人和阶下囚，也是随时可以不算数，甚至瞬息被颠覆的。该项目中的有个患者就在手术前几天不幸死亡，排好的名单空了当，王惊雷就用王钢蛋填了空当。王钢蛋说堂弟，我堂弟。王惊雷说必须是你。王钢蛋说当年你往我摊子一走过来，我就知道不得了了，迟迟早早你会成王。世人都梦想要当王，没出息的人做梦都欠胆子，做梦都梦不大。你看看我做梦，把你做成王了吧，王是我的人，你得听我的。王惊雷说你比堂弟大十岁不止，你没机会了。王钢蛋说他俩十年后也是这么穷，都没我能挣会花。我不用你的项目，我用我自己的钱。堂弟上镜我不用陪，他们自己哭。我花钱做，做完了我想笑我不想哭。王惊雷做完了两个堂弟，又做了王钢蛋的大女儿。王钢蛋说这孩子就是讨债鬼，她让我倾家荡产了。王惊雷说你本来就没家没产，不怕倾荡。王钢蛋说也是，我在这城市搬家搬了几十次，从没当过房主，就是没家。但你不能说我没产，多少年的汗珠子都砸她心脏上了，这还不算产？王惊雷说又该花钱了，有多少拿多少，不够的我填上。王钢蛋说不用你，再等几个月，我的理财产品就快到期。出手了就做，免得赔利息。王惊雷讶异，你还有理财产品？王钢蛋说每次从你这里拿走粮食，我都折个价。折完了就当成省下来的，然后就买理财。利息比存款高。王惊雷问有多少，王钢蛋神秘地说，大半颗心脏。王惊雷说我到现在都没理过财，理财不是小事，先放着它，别等利息了。手术要先处理了。王钢蛋盯紧王惊雷，惊雷，你这半年来总催我，是不是我心脏快过期了？王惊雷说不能再等了。这些日子太多生离死别，你已多次犯病。要是平静时光，我不会催促。王钢蛋就把理财产品提前处理了，然后就住院了，就做了多项检查，也做了多重准备。他的两个堂弟和两个女儿每天都到城隍庙去祈求菩萨，王钢蛋无数次抽签，都是上上签，签筒里的签全都被换过了，是他自己换的，他认为这就是神的意思，所有的神都会保佑他和王惊雷合作成功的。他说惊雷，这可不是你救我，这是咱俩合作。王惊雷说我们都准备了太多年头，就只剩下合作成功了。然而，王惊雷竟然失算了，确切地说，心脏之王算赢了千万颗心脏，却输掉了手里的这颗心。他始终以为这颗心就在掌中，怎么也跳不出他的五指山，可是仓皇间摊开手掌，他才看到掌中空空，那颗心没了。人还在，手成拳，心没了，早就没了。

　　王钢蛋的心脏，早已不具备任何手术条件以及手术价值。如果仅仅是欠缺价值，王惊雷还可以强攻，攻出几分价值就是几分价值，最多就是预计十分，只得一分，那也好过不做。但是手术条件是硬指标，是多项指标的综合排列，有些指标可以药物进行人为调控，有些可以等待观望，有些不能碰，不碰还能拖着，碰了立即崩盘，心脏系统的崩盘。王惊雷每年都给王钢蛋做检查，确保心中有数。王钢蛋的两张检查单，此刻的和一年前的，如果只有患者姓名，而隐去日期提示，交给任何一个经验丰富的心外科医生，医生会给出至少十年的时间落差。不是一年前一年后，而是十年前十年后。就这大半年，王钢蛋的心脏竟然活过了最少十度的寒暑。王惊雷说钢蛋，不会有太多日子了，该安排的你要安排好。王钢蛋说扯淡。王惊雷说就医学理论而言，就你这颗心脏，不应该还能跳动。我不会跟你谈奇迹，奇迹只有三种，一种是之前的误诊造成，再就是以大量金钱换时间，最后一种才真正叫作医学昌明。王钢蛋问，你从没见过该死的不死？王惊雷说每个绝症患者都这么希望，但是我没有见过。绝症就是绝症，可以拖延，无法免死。王钢蛋说惊雷，我就是奇迹，我再活十年给你看。王惊雷说钢蛋，绝无可能。你要理性。

王钢蛋很理性。理性地回了老家，理性地改了名字，自己的名字和全家人的名字。从老家回来，王钢蛋说惊雷，天地君亲师我都求了，谁都没办法。就只剩下这个法子了，过气。你是心脏之王，再烂的心脏在你身上，它也不敢死，你能镇住它。所以我也叫王惊雷了，我叫这个名字，我的心脏就得乖乖的，死不了。王惊雷深呼吸，钢蛋，咱俩之间怎么称呼？王钢蛋说反正我得叫王惊雷，不然你的气过不到我身上。王惊雷说，那我叫啥？王钢蛋说你在科室叫工主任工医生，你在家里叫惊雷和爸爸，有时候也叫雷。你看，我没影响你。王惊雷说你现在是心外科的护工，每天跟我同一个地方上班。我的医护人员叫你老王，患者也叫你老王，你不能再刻意强调，你叫王惊雷了。王钢蛋说也不知道哪天死，不然还打什么工，歇着等死就行了。王惊雷说很多患者都被这个问题所困扰，所以都是活到死干到死，不敢停。过没多久，王惊雷让王钢蛋替他去开个会，他说我没时间，你替我去去吧，坐飞机吃大餐住酒店。王钢蛋兴奋得差点犯病，为此准备了好几天，还专门借了张心外科手术的光碟，反复观摩。他问王惊雷要注意什么，王惊雷说把心放宽，我本来就啥也不是，你别有负担。把书给我领回来就行了。王钢蛋说胡说，你是王，现在是西北王，以后是全国王。我的卦没人能破，你到哪儿都是王。

　　王惊雷是医生，自然明白王钢蛋的心脏状况是不可以搭乘飞机的。从医学角度，王惊雷敢这么干，那是严重违规的。可是王钢蛋的人生清单，早已被王惊雷全盘收纳，在他的心里，这张清单就是两个人共同的使命。是无论如何都要落实完毕的。而今的王钢蛋，随时都有可能倒下，倒下了就不会再起来。他会被推进太平间，推进火化炉，灰飞烟灭，连个骨灰盒都留不住。王钢蛋早就对家人交代过了，我要死了，烧光拉倒，不留骨灰不买盒子。能省就省，死人就该给活人省钱。王惊雷还问过，钢蛋，你不是还想转世轮回的吗？王钢蛋说住盒子没法转世，住墓地可能还差不多。买不起墓地啊。王惊雷说不用买，你住盒子也可以搁家里。王钢蛋使劲摇头，孩子都是心脏病，看见我的盒子，会受刺激的。

王惊雷似乎总能看见王钢蛋的死亡,这回就是大限了,即便他在当场,也是无力回天的,是任何医生都无能为力的。医学的判决从来就是无情无义,没有任何可供操作以及斡旋的空间,半丝也没有。王惊雷对王钢蛋仔细交代了搭乘飞机的所有注意事项,他说登机前先吃药,飞一半路途还要吃。光是吃药还不够,最重要的是心情,必须保持镇定。你可以高兴,但是不许太兴奋。王钢蛋就问,惊雷,我会不会死在飞机上?王惊雷说医生是干什么的?换个人要这么干,我会命令他家属把他立刻拖下飞机。但是你不同,你的生命力太彪悍了,有那张清单吊着神,你是死不了的。王钢蛋说惊雷,我就信你。你等我回来。王钢蛋登机后,王惊雷的助手问他,老师,你真有把握?王惊雷说没有,我都不知道回来的是人,还是尸体。助手说,要是犯病,会影响整个飞机的行程。王惊雷说那又怎么样?钢蛋这辈子没给这世道添过半点麻烦,死到临头还不能坐坐飞机?我给他外衣口袋里搁了张纸片,写了他的病情和我的手机号,生死都是我的事。助手低声惊呼,航空公司要是追责怎么办?王惊雷说休想,我又不知道他冒名顶替我去开会。真出了事,死无对证。助手惊叹,王老师胆大包天。王惊雷说赌命,赌那张清单,命好的话,清单抹掉两大项。助手说那你干吗老在屋里转圈呢?王惊雷说紧张,你不要干活了,你就给我盯着飞机的情况,一直盯到落地。飞机落地,王钢蛋立刻打来电话,惊雷,我站地上了,我没犯病。王惊雷大笑,一个愿望完成。跟着人流往前走,有人举着牌子接你。专车专人全程陪伴,吃饭不要吃太多，最多只能七成饱。到了会场，王钢蛋再度请示，惊雷，这个会太大了，人太多了，都是你们知识分子啊，我用不用低调点？

王惊雷说千万别紧张，高调低调都是调，高调是个性，低调是风格。你就是王，他们都是人，你谁也不要怕。到了晚上，王惊雷又接到电话，惊雷，房间太大了，饭菜多得吃不完，我装了两袋回屋。我屋里有个何医生，他说他不会做心脏手术，我能不能跟他谈心脏？王惊雷不容置疑，谈吧，只要你高兴。

开会回来，王钢蛋把书交给王惊雷，他说我给你争光了，那个何医生还没我懂医学，他说他跟我学到太多东西了。王惊雷说钢蛋，你把他的书也给拿回来了。我得跟他换过来。王钢蛋说我认字早就上百个了，就是这些天看不清楚字。王惊雷说我知道，所以让你去开会，很多年前你说过，等我哪天混好了，也让你打着飞机去开个会。王钢蛋说你一叫我去，我就知道没几天了。惊雷，开会真好，你下辈子想不想天天都开会？王惊雷说没有下辈子。王钢蛋说我快死了，别跟我抬杠。王惊雷思忖片刻，钢蛋，我只会干活，我不爱开会。王钢蛋笑出了眼泪，那好吧，我还得跟阎王爷改改志愿，干活就干活吧。我随你，咱不开会了。要不我改成何医生那个活计吧，他说心脏以下归他管。王惊雷说你可真会挑，普外科医生的活比我们脏，跟我们同样累。王钢蛋说那就说定了。还有，你给他几颗钢蛋儿吧，他对我怪好的，很耐烦我。王惊雷说好。你还有什么交代的？王钢蛋嘀嘀咕咕，王惊雷附耳到他的嘴边，才听清楚他最后的话。

王惊雷站起来，双手缓缓拉起白被单，从王钢蛋的胸口，盖过了他的头顶。王惊雷转过身，望着病床边的四个人，王钢蛋的两个堂弟和两个女儿，他说，你爸你哥王钢蛋最后说的是，何医生说丹青有海，他办公室都能看海，我说我没见过海。惊雷，他好像发现我是假的了。

此后，每当王惊雷跟何无疆搭台做手术，王钢蛋总会不请自到。但凡两人同台合作，手术规模都不算小。因此台上是没有闲话可以说的，每个字都跟手术本身相关。下了台就不同了，手术成功了，医生之间往往就会多说两句。每次王惊雷都要说到王钢蛋，后来当他没顾上说，何无疆会主动询问，惊雷，钢蛋怎么会想干我这个活呢。我这辈子都是硬撑，他还想搭上下辈子。王惊雷说当时是120去机场接他回来的。回来就不行了，拖了几天，休克好几回，自主意识丧失，也就是最后几分钟才清醒了，结果比平时还脑残。现在谁还选学医，就算不幸选错进了医院，也没人想进外科了。咱们当年想拿刀，还得挤破头。昨天我科里分来个新人，眼睛都是肿的，觉得没人说话受欺负，才落到心外科来。何无疆说以前招来新人都是咱们先挑，现在我很识趣，我等着人家挑剩下的来找我，不过有时候也能捡着大漏，我手下这两个都很好。有人说话的都比较有底气，不用拼死拼活的。我就喜欢没退路的，他们能干活能吃苦。钢蛋就是这种人，所以他这辈子当你，下辈子当我。怪啊，他的遗言怎么都是我。王惊雷说就是怪，没说女儿没说堂弟，都是说你了。

何无疆说惭愧，那两天对他很不待见，当时我们俩都成了黑眼圈，夜里熬的，他不仅跟我谈医学，他还谈医疗。王惊雷苦笑，他是真拿我当王了。何无疆说你本来就是。王惊雷说对，在这张台上。何无疆说三个小时，我们抢回来一条人命，二十几岁的人命。你做的心脏手术这部分无人可以取代，而我这部分随便哪个普外科医生都可以完成，你不是王是什么？王惊雷说要是这样吹，我这王也是单的，你可是多重的，肝王胆王胃王肠王乳房王等。何无疆笑，吹得还不够，建议详细分类以增加份额，比如肠王可分为大肠王小肠王等。王惊雷出门时，忽然回过身，无疆，我从没想到过，我们会同台手术。何无疆说我想到了，当你在我办公室说出你的名字时，我就知道你会来。因为你这种人，从来不走回头路。王惊雷说还吹。世上只有回头人，哪有回头路。我要是现在敢说回西北，我那接班人必须抑郁。何无疆幸灾乐祸，你不回他也抑郁，时尚达人都这样，怕被别人给接班了。王惊雷摆手，管他呢，说他都是多余。何无疆眼神迷离，惊雷，为什么每次说起王钢蛋，我都会想起那句话，落花时节又逢君。王惊雷说没法想象，他那张嘴是怎么吐出这句话的。何无疆感喟，一语成谶，这句话比算卦还灵。咱俩兴许就是让这句话给说相逢的。王惊雷说跟你初次见面，是个清明，海棠正盛。再见面，还真是落花时节，太平间满地都是花瓣儿，我一脚踏进去，那风吹的，头上身上都是花，半夜睡醒了，也不知道身在何处，闻到香味儿才迷过来，这是丹青的海棠，我这是来了丹青了。

梦里不知身是客，当初王惊雷从西北到丹青，足足过了一年，还没倒过来时差。就是时差，白天像是夜里，夜里如同白天，分不清白天黑夜，搞不懂故乡异乡，看谁都是生人，走到哪儿，都是陌生的，也都是新鲜的。因着陌生而迷茫，因着新鲜而融入，等到全身心都融入了，他就再也不想家了。有次大半夜梦回西北，王惊雷且歌且行，正唱得酣畅，被妻子给摇醒了。王惊雷埋怨，都是你，把我好梦给惊了。妻子就问，什么好梦？王惊雷说是我小时候，我的村子我的家人，我的山我的树，我正捡柴呢，一抬头看到我家炊烟了，急着往家奔。妻子说惊雷，你是不是饿得要命？王惊雷说不饿呀，特别高兴。妻子说那你哭什么呀？王惊雷说哭什么？我没哭呀。妻子说自己摸摸脸。王惊雷就摸了，果然，整张脸都是泪痕。王惊雷清醒的时候，从来就没人见过他的眼泪，就连妻子也没见过。从不掉泪的人泪奔了，那可不是小事，王惊雷又给同学打电话了，偷偷摸摸地打给精神病院的同学，想做个详尽咨询，看看自己是不是染上了什么心理疾病。他可没说是自己，他对同学说，我们医院的何医生，昨晚哭成泪人了。同学听完陈述，回答道，惊雷，这太正常了。如果按照时间归类，人类的眼泪不过两种，阳光下的和月光下的。阳光下的可以公开，月光下的独自品尝。何医生梦回童年，热泪澎湃，他是潜意识里不想长大，这种人大多具有儿童期心理特质，说得好听点，叫作童心永存，也可以说是赤子之心。王惊雷说我反对，何医生平时极为坚强，也极为成熟。同学笑说，正因为如此，才会如此呀。青天白日当自强，明月千里长相思，说的就是这种人哦。王惊雷就问，用不用搞搞心理干预？同学说绝对不用，总流泪的要干预，不会流泪的也要干预，偶尔流泪的才不用干预。你告诉何医生，平时不要太过于自我压抑，思乡不是什么丢人的事情，是人就会思乡。王惊雷说你什么意思？同学说没什么意思，惊雷，故乡从不辜负游子。某人某事代表不了故乡故人，你别搞混了。王惊雷辩白，是何医生。同学说，是所有人，这是所有游子的故乡情结，装什么装，就你那童心，你能瞒得了我？

十九

　　没有人会相信，何无疆从没收过红包。但他就是没收过，一次也没收过。他真不敢收，自从梁小糖事件以后，他已经无法相信任何人。他甚至一度觉得，每个刻意接近他的患者，都是为着有朝一日暗算和背叛他。他对患者很好，脸是人间四月天，心是北国万年霜，他再也没有跟任何患者建立过医患关系之外的感情。基于这种心态，他视红包如炸弹，怎么给他都不会收。这种事同事不知道，患者都清楚，于是就成了口碑。事实上，他是怕患者一个转身，拿着他收红包的录音或视频，交给领导或放到网上。这样的事情在医院时有发生，外科医生和红包，如同贪官和赃款，没人能绕得过去，久在河边站，不是湿鞋的概念，巨浪滔天，得脱光了下河游泳，不然上不了岸。淹死的也有，上岸的更多。鱼过千层网，网网有漏鱼，漏鱼都活得很滋润，每片鳞甲都金光闪闪。

　　外科医生收红包，是从主刀的那天起。小手术小红包，大手术大红包，十之八九都会给，早些年三五百，随着物价飞涨，红包也年年看涨，而今两三千是常态，三五千不罕见，遇到富贵的主儿，一两万的也有。何无疆能做到心如磐石不接红包，是被梁小糖彻底伤透了，他害怕，害怕他人如地狱。

别人收不收，他从来不管，他觉得收了也没错。做手术太劳累，空喊"视患者如亲人"的口号是没用的，那种巨大的心力付出，又岂是一份工资能涵盖得了的。工资是干不干都有，如果医生只挣工资，可以把工作干成机关的样子，喝茶看报聊天上网，一个患者也不接。服务员干活好还有小费，医生为什么不可以有红包？所以医院对红包的态度，就和有些机关对官员一样，不举不究。举了也不深究，大不了全额吐出来还给你，就是了结。而今医患关系如同谍战，步步惊心，哪个医生也不敢给了就收，多数医生只收放心红包，所谓放心，就是不熟不收，熟人的收，熟人的熟人也收，没人引见的不收，敌我难测的更不收。收了和不收，当然有区别，区别不在手术上，在态度上。手术是医生的饭碗，谁也不会对自己的饭碗不精心。所以有没有红包，做手术都是一样的。态度却可以分很多层次，远的近的亲的疏的，如鱼饮水，双方意会。亲近些的，医生会把手机号和家里电话给患者，术后有任何情况，24小时随时联系沟通，稍有不妥，主刀医生会很快出现在病床前。远的疏的就不行，有情况先跟护士说，再跟值班医生说，值班医生打电话问主刀医生，主刀医生遥控指示怎么调药怎么处理，不是紧急情况，主刀医生不用到场。

外科是医院最尖端的科室，外科医生从入行到独立主刀，整整十年岁月。很多医院都曾出台过一项政策，外科主刀医生，可获得当台手术 20% 的收入。众志成城，该项政策很快土崩瓦解，麻醉效果不行，器械递慢递错，术中用药速度慢，有时干脆没有药。于是政策取消，手术室这才回归精诚团结之局面。

外科医生做手术，和巨额手术费没有半毛钱关系，纯属工作。如果手术时间过长耽搁吃饭，所有人员一律是十五元的误餐补助，叫上份食堂的盒饭刚刚好。后来涨价了，也细化了，根据手术级别，从二十元到五十元不等。何无疆有时回家太晚，进门就先表功，可不是白干的，又给你挣了好几十。他有时得到赞美，有时得到嘲讽，偶尔也会得到咆哮。都是数字决定的，不是他嘴上的数字，而是挂钟上的数字。男人进入中年，都会变得聪明起来，于是不再报数字，进门就喊累，光喊不行，还要配合形体动作，必要时也曾扶着墙挪过步子，于是再没挨过吵。很多人家的男女智力水平是会反方向发展的，由于何无疆从青春到中年越来越智慧，后来在家里几乎只手遮天。每逢有人取经，他会说这很不好，我并不想说一不二，可她什么都不懂，有什么办法呢。同事就问你在家管什么？何无疆说方向，所有大事的方向。涉及地产金融教育养老等各个领域，我说什么就是什么。同事又问，她管什么？何无疆说落实，她负责落实我定的方向，常常落实歪了，有时还会反了，犯了错就以泪洗面，我也不好意思雪上加霜，都是安慰安抚，并且调整方向将错就错。同事抱着肚子直不起腰，笑岔气了。何无疆说听懂了吧，我要的就是这个声音，我家天天都有这声音。不明白的你只管问，教你你也学不会，得靠悟性。每天出了门披甲戴盔，家里头得搞裸奔，唯以裸奔换裸笑，唯有裸笑值万金。

何无疆这种级别的医生，并不只是在自己医院做手术，都会找时间转台子。和所有的圈子一样，医疗圈子也有自身独特的运行规则。丹青市大小医院几十家，三级甲等医院屈指可数。在大码头砸响了名头，到小码头那是屈尊降贵，比明星走穴还有范儿。给自家医院手术站台子，分文皆无，那就到别的医院走台子，市医院区医院甚至县医院，周六周日去连站两天，患者都是预约过的，推下台一个，又推上来一个，连着做。一天做四五台手术不在话下，手术费每台两千元起步，每个周末硕果累累。累是很累，数数钱就不累了，不仅不累，还很亢奋。权力是春药，金钱是裸女，古老的春药最终是为裸女服务的，所以官员落马都是被春药加裸女撂翻的。

任何行业都一样，金字塔结构，从业者万千，顶尖的高手寥若晨星。高手有两种，头一种声名在外，没事上电视搞讲座、找上级立项目、专著几十部、名字不时见报、享受多种特殊补贴，等等。这种高手运作成名之后，很少上手术台。实在是盛名之下没有患者，门可罗雀。动手术是生死攸关的事，哪个患者也不会贸然决定，都会先找业内人士打探清楚。这个环节很致命，相当于三打白骨精，几句话真相立见，真相就是会咬人的狗从来不叫，手术做得好的医生从来不上报纸和电视。患者多如过江之鲫，都是口口相传，根本看不过来，哪有闲工夫去干赚吆喝。何无疆就是同行口中很会咬人的狗，不用汪汪吠叫，太多人排着队等着他咬。何无疆在自己医院，什么手术都做，出去走台子，他只做肝胆手术。硕士三年他专攻肝胆，主要做胆癌肝癌手术。丹青市割肝摘胆的名刀，不过区区几把，在这几把名刀中，他是最年轻的。故而不敢太放肆，只能周末行动。那几把老刀则是快意江湖，全然不管领导和同事怎么看，每周能有两天待在自己医院就不错了，其他时间全在外面走台子。

县长的睾丸，摘得何无疆心头发堵。对这台手术，何无疆有苦难言，按道理，这是泌尿外科的手术，可局长偏偏要让他做，搞得泌尿外科主任这几天都不怎么搭理他。局长才不管何无疆的难处，他只关心连襟的睾丸。那个泌尿外科主任和局长很熟，局长年年都给他发获奖证书，全市先进甚至全省先进他都没少当。局长领导卫生系统多年，他是从来不用先进和标兵们给自己的亲属做手术的。这可是真刀真枪的事，不像获奖证书那样，耍的都是意识形态。

卫生局长和院长都亲临手术室，局长先讲话，同志们别紧张，首长也是人嘛，一定要把手术做好，记住，某县一百多万百姓正在看着你们，看着你们手中的刀。何无疆割得很慢，局长就在他身后看着，割得太快显得不够重视。何无疆的手机响了，有点不合时宜，他让护士去挂掉，调静音。护士到台子上拿起手机直接按掉了。紧接着，手术室电话响，护士接了，声音有点紧张，何主任，急救中心王主任让你立即进手术室。高速公路车祸，咱们医院去了五辆120，王主任说全是大学生，120马上到医院，他说三个学生大出血。让你立即到位！

　　何无疆此刻是在9号手术室，这是县长亲选的吉祥数字。医院有二十间手术室，可以同时展开手术。何无疆回头看院长，他们都戴着手术帽和口罩，脸上只露出一双眼睛。两人对视几秒，何无疆很想让院长说，无疆你去。院长却说，无疆你继续，我亲自安排。院长想出手术室，局长咳嗽两声，咳得很重，院长调整方向，从走向门口调整为走向电话机，拿起电话开始调兵遣将。

　　急救中心主任老王欲哭无泪，高速公路上一辆中巴车被超速行驶的大货车撞翻，翻出十几米高的高速公路，落地的瞬间已经死亡一半人，中巴车上全是去春游的大学生。市急救中心从较近的医院紧急调拨二十辆救护车到现场，老王带了五辆120，车上拉了五个伤情较重的学生。回程遇到堵车，无论怎么鸣笛，前头的车都不肯让道。120司机直接驾车冲上人行道，猛踩油门奔向医院。

　　老王在第一辆救护车上，车上是个女学生，也就20岁的样子，她的脸部没有破损，但她的皮包整个插进了腹部，只有皮包的提手露在身体外面，老王拔出皮包，给她腹腔打上绷带。皮包提手上满是紫红色的碎末，这是她的肝脏，被撞碎的肝脏。皮包插进身体，老王头次见到，他见过方向盘、保温杯，甚至整个头颅被踬断，嵌在身体里。老王猛拍女学生的脸，他说娃娃你别睡，坚持，坚持！咱们马上到医院了。女学生眼珠转得很慢，转向老王，她喃喃道，爸爸，爸爸，救我爸爸。老王想到自己的女儿，也是 20 岁，正在外地上大学，也许今天也会和同学去春游。老王知道女学生还有救，她在迷幻状态，这种时候的清醒才是最可怕的，往往就是传说中的回光返照。

救护车又停了，是离医院最近的十字路口，前面是红灯，三辆小车并排占满三个车道，纹丝不动。红灯下面有倒计时显示屏，84 秒，83 秒，82 秒……老王跳下救护车，冲到前面小车前敲开车窗，直接拍进去两张百元大钞，他说，给你闯红灯罚款，让路！这司机是个中年男人，眼神很不以为然，他说，罚款是小事，扣分怎么说？老王又拍进去两张钱，老王说兄弟你行行好，车上这娃娃快不行了！司机愣一下，看看老王急救服上的大摊血渍，他把四张钱一把拍回老王手上，他说，谁也不是天生冷血，就是他妈整天上班如上坟，活得气儿不顺。嗖的一下，这司机的小车窜向前方的红灯。

院长坐镇 9 号手术室指挥全局，所有在岗的外科医生都立即奔向各个手术室，对五个学生进行施救。五个学生活了两个，其中一个手术后被送回病房，另一个进了 ICU。进 ICU 的是脑部手术，生死还不好断定，得过了危险期才有分晓。死亡的三个，一个死在来医院的路上，直接送进太平间；一个刚上手术台，全身指标跌破手术标准，这个男生身体破碎得不成样子，肋骨歪七扭八，骨头茬探向四面八方，整个胸腹腔下陷，五脏六腑全受到重创。胸外科普外科骨科六个医生，一秒钟不敢耽搁，立时投入手术。指标不行也得硬上，这种情况只能硬上。不做手术他就必死，做手术或许还有半分生机。手术进行到二十分钟，这个学生心脏停跳，抢救无效，他死在了手术台上。医生们把他身上所有管子拔掉，枝杈出来的骨头归位，刀口缝合，用纱布给他擦净脸上的血污，盖上白床单，送入太平间。没有人说话，医生们都很清楚，只需要十分钟，只要十分钟，只要能早十分钟开始手术，这个学生就不会死。他才刚满20岁，他的人生才刚刚开始。可是没有人肯给他十分钟，他并不是死于交通事故，是那些不肯给救护车让道的车主们，联手杀死了他。

老王车上的女学生被送进13号手术室，五个外科医生都已到位，普外科老赵老钱老孙都在，老王扫了一眼，心往下沉。他是医院的老人，对每个同行的底细了如指掌，这五个人不是不行，都行，却都是大溜上的行，不是那种最尖端的行。外科医生和屠夫一样，都是耍刀的，行不行，有多行，是刀锋上的本事。有的屠夫杀猪，一刀捅下去，会搞得猪猛地挣脱了绳索跳起来满院子跑；有的一刀下去，猪一声不吭，仿佛没有感觉，只见鲜血狂涌，片刻间猪已毙命。大多数屠夫是一刀杀下去，猪嗷嗷惨叫不休，直至血流尽还在哼哼。前两种屠夫很少见，属于极端的两头，绝大多数屠夫是第三种，能杀，能杀死，落刀不偏也不错，手艺足够养家，但也仅此而已。谈不到丰神造化，算不得鬼斧神工。

刀锋上玄机万千，说不清道不明，谁也不知道自己会遇上哪口刀。猪不知道，人更不知道。很多时候，命运只是一把刀，是生是死，只看那把刀捏在谁的手中。此刻，这个女学生就是这样，按照正常情况，她该不该死？她是该死的。她的血流满了救护车车厢，肠穿肚烂，肝脏近一半稀碎，脾脏胃胆破裂。她的死亡，将是最为正常的结果。但是，她有没有可能被救活呢？她不知道，老王知道。老王在医院二十年，血雨腥风尽收眼底，他见过太多不该死的人，死了；见过不少很该死的人，活了。有些医生能把不该死的人救死；还有些医生，能把很该死的人救活。但凡这种重大突发性手术，患者只能赌命。命是什么？命就是他正好赶上的那把刀。老王要让这个女学生活下来，她一直叫他爸爸，叫了十几声。这世上，除了他远在外地的女儿，从没有人这么叫过他。老王就是要让她活下来！

二十

9号手术室的手术，实在是毫无悬念。抽脂、拔牙、割睾丸，能有什么悬念呢？这三组医生的阵容，可谓高射炮打蚊子，超豪华配置。何无疆全程亲自动手，两个助手只有看的份儿，根本伸不上手，手术太小，一个人足矣。局长全神贯注，他和连襟县长感情很铁，虽然两人的夫妻关系都不怎么样，但县长和局长历来铁板一块，牢不可破。

老王是闯进来的，没换衣服没消毒，衣服上全是血污，他不管不顾地，闯进了局长和院长同时坐镇的9号手术室。老王知道何无疆在这里割睾丸，他觉得很扯淡，因为他并不知道那是谁的睾丸。老王说无疆，把睾丸交给小韩做，你跟我到13号手术室，快来救命啊！局长很不满，问院长是什么人，院长叫着老王的名字说，出去，立刻给我出去。老王这才看清楚，局长和院长都在这里，老王蒙了。老王说院长对不起，我接回来五个学生，死了两个了，13号手术室这个女娃娃命悬一线啊。局长对院长说，立即安排精兵强将全力抢救，有半分希望尽百分努力。何无疆闻言，把手里活计交到韩心智手上，就要往外走。局长说何主任，你不能离开，你是县长的主刀。你走了算怎么回事？咱们人民医院人才济济，你就安心做好县长的手术吧。何无疆说局长，手术已经完成，只剩下缝合了。院长说无疆，这台手术很重要，你知道的！

这台手术事关全局，局长亲临医院十几趟，就为着这台手术。所有手术医生都是局长钦点的。时值医院有几个项目正向局里报批，事关全院职工福利，这台手术意义深远。院长对何无疆如刘备对孔明，局长对院长如孔明对黄忠。三国英雄拼的就是个知恩图报。这所有的因素汇在一起，比泰山压顶还重。何无疆对老王说，你去吧，我做完就来。

何无疆是十八分钟之后过去的，他缝得很快，只用了两分钟。另外十六分钟是等待病理科的活检结果，那粒割下来的睾丸上有个肿瘤，目测良性，但必须经过活检确定。如果是恶性，他得把另一粒睾丸也做切除。局长不放他离开，并不是在意由谁缝合，而是担心连襟肿瘤万一恶性，手术还须继续。

女学生的手术，何无疆没做成。从9号手术室到13号手术室，不过十几米，何无疆是跑着过去的，边跑边脱手套。县长有丙肝，他戴了双层手套。手套脱掉的同时他摘掉手背上的几块湿透的纱布，手术手套是超强防渗透薄乳胶材质，不透气，戴一会儿满手是汗。他常年戴手套，手背皮肤严重过敏，红肿刺痛，一出汗蜇得难受，只能往里面垫纱布吸汗。

何无疆推开13号手术室的门，站在门口没动。老孙正在进行心脏按压抢救，这个环节谁做都一样。晚了。回天无力。何无疆来晚了。他没能赶上这台手术。

老王坐在手术室更衣间的长椅上，手里捏一只扁扁的锡制小酒壶，壶里是68度的高粱酒。他是东北人，只喜欢高粱酒。他和何无疆同样的学历，名牌大学毕业，硕士主攻心外科。来医院后他在心外科，何无疆在普外科。他跟科室副主任一组，拉钩整整拉了三年。拉钩就是刀口划开，双手用两把钩子拉着刀口，让主刀医生操作。每一个外科医生都是从拉钩起步的。三年后，他终于有机会摸手术刀，但是副主任被科主任挤走，科主任让他重新开始拉钩，拉了两年，还是没机会做手术。五年时光，他整整给人拉了五年的钩。无路可走，他去了急救中心，那时还叫急诊科。急诊科没有什么专业可言，危险系数却最高，是个谁都不愿去的地方。熬了十五年，从小王熬成老王，他成了科主任。从放下手术刀的那天起，他的口袋里就永远地揣上了这只酒壶。

何无疆在老王对面坐下，老王把酒壶递给他，何无疆喝了两口。两人是同一间宿舍住出来的交情，都听到过对方深夜捂在被窝里的抽泣，没有什么话是不能说的。老王说无疆，怎么混到今天，我们还和当年一样，怕这个，怕那个，他叫我出去我就得乖乖滚出去，他叫你缝你就得趴到那个蛋上给他缝，活得就像一条狗。这娃娃不该死啊，是那粒睾丸把她给杀了。无疆，我们是医生还是凶手？我们是人还是狗？

何无疆夺下老王的酒壶，他说都一样，都是狗，也都是人。

有时做狗如做人，有时做人如做狗。其实就你我来说，我们百分之九十九都还是做人，做狗率不到百分之一。老王大口地喝，无疆你说，我们今天是人是狗？何无疆说在漫长的未来，唯有今时今日，永远不堪回首。老王说我看不起自己，我没勇气把你给拖出来。何无疆说我也看不起自己，我没胆子跟你走。谁都看不起谁，那就只能看天了。老王说天就是人，人就是天。没有人心，哪来的天意？院长是最后从手术室出来的，到更衣间换好了衣服，没走，冲着老王伸手，老王不明白，院长简短命令，酒，给我。老王摇摇酒壶，对不起，喝干了。院长说打开你的更衣柜，里头还有。老王说手术室禁酒，医院也禁酒。我柜子里没酒。院长站片刻，轻声说，记得今天夜里别开窗户。

医院家属院就在医院后边，距太平间直线距离一百多米，很多人家能从窗口看到那棵海棠的树冠。太平间是经常有哭声的，什么样的哭声如释重负，什么样的哭声纯属过场，什么样的哭声撕心裂肺，医生们是一听就知道，他们听得太多了，熟能生巧，一听就知道是什么人在哭什么人。这几个学生的父母都在路上，当他们赶到，看到自己的孩子已经成为支离破碎的死尸，那种哭声是喷血的，是能够把人心哭裂的。老王有经验，他会多安排一个医生上夜班，白发人送黑发人，常常会哭得昏迷，休克，甚至脑溢血，他得做好抢救学生家长的准备。

何无疆临睡前，把家里面朝太平间的窗户都给关牢了。一夕似百年，这个夜晚极为漫长，枕畔凄凄，哀号不绝，到了天亮，耳边仍有回响。上班时，他先去了急救中心，见到老王就问，昨晚怎么样？老王说还能怎么样，都是直接昏迷，都在我这里住着呢，用了药，都还没醒。何无疆问道，我怎么整晚上都听到哭声？老王说，那是你心里在哭。家长都没哭，见着孩子就昏倒了。何无疆说，总归要哭，不哭是不行的。老王说得分开哭，我不能让他们同时去哭。有两个五十出头的，待会儿我先陪他们去哭。还有两个晚婚晚育的，都快六十了，心脑血管都有病，昨晚上心梗，差点就不成了。这两天不能让他们再进太平间，缓缓再说。何无疆问，什么时候火化？老王说不知道，这两天我都不敢问。都是外地的，千里迢迢把孩子送丹青来上大学，这就成了骨灰盒了。何无疆说你一夜没睡？老王摇头，我得看着，我连抗癫痫的药都给用上了，那个女娃娃她妈妈，只要醒过来就要跳楼。何无疆转身，他说，你也歇会儿，我让小韩过来帮你几天。

　　何无疆给老王兜底，已经无数次了，前几天有个患者大半夜腹疼如绞，叫 120 拉回来，急救中心医生诊断肠绞痛，小毛病，挂了几瓶消炎止痛水，就让患者回家了。次日深夜患者再次剧痛，老王意识到出事了，让何无疆无论如何给他兜住。急救中心刚被砸过，电脑都是新买的，不能才用几天又被砸。何无疆大半夜进了手术室，一刀划下去，患者满肚子脓血，残羹剩饭从胃部的烂孔源源溢出，溢满腹腔。何无疆清理好半天，才开始做手术。这患者有高血压，一旦疼痛引发休克，死亡只是三五分钟的事儿。何无疆做完手术对患者家属说放心，手术效果很好，胃穿孔部分已经切除缝合，没有任何问题。家属质问为何昨夜急救中心医生诊断肠绞痛？明明是误诊嘛。何无疆说什么误诊？医生当时已经怀疑胃穿孔或肠穿孔，但是当时的仪器检查并不支持这种怀疑，这样的情况也是常见的。家属说穿孔总不至于就是今天发生的吧？何无疆很耐心，讲解了大量胃肠医学知识，掺杂海量医学术语，他说根据手术情况，这个胃穿孔恰是刚刚发生，食物只是微量渗出，引发疼痛。家属说那你们急救中心也不能挂几瓶水就让我们回家吧？！何无疆说观察期间没有发生问题，当然是让你回家，总不能让患者一直住在观察室吧？你要明白一点，这个穿孔可能是今天发生，也可能是一周或一个月，甚至更长时间发生。我手术中看到他胃里还有残存的辣椒，这么刺激的食物，你想想它跟穿孔有没有关系？你要不给他吃辣椒，他今天怎么会穿孔？回头我让人写个单子给你，什么能吃什么不能吃，你们做家属的得做到心中有数。家属满脸愧色，连说谢谢啊谢谢。何无疆说不客气，都是我应该做的。

　　这个穿孔，起码是昨夜发生的。急救中心医生属于严重误诊，他当时应该立即让普外科医生来看看，共同做出结论，但是普外科医生当时在手术台上，到天亮还没有下台。急救中心医生只能自己给出结论。如果继续观察，而患者又没有什么事，他怕患者家属说他宰人，挨骂是轻的，他更怕挨打。观察一夜，患者没事，他下夜班时并没有让患者回家。他交给了下一班。下一班医生是同样的心理，当时夜班开的药已输完，是接着开药输水还是让患者回家，他没态度，他先征求家属意见，家属说没事就走，有事就治。那就走嘛！既然此刻没事，他就让他们回家了。不然再开药输水，挂一天，一天都没事，那他不就成了宰患者吗？这两个医生都是从县医院聘来的，医专毕业，他们不能确定这个患者当时是否穿孔。他们在县医院，常年面对乡下患者，省钱是乡下患者看病的大前提。不省钱是要常常挨骂的，治好治不好都是宰人。他们的工作心态是不求有功，但求无过。事实上，每个医生而今都是这样的心态，反正治好了病是分内的事，治不好就成了罪。谁也不想有罪，那就全面采取守势，自己在岗的八小时只要保证无事，管他日后洪水滔天。天下医生同病相怜，谁也不会刻意去拆同行的台。互相兜底是弱者的本能，今天你兜我，明天我兜你。那都是辣椒惹的祸。

老王独来独往惯了，很少扎堆，也很少请人吃饭。何无疆听说老王要请客，并且是隆重地请，直觉就是坏事了。果真就是坏事了。何无疆说你说就咱俩，我以为有事要办。你说了饭店名，我以为你要动用我的某个关系办事。看到这几个大菜，我知道我以为的错了。老王说接着猜。何无疆说再猜会生恨。这样的饭，我每次吃完就恨自己，恨自己为什么不敢像你们这样，举杯宣布，我要走了。老王说无疆，我早就想走。何无疆说第一顿打算，第二顿正办，第三顿，兄弟再见。不要再请我，我不想吃你的饭。老王喷饭，你说得太流利，可见吃过太多次，也说过太多次，实力派的演技，不用入戏就来戏。何无疆说这回不是演技，真不想让你走。老王说这里太难受，那里太诱惑，搁谁都得走。何无疆说知道了，丹青市最高大上外资医院，爱命医院。我有同学被那老板挖走了，给的价码让人再也不能小看自己。老王说我不是老板挖的，我是让我朋友挖的，他在那里工作，他需要业绩和奖金。我还挺贵的，我朋友已经领到奖金了。何无疆说太抠，三顿饭压缩成一顿了。老王说无疆，我从今天开始挖你。你让我挖，我还能得笔奖金。何无疆说我同学也这么说。老王说你跟手术室黄海、心外科王惊雷，还有那谁谁不都挺近吗？干脆咱俩联手，都挖了吧？何无疆说你这话让院长听见，他会喷血。老王说白喷，他免费奉送也没人要，人家老板只要会干活的。所以他天天都说死守，他只能死守。

何无疆不说话，吃几口喝几口，放下筷子还是没话。老王说行，他对你不坏。何无疆说似乎也没故意难为过你。老王撂下筷子，还要怎么难为，当初要是不离开心外科去了急救中心，现在的心脏之王是我，不是王惊雷。何无疆重重点头，坚信。但那又怎样，你没见王惊雷没事就钻太平间吗？老王说，我去送尸体见过他在那儿下面条，贺师傅桌子上还几凉几热呢，那是相当的丰盛，俩怪人。不过无疆，你是公认的好脾气好人缘。何无疆说因为我无处可去，始终都在人们的视线里，太平间和地下室，顶楼和小树林，八角亭和鲤鱼池等风光胜地，都已被各路有脾气的英雄捷足先登。当年忍不了了，还能到你的抢救室去待待，回回神儿。这下你也走了，我的脾气会越来越好。老王说先走一步，我等你来。何无疆举杯，此去顺遂，定期聚会。

韩心智去急救中心给老王帮忙，去了十天才回来。回来工作了半个多月，还是整天闷闷不乐，时不时就会叹口气。有次上了手术台，韩心智居然魂飞万里，该下刀的时候不下刀，就那么直勾勾地盯着患者敞开的腹腔，一动不动。何无疆说小韩，你出去。韩心智这才回过神来，他说对不起，何老师。何无疆指着患者，小韩，你看清楚了，你没对不起我，你对不起的是他。韩心智说是的，让我来吧。何无疆毫不客气，不用你，你出去。这台手术我自己做。我的手术台上，搁不下三心二意的医生。韩心智不再说话，乖乖出去了。

事后，韩心智多次跟何无疆做解释。何无疆说你不用说，我都知道。你陪了那几个家长整整十天，从病床到太平间，从太平间到火葬场，从火葬场到火车站。你所经历的一切，我感同身受。但是你必须明白，我们这个职业，绝对不容许带有任何个人情绪，尤其是上了手术台。就刚才那个患者，也不过二十几岁，腹腔肿瘤紧挨着动脉血管，你那么心不在焉，刀锋稍微走偏，要是把他动脉血管划破，小韩，他也会成为一只骨灰盒，他的父母也得来给他收尸。韩心智垂头丧气，何老师，道理我都懂，可我控制不了，我总在想那几个学生家长。何无疆说人死不能复生，你想破心肝也没用。对死者最真诚的祭奠，是对生者最虔诚的尽职。我们是救人的职业，我们多救一个，这世上就能少死一个。韩心智说何老师，这个女学生，她把我的信念给摧毁了。何无疆说，但凡能

204

够被摧毁的，那都不是信念。你要真有信念，你就管好你的世界，你的世界是什么？就是这张手术台。别以为这张台子区区几尺，叫我说，它就是个天宽地广。你要敢保证，你这辈子，你这张台子，它绝对不出一个冤死鬼，小韩，那我就承认你有信念。韩心智说我有，我从跟你那天起，就是这么想的。何无疆说很好，跟我入行时想的一样。你就只差火候和技术了。从今天起，我不会再给你时间胡思乱想了，我要让你忙得团团转。韩心智说好的，何老师，我不怕忙，我就怕停下来，停下来就会想，越想越多，越想越远。何无疆说，你去接了小刘手里那两个危重患者，人命当头，岂容懈怠。我也错了，这几天都没敢给你派活。你记住了，我们不是西方医生，动不动就要搞心理干预，我们没那么金贵。我们全靠自己干预自己。血雨腥风也好，痛不欲生也好，都靠自己往前硬挺，挺得过来你就是个好医生，挺不过来你就是个废材。韩心智说何老师，我能挺，我绝不当废材。

二十一

王惊雷离开科室回家，已是晚上十点。有些事只能拖到其他医生下班走了，他才可以下手解决。事情和手术无关，和患者有关，都是他的患者，他不敢再拖，再拖下去，也不知道会引来什么样的麻烦。有四个患者，从全省四个县市赶来，都挂了他的号，患者相互之间并不认识，都是心脏病术后并发症。四个患者全是老年人，两男两女，皆由儿女陪同前来丹青看病，众口一词，县医院做的手术，术后效果不行，心疼，疼得受不了，县医院无力再行治疗，来丹青只求去掉疼痛。

王惊雷把四个人都收下住院了，仔细查看了县医院的病历和片子，又让这四个人都去做了一套全面检查。哗哗哗，十几张检查单开好，王惊雷也多少有些不好意思。但是没办法，这是必需的。哪个医院哪个医生都会这么做，也只能这么做。只有这么做，才能把风险降至最低。而今的患者，比逛青楼的嫖客变脸还快，嫖客好歹得坚持到下床才变脸，患者常常是躺在病床上就开始告状和起诉，医院和医生不能不防着。要防着变脸的，就只能牺牲掉那大多数不变脸的，于是过度医疗就成为百家姓上，谁也绕不过去的阵地。攻阵地的患者和守阵地的医生，无休无止地在这块高地上打着拉锯战，狼烟滚滚风尘成霜，此起彼伏此消彼长。白骨丛中琼林宴，战地黄花分外香。

道可道，非常道；法可法，非常法。患者懂法，医生更懂法，《医疗事故鉴定法》规定，对医疗事故纠纷采取"举证责任倒置"的办法，也就是说，医生一旦成为被告，必须自证清白。怎么自证？大量拍片、检查、开药、治疗，统统留底存证。比如神经外科手术中，本来只需做两次脑电波检测，但很多医生会多做，隔几分钟就做一次，每做一次都有记录。医生要的就是这些记录，这些记录可以证明他尽心尽力，没有错误，没有过失。

同样的一种行为，在医生和患者口中，有两种叫法。医生把这个称为"防御性医疗"，患者则叫作"过度医疗"。防御性医疗，是行业内称呼，穿白衣的心有灵犀惺惺相惜兔死狐悲，谁也不会拆谁的台，谁也不会因此说同行心狠手辣。防御嘛，弱者才总想着防防防，强者练的都是攻攻攻。几千年的医道走至今日，医生再也不是白衣胜雪的天使，早成恶魔了，白衣恶魔，专吸患者血汗钱的恶魔。都成魔了，还怕什么？吸也是吸，不吸也是吸，那又何必心慈手软呢？心慈的结果很被动，手软的下场很可悲，一旦对簿公堂，没有证据支持，千张口也说不清。

吸血吸髓这顶大绿帽子，医院和医生都顶了，没出轨也得顶着。其实吸血吸髓，那只能是吸血伯爵的独家专利。医生和天下百业的患者一样，都是手艺人，拿听诊器拿手术刀的手艺人，手艺人都是伯爵爷的猎杀目标，没有谁能幸免。患者的血和髓被吸干，就拿着砍刀找医生讨还。医生的血和髓同样干枯，他们也不知道该到哪里去找回来。于是都认了，手艺人的最高境界就是认了。认了就能太平，硝烟下的太平也是太平。

医生倒不担心名声坏，名声坏了不要紧，反正放眼天下，也见不到几个名声如美玉的。香东西都得先臭，红人都得先被黑，哪个名医脚底下，没踩过几具枉死的白骨？都说失败是成功之母，哪个行业的发展，都要经历无数的失败和教训，名医也不能免俗，谁也不可能二十几岁一穿上白衣就成为名医，都是跌跌撞撞地操练出来的。

医生最怕的是巨额赔款，一个不小心就是倾家荡产，弄不好还得四处举债。都是上有老下有小的人，长期背着外债过日子，坚强点的会和抑郁症短期缠绵，脆弱点的得和恶性肿瘤休戚与共。

医院也为难，不是没情义，不是赔不起，也不是不想护着自己的职工，而是医疗纠纷和官司没完没了，对张三李四仗义了，对王五刘六呢，对赵七牛八呢，都担着，担不起；都赔，赔不完。只能形成内部规则，多少万以内，医院负责百分之多少；多少万以上，医院又负责百分之多少；规则是对着大多数人的，不能成文下发，却是人人有数，基本落实。但是也有例外，对于极好的医生，口碑好业务好病人多的，医院常常会全额承担，为的是把人留住。人是医生，也是患者。有些医生一旦跳槽，大批患者会追随到新医院去，比人气偶像还有感召力。医院可不想人财两失。

患者对过度医疗恨之入骨，却是无可奈何。命都在人家手里捏着呢，钱算什么？花就花呗，只要能把命保住，钱可以再挣，官司可以出院再打。有些常年转战各医院的老患者，对医院和医生的战术早已习以为常，含笑接招，无招胜有招。看几家医院，就得做几套检查，他们连问都懒得问，让做什么就做什么，从来也不会要求医生减免什么程序，因为他们知道，说什么都是白说，白说又何必要说。他们也从不会幼稚地以为，医生开检查单是为了拿回扣拿提成，是为了给医院搞创收，大医院那些仪器全属进口，几百万一台稀松平常，上千万一台也不罕见，每年的维修保养都是巨额数字，还从没听说哪台仪器能赢利的，能把购买成本收回来，就很不错了。

过度医疗主要是检查、治疗和开药三个环节，刀刀见血，招招封喉。出刀的难受，接招的惨痛，谁也落不着好。过度医疗根本没有赢家，全是输家，医院输，医生输，患者更输。可人人都得过度医疗，谁也绕不开过度医疗。就如同潜规则，人人都恨，却人人都潜，逢了坎临了事，哪个不是备足了该备的，哭着喊着求着被潜？被潜过就像被宠幸了，高兴，倍儿爽；没人潜就如同遭了阉割，屈辱，没脸，想长歌当哭都挤不出眼泪，欲哭无泪就是专为这种失败人生设计的绝妙好词。

过度医疗早就成了一个大魔咒，人人都怕戴，却又人人都戴着。医院貌似赚到了钱，却输在一场又一场的官司和纠纷上，同时丧失的还有无数的人心。虽说人心是当今市场上最廉价的东西，可失得太多，也会形成不可阻挡之潮流，亿亿根鸿毛能不能压垮泰山？亿亿滴水珠能不能汇成大海？谁不怕有朝泰山压顶？谁不怕日后洪水滔天？谁都怕，怕得要死，可是谁都没办法，谁都得在惧怕之中往下活，往下撑，也往下变着。就如同宇宙的黑夜和白昼，千万年交替循环，永无止息。医生看似自保成功，做足了防范措施，可杀医辱医事件还是层出不穷，谁也不知道下一个会不会轮到自己；患者就更不用说了，得病本身就是灾难，进了医院又被层层剥皮，富贵点儿的还好，权当给钱包减肥了，最悲怆的是穷苦人家，雪上加霜，火上浇油，屋漏偏逢连阴雨，枯骨哪堪再吸髓。在过度医疗中，医生医院和患者，都是伤，都是苦，都是怨，可又都置身其中，谁也改变不了谁，谁也改变不了这万丈的乱象。

王惊雷和每一个医生一样，每天行走在必须行走的沼泽中，这是他的职业，也是他的生计，更是他的宿命。他很不情愿去开那一张张无限重复的检查单，可他知道没有选择，就如同命运，无论它的面孔是祥和还是狰狞，他唯有面对，同时做出力所能及的改善。他的改善，体现在治疗和开药这两个最为重要的环节上，不是重症，他从不用重药；即使重症，他也会选择重药中的轻药；他知道指尖稍微一划，许多人家成年的劳作就烟消云散了，所以他总是很掂量，替患者的钱包掂量，他怕那一只只钱包在自己手上被榨得血尽油干，他怕那些钱包的主人出院后，再也无力应付未来岁月中的衣食住行，沟沟坎坎。

正是因为太掂量，太慎重，王惊雷很快察觉出这四个老年患者不对头，按照常理，他们都是县里来的，又是术后并发症，应该比较在意费用，比较急于治好病出院回家才对。可他们不急，对治疗不急，对费用不上心，对时间没概念，他们每天都喊疼，每天都要吃一粒特效止疼药。这是一种高效麻醉类药品，属严格管制类药品，一般医生没权力开，主任医师和副主任医师才可以下方子使用这种药品。药品很便宜，几块钱一粒，传说市场上千元一粒都买不到。王惊雷对这四个老人格外上了心，一上心就看出了问题。一周后，他心里确定了一个事实，这四个老人曾做过心脏手术不假，因为刀口假不了，可其他都是假的，县医院的病历是假的，片子是假的，身份是假的，就连他们的儿女，也都是假的！他们来这里，忍受打针、吃药、检查，支付一切费用，就是为了每天得到一片小小的药片。他们是什么人？他们受雇于什么人？在丹青的各大医院，还有多少这样的"病人"？他们的病历是怎么伪造的？检查结果又是怎么疏通得到的？王惊雷没有向任何人提及，他只给林纵横打了个电话。

林纵横很有能力，在丹青医疗市场人气超高，王惊雷当心外科主任时，林纵横常来看他，开口闭口都叫恩师，王惊雷说老师就是老师，恩什么恩？别那么肉麻。从前真是师生的时候，你也没这么叫过我。这怎么越经商越没出息。林纵横不肯改口，恩师，我这么叫你，不是为了怀念，我是为了悼念。悼念过往，也悼念自己。林纵横如此解释，王惊雷也就随他叫了。王惊雷主任被撤后，两人合作中断，王惊雷当不了心外科的家了，自然无法再合作。林纵横仍是常来看他，永不空手，都是些小东西，很琐碎，也很贴心，有次林纵横送给王惊雷两条内裤，裤裆鼓鼓囊囊的，捏捏，里头有十几颗珠子状的东西，林纵横神秘兮兮，恩师，这可是今年最流行的，里头是千年崖柏根磨的珠子，活血化瘀，通精去毒，强力保养前列腺，穿一周生龙活虎，穿半月金戈铁马。王惊雷没穿，他是常年上手术台的人，手术医生每天脱衣是常事，在手术室更衣间脱，脱到只剩下内裤，消毒，换手术服。王惊雷发现新上任的科主任裤裆很苗壮，紧接着看到何无疆和泌尿外科主任的裆部也很有气魄，只是花色不同，有螺纹有方格有暗花有祥云，一问，果然都是千年崖柏根，都是气吞万里如虎。王惊雷就问何无疆，是林纵横给你的，还是他手下干的？何无疆说林纵横亲手奉上，他说你是他恩师，我是你好友。要不是我，你和他都不会来丹青，所以他对我和对别人永远不同。王惊雷惋惜，纵横可惜了。看这势头，他是不会回来跟我干了。何无疆点头，惊雷，你就死了那条心吧。纵横药业发展迅猛，势不可当，据行业内排名，他正在从第二名向第一名突飞猛进。身家过亿的青年企业家，人家怎么会跟你来当医生。

王惊雷只得死心，但他就是放不下心。林纵横和他一样，都是外来户，在丹青没靠山没人脉，这几年发展壮大得太快。王惊雷认为所谓的飞翔速度，都只能是不接地气的瞎飞乱飞，做人做事如不脚踏实地，那只会折戟沉沙，摔成肉酱。王惊雷摆出恩师的派头，跟林纵横多次深刻谈心。他说纵横，你的堕落让我意外，你连裤衩都送，那我们医院那些女性科室主任，你送的又是什么？林纵横笑嘻嘻地，恩师，男人送内裤，女人送文胸，都是崖柏根做的货色。哦对了，关于文胸，你多年的习惯性叫法，叫作奶兜子。王惊雷气得脸都紫了，纵横，你连奶兜子都送？你就是这样开拓市场的？林纵横说对手企业送的是狐狸皮围脖，成本高昂，也没人敢戴。什么智商，我就是要送奶兜子，物美价廉，还特别贴心。恩师，你们医院那几个女主任都很喜欢纵横药业的奶兜子。王惊雷怒斥，你怎么知道？林纵横说恩师息怒，我没那么下流，都是我手下女经理干的活。在这个医院，我只跟你和何主任亲自交流。王惊雷说纵横，当年干药企，你跟我信誓旦旦，你说纵横药业的企业精神，永远不变，那就是大庇天下寒士俱欢颜。林纵横说我没变，但是我得遵守行规，也得图谋发展。我的药企没有半片假药，所有药品和器械器材，我全家人生病都敢用。正因为如此，我才使劲控制成本。他们把大钱花在关系和广告上，我的大钱用来生产。我用小钱搞关系，奶兜子和裤衩太便宜，不贴身怎么行，那就没有竞争力了。王惊雷无语了，林纵横悲愤了，恩师，我是医生干过，药企也干过。没有医生想要裤衩，没有药企想送裤衩，没有人愿意这么下三烂。谁不想光明正大地做事？谁不想干干净净地做人？谁都想，可是当某种现象成为行规，医生又能怎样，药企又能怎样。我比谁都渴望清白干净，可我越活越脏。所以最近我都不跟同行老板搞聚会了，我跟地产商交朋友，跟他们在一起，我就是那出水的白天鹅，我最纯情我最无瑕。看看房价吧，我这点药价算个啥，啥都不算嘛。王惊雷说纵横，现在腰杆硬了？林纵横说软的，花多少钱就有多硬。我花钱少，还是硬不起来。

这样的谈话进行多次，次次没有结局，次次不欢而散。再往后，王惊雷有事才叫林纵横过来，没事干脆不联系。当师生不再是师生，当师生联手也是徒劳无功，王惊雷只能选择放手。放手归放手，还是连心的，彼此间的信任从没变过。所以当王惊雷面对这四个诡异的老人时，他还是叫来了林纵横。

王惊雷把四个老人的事跟林纵横说了，林纵横脸色大变，王惊雷觉得诧异。林纵横这些年在商海中百炼成钢，早已不是昔日的吴下阿蒙，他开宝马喝拉菲追小明星，甩钱不是一沓沓的，而是一摞摞的，王惊雷还从没见过他这么失态。林纵横说，恩师，你让他们赶紧出院，不要硬撑，也不要和任何人提这件事。王惊雷说你至于吓成这样吗？我把这药给他们停了，他们不就得走？林纵横凝视王惊雷，目光居然满含深情，恩师，每个人都变了。什么都变了。只有你没变。你听学生一次，不要硬来。用软法子把他们磨走就行了。那种药是今年最流行的毒品，冰毒都过时了。那几个老人每天攒下四片药，那四片药都被这城市最顶级最富贵的人吃了，他们要药，不怕花钱。他们吃了这种药看这世界都是天堂，看女人都是杨玉环赵飞燕。恩师，这潭水太深，你别问，我也不能再往下说。王惊雷很不服，不服自己的学生居然敢这么教育自己，王惊雷说我是没变，当年的事儿再临头，我当老师的还是站你前头。林纵横眼圈泛红，恩师，不会再有当年了，因为我变了。我再也傻不起了，再也输不起了。我现在只想把整个北方市场荡平，让我的药品和器械挺进每个医院的每个科室，谁挡我的道，我先灭了他。王惊雷说和气生财才是正道。林纵横立刻笑了，和气生小财，杀气生大财。恩师，超暴利的行业都这样，血流成河，白骨如山，蹚着血河踩着白骨站到山顶的人，才是王。王要的是天下，从来就不是一城一池。我还年轻着呢，我想要当医药行业的王。王惊雷听着不顺，反戈一击，他说，天下只有一个，天下从来没变过。那么多给天下封了姓的人不都成了一把把死灰，天下不还是天下？天下是山川河流一草一木，天下是人，所有人，无数人，从来就没有谁能罩得住天下的。我问你，你想不想当年的手术刀？林纵横想笑，却只是牵牵嘴角，没笑出来，他低语，想，我想，太想了，想那种刀锋划过心脏的感觉。

二十二

　　王惊雷不敢久拖，怕出事。他用下班后的时间分别和四个老人的儿女做了沟通，既然儿女都是假的，那就假话当成真话说，好话说尽，主题明确，赶紧给我出院，明天就给我走人。四个老人的八个儿女主意坚定，不走，就是不走，王主任医术高明，咱们医院服务高端，不把疼痛根除，绝不出院。王惊雷胸有成竹，疼痛是大事，尤其对术后老年人，弄不好会引发其他并发症，比如高血压，脑出血什么的，兴许几分钟就要人命。这样，明天开始，我给你们换用最新进口的止痛剂，针剂，止疼效果好，见效快，抑制疼痛周期长。八个儿女强烈反对，王惊雷说我不理解你们为何要反对给父母换用新药？原先那种药并不理想，用久了还有成瘾性。你们孝心可嘉，但在治疗领域，应当尊重医生的专业意见。八个儿女败下阵去，四个老人又来哀求王惊雷，有两个甚至给他下了跪，王惊雷对下跪早已麻木，医生干久了，都遇到过下跪的，这种方式并不奇葩，引不起什么震撼感。王惊雷扶起老人，搀到椅子上坐了，让护士推辆轮椅过来，他说这样吧，老人家，咱们谁也别嫌麻烦，我亲自推你去做几项检查，我要亲眼看着检查结果出来。如果真有必要，咱们就按原处方走。老人说什么都不上轮椅，颤巍巍捧着心口回了病房。王惊雷后背冷汗湿衣，至此他才敢下断定，这几个老人的手术也是假的，只有胸前那道刀口才是真的。王惊雷犹豫片刻，还是给何无疆打了电话，他说了药名，问何无疆，你手下有没有这样的患者，每天非用这种药的？何无疆说有三个，一个胃全切，一个肝脏部分切除，我看县医院的片子显示，切掉有三分之二，我还纳闷呢，那小县城请谁给做的手术、反正他们那里没人能压住那么大的手术。

王惊雷说来咱们医院做的检查呢？何无疆说奇了怪了，咱医院的片子还没有县医院拍得清楚，你说他们那设备怎么能跟咱们比？王惊雷说片子有问题，是被人调包或者重做了。无疆，我就一句话，你尽快尽快，让他们全出院。何无疆顿了一会儿，才说好，我知道了。

过没几天，药房主任带了个老家的什么亲戚，拐了几道弯的，来找王惊雷看病，医院里常有这种事，都是同事，熟人熟脸，自然优先照顾。王惊雷和药房主任很熟，工作程序的熟，平日并无私人交往。王惊雷收了那亲戚住院，给安置了最好的病房，手术后那人家属要请客，王惊雷不去，药房主任打来电话，王惊雷也就上了桌。席间都是些感恩拜德的客气话，王惊雷照单全收，人生如戏台，都得照着剧本念，谁也不敢改台词。王惊雷对药房主任说，借花献佛，敬你一杯，敬人敬酒。药房主任说敬酒可以，

217

可别敬人，这年头谁让人敬谁栽，谁让人骂谁红。来来来，互敬，互敬。王惊雷确是真心敬的，这药房主任不简单，那么小的个子，硬是个撬不开的铜墙铁壁。他那副小肩膀要是扛不住事，那些个老人和子女就不用费那么大周折，潜进各个科室去获取那种药片。那些人最直接有效的办法就是攻下药房主任，显然是使尽百宝，也没能拿下这座小山头。

医院如江湖，处处是山头。药房主任是山头，质管科周尚礼也是山头，就连太平间的贺师傅都混成了山头。周尚礼找过王惊雷多次，专程找的，看望袁如海，谈谈袁小海，传达传达院长的指示。王惊雷回回说放心，周科长请放心，也请院长放心。周尚礼说何主任也这么说。我和院长都放心，对你们俩格外放心。有些人就让人不放心。王惊雷说周科长辛苦，院长更辛苦，那些人不地道。贺师傅也来找过王惊雷，来开药，开安眠药，他是常年要吃安眠药的，越吃越升级。王惊雷给贺师傅拿了药，送到太平间去，和贺师傅在海棠树下，把上次的残棋给走完了。贺师傅说，惊雷，你还记得不，这盘棋是袁如海死前那天黄昏，咱俩下的。日子太快了。海棠花也落光了。

何无疆很快就把那三个患者打发出院了。一个成熟的医生，要是没有收放自如的基本功，那他早就没法混了。他没有再跟王惊雷提过这件事，心照不宣，心里头都明白是那种药片惹的麻烦。这种事在医院里算不上凶险，连危机感都激发不出来，撑死了也就是久在河边走，被几滴小水珠打湿了脚面，抖干净就过了河。

医生每天面对的是开膛破胸，摘心换肝，血淋淋的手术台才是他们生命的疆场，患者的生命，和他们自己的职业生命。人命关天，其他的都是浮云，再浓墨的浮云见风也会消散，永远地横亘在他们刀锋上的，才是头顶的天。

王惊雷很难得准时下班，何无疆也同样，这个职业都是这样。患者生病或遭遇意外，不可能按着八小时上班制度来，医生就只能时刻跟随着病情调整时间，夜里有事夜里即到，如应召女郎般随时现身;白天有事白天不离，像农民工那样加班加点，连轴鏖战。他们的待遇比应召女郎差得远，人家一次的出台费胜过医生十台的手术补助。却比农民工强得多，医生误餐有盒饭，困了有沙发，办公室有中央空调，还常有患者家属送来各式水果吃食。但是成就感是实实在在、不可虚拟的，王惊雷和何无疆这种级别的医生，对此体会最深。他们总被患者追，被患者求，被患者和家属众星捧月，烦也烦过，暖也暖过。有些风险系数极高的手术，做完了，做好了，他们出来对众家属淡淡说一声，手术成功。就这区区四个字，常常是脚下哗啦啦跪倒一大片，拉都拉不起来，也没法伸手去拉，手上还没来得及摘下血手套呢，手套上什么组织都有，除了血污，还常有各种内脏的碎末，红色紫色黄色绿色，恰似生命的底色，煞是斑斓绚丽。

从死神手里夺命，硬生生地夺，分秒必争地夺，每每成功地夺回一条命，医生内心深处的成就感，万金不换。正是这样的一种感觉，支撑着他们寒来暑往，周而复始地蹚过无尽的疲惫与冰寒，焦灼与惶恐。王惊雷把这种夺命的手术称为打鸡血，都把死神击退了，那种痛快和得意，实在是人间无从遇，神仙才晓得。

　　王惊雷和何无疆不乏合作的机会，手术台上的合作，联手夺命的合作。这样的患者大多是意外灾害或重大交通事故造成。两人最近的一次合作，是一个女人，很年轻的女人，深夜回家，被人在家门口连捅十几刀，刀刀朝着要害捅，胸腹部布满血窟窿，邻居发现时，那些血洞还在冒泡，等救护车和警车赶到，有些血洞已出现血凝现象，黑森森的一个个口子。王惊雷半夜被叫上手术台，连脱衣消毒的程序都来不及做，一头就扑到了那女人的心脏上，修补敲打脉动激活。天快亮了，这女人硬是被抢回一条命。填手术单时，王惊雷示意手术室护士，在主刀一栏填写何无疆，何无疆说别骂我了，我整夜收拾的都是肝胆脾胃肠，下水级别的，你那颗心才是王道。把我写第一助手栏里就行了。护士说并列，并列，都是主刀。王惊雷说并列就并列，反正一晚上手术补助都是五十元，谁也不会多一块钱。护士说两位主任这五十元挣得不容易，门口警察还等着做笔录呢，赶紧去跟警察同志分析案情吧。何无疆长叹，这还用分析？就俩字，情杀！抢钱的和仇杀的一刀就够了，这刀法是泄恨的，和我去年那台手术一样，不是原配杀小三，就是小三杀原配。王惊雷说这刀捅得太深，力道也太大，是男人干的，应该是雇凶。这女人是隆的胸，我好不容易才把她那团假胸给掀开，要不是那团假胸挡着，她的心脏会被捅穿。隆胸的应该是小三吧？原配雇凶杀小三，这就是案情。

手术室的推理纹丝不错，这女人还没出院，那个原配和凶手已被抓归案。最无辜的是那个养小三的男人，他是有钱人，很爽快地承担了小三的全额治疗费用，在付给小三一大笔青春损失费后，男人因遭受妻子和情人的双重精神打击，不幸染上抑郁症，去国外养病了。

　　王惊雷被院长召去谈话，谈话地点很奇怪，不是办公室，不是会议室，而是郊外的苹果园。院长亲自开车，全程无语，到了苹果园，院长说惊雷，跟我下车，把外套和手机都扔车上，咱们树底下说几句话。王惊雷丈二和尚摸不着头脑，心里只觉得院长行事日渐诡异，看样子是被那些医闹给折磨得快崩溃了。

　　站在树下，院长摘下一根翠枝，拈花微笑，无悲无喜，状若佛祖，渐渐地，笑容就被泪水打湿了，两行眼泪，无遮无挡地，从院长眼中汹涌狂泻。王惊雷手足无措，他说院长院长，你别哭，怎么了？你要我做什么？你说句话，我我我，我照做。

　　院长抖着手中的翠枝，指向不远处的那个大土坑，他说惊雷，前不久我在这个坑里差点被人给活埋了。今天下午周科长请来专业调查公司，从我办公室和小会议室里，刨出来三十四个摄像头。我已经没地方说话了。我也没人能说话了。我是谁都不敢信了。惊雷，我就问你一句话，我能信任你吗？

　　能。你能信我。我能让你信。王惊雷说得很轻，也很慢。院长扔掉树枝，一把就握住了王惊雷的手，握得死死的，惊雷，我没看错人。我信你。我告诉你，袁小海从北京请来两个大律师，专打医疗官司的。他们抓住了致命点，他要用袁如海的起死回生，和咱们医院打官司。他是要撕破脸了。之前他和周科长谈过条件，我也找他谈过。谈了好几次都谈不成。他要两千万！胃口太大了，咱们给不起。要是给他了，咱们医院年底奖金都发不出来。

王惊雷反应很快，他问道，院长，咱们医院内部有问题吗？咱们要是铁板一块，也不用怕他打官司。院长说惊雷，这普天之下哪里还有铁板？钱才是铁板。极其可靠的消息，周科长上天入地才给我查出来的，你们科室那个护士，插错管子的那个护士，被袁小海买通，反水了。袁小海要告咱们两条，一是医疗事故致死，这一条有那个护士做证，咱们没法推翻。再就是过度医疗！过度医疗十四年啊。支持理论是袁如海在太平间没有任何设备的条件下存活了 628 分钟，这足以证明，咱们这十四年来对袁如海所做的一切，全属于过度医疗。惊雷，兄弟，这场官司如果败了，咱们医院就完了，全完了。我这顶乌纱帽是小事，就怕全医院不知道会牵连多少人啊。

院长，不，老兄，我只是一个普通医生，但我可以保证在任何情况下，我不会做出任何对医院不利的事情。王惊雷说，干咱们这一行的，谁还能没有个防范意识？那袁小海多年来对咱们怎么提要求的，咱们不也都有签字备档吗？实不相瞒，他打给我的所有电话，我都存有录音。我想其他医生也都会这么做的。我们是踩钢丝的职业，每时每刻都得以防万一。

没有用，惊雷。那些东西只能证明咱们穿白衣的人心理阴暗，人格卑鄙。舆论是能杀人的，也能迅速搞臭和击垮咱们医院，在强大无比的舆论面前，咱们都是过街老鼠。院长咬牙切齿，因为袁小海是孝子，孝子不懂医，孝子不想让他爸爸死，咱们这十四年来无耻利用孝子的孝心，对一个无辜的植物人实行惨无人道的过度医疗，咱们全是吸血鬼，人人得而诛之。这就是这场官司的最终结局。袁小海全赢，咱们全输。他将得到一笔天文数字的赔偿金，并且，继续戴着大孝子的桂冠。

那个护士，还能拉回来吗？王惊雷说咱们也可以给钱，她能为钱卖自己卖医院，她就也能卖袁小海。能用钱买的人，只是价码问题，咱们加码。

院长摇头，惊雷，这护士前几天已经不见人了。被袁小海"保护"起来了。周科长想尽办法也找不到她。万般无奈，我动用了这个果园的园主。

王惊雷大脑高速旋转，转得太快，说话就卡了壳，这果园？这园主？这不是医闹队伍的头子吗？不不不，这不是涉黑吗？院长，他不是要活埋你吗？怎么……

什么涉黑？惊雷你不要乱说。咱们堂堂正正的国家医院，咱们要找回自己的职工，合情合理合法。院长说，惊雷，这园主说得好，人生不打不相识，绿水转处见青山。他是一张好牌，咱们就用这张牌去拜拜袁小海请来的那两个大律师，强龙不压地头蛇。我就不信这个邪，谁规定的只有患者才能雇医闹？患者雇医闹就合法吗？说到底医闹医闹，吃的也是医疗，和咱们一个样嘛。置之死地而后生，咱们为什么不能雇医闹？我就雇了！惊雷，来跟我见见这位兄弟去，不，壮士，他可真是个壮士，仗义人啊。他听了袁小海的孝行，感动得受不了，当场就给我打了六折价。这样的壮士也只有江湖上才有啊。

手术台上的事情，是从来也刺激不了王惊雷的。心脏之王嘛，做心脏手术只需要提神，只需要聚焦。不管难度多大，惊险指数多高，他只要敢于接到手里，就有把握将手术做好，就能让患者痊愈出院。可是手术台下的事情，王惊雷常常有心无力，再提神再聚焦，也都是白提白聚，不仅办不好，还经常给办砸了。王惊雷不怕医学，就怕人事，袁如海事件貌似医学，实则属于人事，正是王惊雷的软肋。王惊雷懊恼，院长，我当初就不应该接手袁如海，不应该让他来心外科。院长说惊雷，现在说这个有用吗？王惊雷又说，太平间那个晚上，我就不应该把他给救活。这世上谁都不该死，可是袁如海真是该死。院长说这个问题，涉及文化传统以及人文理念等多项领域，可它就是跟医学没有关系。你用医学是不可能解释这个问题的。王惊雷说孝道能解释吗？院长说孝道更不能解释，孝道说白了，就是个爱字。为人子女的，只要爱自己的父母，那就是孝道。有钱的出钱，有力的出力，有时间的出时间，啥都没有的，光是心里有爱，那也是孝道。孝道很简单，可是袁小海的孝道太不简单。他那样的孝道，跟爱都没有关系，我看倒是像恨。心中无恨的人，是无法这样对自己的亲爹尽孝的。

孝道是爱，孝道不是恨，这是多清楚的基本逻辑啊。王惊雷问道，袁小海怎么就能欺骗那么多的丹青民众呢？院长说因为伪孝道比孝道更像孝道，伪文化比文化更像文化，伪君子比君子更像君子，伪真相比真相更像真相，所以呢，伪孝子比孝子更像孝子。惊雷，就凭我和你，就凭我们医院，我们无力还原这个真相。而袁小海却能够永葆伪装。他的伪装，比我们的真相，要大得太多太多。

王惊雷一步跨进坑里，他说院长，要是照你这么说，咱们干脆让人埋了，不就拉倒了，还折腾什么？院长说即便被埋，那也要被真相所埋，要用伪装埋我？我不认，你认不认？王惊雷跳出坑，哈哈，激将法还真好使。我才不会让人埋我，我还得看看袁小海是怎么被埋的。院长说惊雷，你又越级了，激将法只能是上对下，岂能是下对上？王惊雷说什么上下，大难临头还搞这个，多无聊啊。

二十三

　　小刘将赴加拿大见女友，何无疆带他出去做了九台手术，周六和周日两天，市四院五台，市九院四台。平时走台子，何无疆从来不带助手，请他做手术的医院会做好所有安排，用不着他带人。两人站得腰酸腿疼，何无疆把全部手术费一分为二，分给小刘一半，他说算我送你的往返机票，个人前途第一，怎么选择我都理解。不过我真是希望你能够回来。假以时日，你的成就一定在我之上，你是我带过的最有悟性的学生。小刘摇头，老师，我永远都超不过你。你还记得那个吃馄饨卡住的患者吗？我当时一进病房，大脑的第一反应就是，如果这个患者死了，他的老伴一定会闹事，因为他们相依为命，感情太深，她绝对不能接受这种突发性死亡。所以我绝对不能给她留下任何把柄，我所做的一切救治措施必须完全合乎规范。就算他死了，官司打到天边去，我没有任何错误。老师，这就是我和你最大的不同，你没有杂念，你只想救人，你才是真正的医生。何无疆说错了，小韩才没有杂念，他什么都没想就下刀了。我当时想的和你一样，你想到的我都想到了。我是掂量过后才举的刀。

小刘走了。老王也走了。老王还是当他的急救中心主任，到丹青市最大的外资医院，爱命医院。这医院在丹青市东部，依山傍水，建筑风格如豪华度假村，没有一座高楼，主楼不过九层，附楼八座，整个建筑群采用朱红色调，低调沉稳。爱命医院建于五年前，发展得不温不火，对其他医院一直没构成什么威胁。医疗政策放开后，外资医院和私立医院再不受药价只准加15%的限制，一切收费实行自行定价。爱命医院一夜东风催花开，迅速崛起壮大，它定位贵族路线，价格贵得惊人，护士训练得比五星级酒店服务员还要善解人意。这里没有人事处，却有人力资源部，这个部门挖走了丹青市各医院的许多骨干。爱命医院已成为丹青市所有公立医院的头号公敌，每逢卫生局召开全市医院院长会议，讨伐爱命医院已成为每个医院的迫切诉求，卫生局长恨得咬牙切齿，却是无可奈何。这些年，他把这些私立医院捏得死死的，隔三岔五派个检查督导组下去，查药价查病历查医生行医资格证，什么都查，稍有疑问，重罚，甚至停业整顿。这下子好了，这些私立医院自由了，他卫生局管不着了。就像报复一样，爱命医院不择手段，用高薪加分红挖走了丹青市各医院无数尖端人才。局长对院长们拍桌子，跟我诉苦有什么用？我老母鸡护小鸡一样，护了你们多少年。这些年我一手护着你们，一手卡着那些外资医院私立医院的脖子，我硬是大气都没让他们喘上一口。他们喘得欢了，咱们就没气了。关起门来说句话，真正能干活的人才，一个都不许再放走。威胁、利诱，不管用什么手段，你把人才给我留住了。谁的医院再敢流失人才，你把院长的帽子给我交回来。

院长刚开完会回来，老王就来找他辞职，院长如雷轰顶，拉着老王的手低声下气好半天。他在会上受到严厉批评，他的脑外科副主任、妇产科主任，还有检验科两个医生，都奔着高薪分红而去了。他的医院损失最大，因为他的医院力量最强，尖端医生最多。这里已成为爱命医院的头号靶子。局长说再走一个人才就摘掉他的乌纱帽。如果可以，他多么想让这顶乌纱帽化成传说中的血滴子，立马飞出去取了爱命医院老板的人头。

院长开出很多条件给老王，安排子女在医院就业；优先挑选医院的集资分房；年底当选全市卫生系统先进；急救中心干了多年，受委屈了，不行就换个科室吧。

老王油盐不进，铁了心要走，院长气得热泪滚滚，抹把眼泪，拉着老王参观了自己的四个办公室。狡兔只有三窟，院长却有四窟，一窟在地下室，二窟在后院家属院的单身宿舍楼，三窟在病房楼顶层大平台上的电梯值班房，四窟就是众所周知的院长办公室，内里却暗藏杀机。院长拉开大书柜，像武侠电影中的邪教教主般，伸手拧动机关，机关不是电影中常见的佛头、太极盘之类，而是一只袖珍版白骨精。医院每个科室都有这样的模型，真人大小的人体骨骼模型，乍看就是金箍棒下被打回原形的白骨精。院长的白骨精只有半尺来高，小巧玲珑，黑洞般的眼眶，万语千言深不见底。

白骨精被院长拧得转了个身，无声无息地，书柜霎时侧移，墙上露出一扇门，这是一间密室，情况危急时，院长可化身东瀛武士，立地土遁。院长和老王钻进密室，书柜鬼魅般复位。院长的四窟，除了办公桌沙发电脑电话，最让老王感慨的装备，是俄罗斯军用望远镜，每当医闹队伍堵门，院长是他们的主攻目标，哪里敢露头，只得转战四窟，用望远镜洞观全局，根据战况随时调整应敌方针。

　　院长哽咽，光你们委屈？这些年我容易吗？我是医生出身，我知道医生所有的苦。你们跟着我干，来事了，我不能把你们推出去任他们打任他们杀任他们拖着游街任他们拖到灵堂给死人下跪。我当一把手，好事坏事我都得先上，我上！我跟他们磨跟他们谈跟他们委曲求全跟他们割地赔款，不给钱他们没完没了，可回回狮子大开口，我得先隐身，耗他们，耗得差不多了，我出来一点一点往下压价。前不久袁如海的事，花了多少钱了，还是没法了结。我们上哪儿说理去？不被打死杀死，没人管我们的事，没人管啊。去年一年医院赔出去1223万，其中真正的医疗事故赔款不到二百万。真是误诊真是事故真是我们的责任，当事人家属都是走法律途径进行医疗事故司法鉴定，判赔多少我们都认，我们应该赔的，没有二话。凡是来堵门的，全是不占理的！占理的跟我们打官司；半占理的到医疗调解委员会，患者和医生在这个部门达成协议，私了完事。只有不占理的才堵我们的门。就这么一笔一笔往里砸钱，没个尽头啊，全社会都说医院喝人血，我们的血又被谁喝了？去年医院总收入六个亿，其中药品收入三亿，全国公立医院药品利润都是铁定的15%。另外三个亿的治疗等费用，医院利润是20%，谁来给我们算算账？我们医院去年利润总计是一亿五千万元。我都不知道年底奖金能不能发得出来。我们的大楼是贷款建的，年年巨额还贷；高端医疗设备动辄几百万一台，24小时开机使用，总是成本还没收回，机器就用坏了；病房楼三五年一装修，不装修就落伍，落伍就没人住；家属楼不盖，新进来的职工没房子住，拢不住人；全院职工加上离退休的，两千多人的工资奖金福利，我是天天左算右算，焦头烂额。说我们姓公，每年的拨款不够吃饭；说我们姓私，我们一切得按规定规章规则出牌。你说这牌我怎么打？我拿什么跟爱命医院的老板过招？

院长越说越悲愤，干脆拉开抽屉，一把拽出个假发套扔到桌子上。这是个板栗色的大波浪假发套，挺风情的，院长说我帽子都要被摘了，这张脸我也不要了，看吧，你看看吧，当那些人把所有大门都堵住，我车开不进来，人走不进来，那些人一见我就抱大腿，揪领子，缠住不放。我无路可走，我从太平间临街小门进来，太平间里常年有我一张担架床，我躺上去，戴上这个假发套，长头发露出来，白被单拉脸上，双手放胸前，我装成女尸，太平间贺师傅推着我一溜小跑，把我推到办公楼。我长年累月就是这么过的。除了医闹，我还得扛着卫生局卫生厅行风办省市医保中心，今天来督导，明天来检查，查查查，罚罚罚。和医闹一样，最终都是要钱，是神是鬼都得用钱砸。医院不创收，我领着全院职工喝风吗？都说咱们是白衣恶魔，只认钱不认人，我搞不起慈善啊。我领着你们当天使吧，没奖金没福利没房子，谁还跟着我干啊。这几年骨干人才不断流失，我不搞创收我一个人也留不住。昨天接到文件，要求提高医疗服务水准，细则N条，第一条，即日起全市医护人员对患者实行礼貌用语和微笑服务，微笑标准参照宾馆酒店，见人露出八颗牙。我就不明白，我们学医的十年寒窗，什么时候沦落成服务员了？这社会是要我们的医术还是要那八颗牙？再说了，对着癌症晚期患者那样笑，那不是幸灾乐祸吗？别说患者想杀人，我还想杀人呢。

老王根本插不上话，他今天大开了眼界，见识了望远镜、白骨精，还有假发套，他很震撼。他从没想过，院长的日子并不比他们好过，甚至还要更难过。放眼四周，简直没一个好过的，个个满肚子苦满肚子怨，苦久了，怨稠了，就成了恨，个个都恨，谁都恨，都恨人，恨来恨去，恨得救护车永远不能畅行，恨得不该死的无辜者死了一个又一个。也不知道下一个死的会是谁。也不知道这种找不着凶手的死亡何时才能有个尽头。

老王和院长执手相看泪眼，竟无语凝噎。最终院长表态，去吧，我放你走。咱们君子协定，你们不能从我这里再挖人了。我自问对得起你，你新老板要是再敢盘算我的人，你别怪我翻脸无情。集资房尾款你还没交吧？再挖我的人，前期款项退还，房子我不给了。老王频频点头，满脸郑重，院长，我这代人是老观念，认公不认私，不到万不得已，谁愿意跟着私人老板干？可是上有老下有小，几个老的整天生病，小的念书、就业、买房，我哪个都得管好，我只能把自己给卖了，卖上个十年八年的，老的小的就都圆满了。对不起你了，院长。我不会从咱们这儿带走任何人，但我此后只是个打工的，老板的事我也管不了啊。院长说我更管不了了，我就只能管房子，从今天起，谁走我收谁的房。

医院新盖的集资房，每平米八千多元，地段绝佳，市场价近两万元。房子已验收完，就差给职工发钥匙了。院长决定延期发放，先把这段危险期顶过去再说。

老王临走，不让任何人给他送行。他是自己给自己送的行，送行酒都是不能单喝的，于是老王盛情相邀何无疆和王惊雷陪酒，何无疆又拉上了手术室黄海。四个人打车赶赴指定地点，进了包间，老王说我就带了两瓶酒，咱们谁也别喝多。还有，谁也别跟我抢账单，今天这顿饭，是我平生首次签单，这里是爱命医院的定点食堂。何无疆说食堂太豪华，气人。王惊雷说天天吃这样的食堂，那可真够养生的。黄海指着碗里的冬虫夏草，问老王，天天这么吃？老王淡定颔首。黄海惊叫，那你们老板还不得破产？这可别是蚯蚓晒干冒充的吧？老王说兄弟们，这是科主任级别的食堂，普通医生另有食堂，不过吃得也都很好。什么叫作重视人才？我们老板说了，那就是要让人才吃好喝好住好玩好，衣食住行都好了，人才就会好好干活，安心干活，如此就是双赢。

酒过三巡，黄海忍不住问老王，就我，你们老板给什么价？

老王说跟我同价，来不来？黄海望向何无疆，何无疆说别看我，也别跟我报价。我不能听到大额数字，听到了就会失眠。老王你别干扰我睡眠质量。老王转过头看着王惊雷，王惊雷低声说，你别看我，我走不了。我跟袁小海没个了断，哪里也不会去。老王说你走了，就是最好的了断。你要不走，只要袁小海打赢官司，你的行医资格证就难保了。到那时你得封刀。心脏之王啊，封刀是什么滋味？王惊雷喝酒，喝了两杯才说，你们老板干什么吃的？他要连行医资格证都给我解决不了，他还能在丹青呼风唤雨？就这么吧，我要真封刀了，我就找你。老王说为什么明知结果，还要印证结果？何无疆拍拍老王的肩膀，不懂了吧？这就是了断，了断如赌博，岂能不下注。惊雷把毕生职业生涯都给押上了，袁小海押的是孝道，王惊雷押的是医学。

王惊雷说无疆，你又漏掉关键词，伪孝道和真医学。咱们这个职业，干久了都很乏味，今天咱也搞点业余爱好，时尚时尚，就这样，你们就跟着下注吧，就像跑马那样，你们买谁赢？何无疆说我只懂医学，这年龄不能再涉足新领域，我就医学了。黄海说我也是孝子，咱们哪个不是孝子？凡是在医院陪老人看病的，给老人掏钱的，夜里头陪床的，哪个不是孝子？都是。可是现在这事儿就是这么邪行，袁小海从不陪他爹，从不给他爹花半毛钱，他怎么就成了大孝子呢。不错，他爹比咱们的爹都值钱，他爹每年能花上百万，可那钱是谁掏的？那是丹青财政买的单，那是丹青大众的血汗钱。要是这么说，袁如海还是他爹吗？袁如海简直就是丹青大众的爹。我还非要看看到底什么才是孝道，就冲着孝道，我买医学。老王说多么希望你们都能来。可我老板开出这么高的价码，那可不是冲着孝道，那得是冲着医学吧。就医学，我跟了。王惊雷举杯，其实咱们都很清楚，本次赌局只会赔光。医学没有任何胜算。就目前态势，袁小海是必胜的。所以特别感激，你们都愿意跟着我赔。何无疆说不要多情，我们都是医生，做医生的不信医学，那还能信什么？职业信仰也是信仰，医生的信仰就是医学，就是生命。

二十四

　　是个大晴天，少见的大晴天，万里无云，阳光白亮亮的，融化的冰雪般，泛着刺眼的光。丹青市每到夏末秋初，总有一阵子秋雨缠人，下几分钟停几小时，接着再下，整天整月也不见个晴好的天。何无疆下车，看看天望望地，心情就像逃学般，很爽。他很少能在上午出来，今天太特殊，他查完房就走了。他的车停在监狱门口，已经半个小时。

　　梁小糖走出监狱，头也没回，他并没有四下张望，他直奔这辆车而来，仿佛算准了会有专车接他。梁小糖上车，何无疆说祝贺自由，小糖。梁小糖说你也不问问我去哪儿？何无疆咦呀一声，小糖，你不就是杀人吗？我挺支持你的，有些人确实该杀。但是杀人之前，你得把那笔账给我清了。你不能欠着账上刑场。我从来不信鬼神不信轮回不信下辈子。穿白衣的都不信这些，鬼神全是人造产品，极少数人造出来专用来忽悠极大多数的人。造神的没有一个信神的。当然，从心理医学来讲，鬼神的存在有其合理性，等同于精神麻醉剂。你别跟我说下辈子，人没有下辈子，除了天地光阴，世间所有生命都是过客，过完就没了。我经手死人无数，医院里哪一张床上没死过人？我每天工作累个半死，我就是想把患者留在这辈子！人要真能投胎转世，世上就不必有我们这个职业了。那笔账你必须这辈子还给我。还完了再去杀人，记住要把功夫练好，一刀致命，别杀个半死弄到医院来，上周我给一个挨了二十几刀的女人做手术，救过来了。这凶手太窝囊，你可别这么不中用。

梁小糖哈哈大笑，笑完了低下头不说话，何无疆也不说，一路沉默。路上有点堵，车走得慢，何无疆把车开到一个商场停车场，这是丹青市最大的仓储式商场，老板是何无疆的患者，在他手下割过肺肿瘤。他们很熟，也很近，这老板全家族有病都找他看。何无疆有无数这样的患者，三教九流干什么的都有，很多事对他而言，只是一个电话的事。但梁小糖的事他没用电话解决，他亲自来找了一趟老板，席间把所有的细节都敲定了。

何无疆说小糖，你没亲人可投奔，我给你找了个活，你得养活自己，你得还账。何无疆打电话，很快，老板带着助理亲自迎出来了，何无疆给双方做介绍，老板对梁小糖说，英雄，何主任说你想当英雄，先跟我干吧，把功夫练好再出去替天行道。梁小糖表情复杂。他说谢谢老板收留，我这种人都没人要的。老板说好好干，现在就去办手续换工服，今天正式上班，先从码货干起，重体力劳动，不能偷懒。我这里管吃管住，工资加奖金每月从三千元开始，宿舍四个人一间。干好了我给你升职！

何无疆给梁小糖一个旧手机，一只信封。何无疆说小糖，有事给我打电话。从下个月开始，每月初你还我二百元，咱们分期付款，慢慢来。我知道你身上没钱，这信封里头是零花钱。这个钱不用还，这是我给你的。梁小糖问，为什么？为什么这样？何无疆和老板握手道别，上车，发动汽车，他按下车窗，说，因为你是梁小糖。因为那笔钱把我们都弄丢了，我们狂跑十五年，可我们始终站在原地。一切如旧。天空很近太阳很暖，好好干吧。记住，每月初来找我，我等着你。

何无疆煞费苦心，想把梁小糖拉回十五年前。他一直以为那笔钱对自己造成了精神重创，却不知梁小糖比他受伤更重，几乎粉身碎骨。梁小糖已成为老李口中的无药可救型犯人，老李断定，他要么回监狱要么上刑场，没有任何别的可能。何无疆从来不信邪，他救活过无数命悬一线的患者。和死神交手二十年，他始终是赢家。他和梁小糖从医患关系开始，一步步沉沦，一度甚至成为至亲。第一次手术，他们关系质变，从医患关系成为亲人，谁都没落着好。可见医患就是医患，亲不得的。第二次手术，他终于成功地把梁小糖重置于患者序列。只有归于这个序列，他才能救活他。

梁小糖在商场干得不错，除了过于沉默寡言，没犯过错。三个月后他升为小领班，工资涨了五百元。梁小糖每月初来找何无疆，钱到，人不见。何无疆每月一日早晨，打开办公室的门，地上会有一只信封，印着商场广告语的信封，里头装了二百元，从来不多，从来不少。梁小糖是在每月的 30 日或 31 日，深夜或者大清早，从门缝塞进去的。何无疆发短信：收到。好吗？梁小糖回复：我很好，放心。中秋节时，何无疆开车给梁小糖拉过去一后备厢的东西，吃的穿的用的，什么都有。梁小糖领他在商场食堂吃饭，何无疆这才真的放心，梁小糖脸上一派祥和，没有戾气，也没有不平，三十几岁的准中年男人该是什么样子，梁小糖就是什么样子。何无疆挺得意的，他向滔滔表功，说浪子回头你见过没？滔滔说我就不信梁小糖真能改邪归正，狗改不了吃屎鬼改不了吃人，他天生就是个蹲监狱的货色。

滔滔历来就是个乌鸦嘴，从不咒人的人若是放出狠话，那就差不多相当于咒语，分外灵验。大半年后，梁小糖从商场不辞而别，每月二百元的还款戛然而止，手机也停机了。梁小糖失踪了，再次失踪了。何无疆过上几天，就在网上百度一下梁小糖的名字，杀人放火总是会有消息的。但他什么也没搜到，梁小糖这回玩得更绝，人间蒸发。

何无疆每月一日的清晨，开了办公室的门，左找右找，落落寡欢。韩心智说，何老师，不就是二百元吗？何必这么惦念。何无疆反问，就是二百元吗？韩心智说要是月月都有，直至还清，那就不是钱的事情了。可是这么中断了，那不也就只剩下钱了吗？何无疆说这钱可真够大的，九千多块，还了十五年。韩心智说债多不愁，他把这笔钱给跨过去了。何无疆说错了，真要能跨，他就没这十五年了。他心眼小，跨不过去人，也跨不过去钱，更跨不过去自己。韩心智就说，何老师，你不也是同样吗？何无疆不悦，我早就过去了。韩心智说你要真过去了，你干吗还要让他还钱？就此两清才是新的开始。何无疆说我早清了，我是怕他清不了，我才让他从头来过的。韩心智说从头多可怕，没人想要从头。两个人要是真好，每天都是从头，每时每刻都是从头。何无疆看着门口的地板，再没开口。

老王走后，院长经常到各科室转悠，几个重要科室一坐大半天，嘘寒问暖，殷切备至。韩心智问何无疆，咱们院长葫芦里卖的什么药？昨天竟然亲手帮我整理两份病历，还说老看电脑伤眼睛，送给我一包枸杞。何无疆也搞不懂，院长最近频频送礼，刚给他办公室送了一大盆仙人掌，说吸毒效果很好。更离奇的事情发生在家里，晚上九点多，何无疆给滔滔剪头发，滔滔每年换个发型，今年是直板，发梢需要剪得齐整又有层次，何无疆的手使起刀子剪子，准头远强过理发师，一溜儿下去，从不带回剪子的，只是他必须使用手术刀剪，家常刀剪他没感觉。门铃响，何无疆一开门就惊呆了，院长抱着大包小包站在门口，笑容标准，正好露出八颗牙。何无疆快如闪电，把手上的刀子剪子塞进了睡衣口袋。院长的礼物很杂，海鲜、干货、豆浆机豆芽机酸奶机，还有一台最新款的紫砂汤煲。宾主双方热烈寒暄，绕了几分钟，院长说到老王，问何无疆有没联系。何无疆说都挺忙的，各忙各的。院长说都说爱命医院是什么外资？外资不假，可这外资是从丹青出国旅游又转回头的，真老板可不是面儿上那位，要是知道他是谁，根本就不会有人去。何无疆频频点头。滔滔插话，院长你告诉大家他是谁，就不会有那么多人走了。何无疆说洗水果去。院长说真是个贤内助。院长又问，医院集资房，你的多大？何无疆说150平方米，我这职务只能要这么大的。院长说我的180平方米，我嫌大，我跟你换换吧。何无疆说不不不。院长说就这么定了。你回头把差额给我就行了。

何无疆和滔滔送院长到楼下，院长深情地说，阿疆，真不能失去你。院长生在广东长在丹青，只有在特别激动的时刻，才会迸出一句半句广东方言。何无疆和滔滔半夜还没睡着，想破了头，滔滔说我看就是黄鼠狼给鸡拜年，他是不是要给你安排副主任？先礼后兵。何无疆说几个大科室这两年都没设副主任，不然个个枕戈待旦，搞内耗，工作干不成。我那里老赵老钱老孙，资历年龄能力都差不多，都找过他，他傻了才会提拔一个得罪两个。滔滔说那就是爱命医院老板找你的事，让他知道了。何无疆说老王领着他的新老板，每次找我都很隐蔽，都是在郊外碰的头，医院没人看见。滔滔说老王会不会是双料间谍？他想给新老板立功，又怕院长收他的房，两头报料，两头买好？何无疆说你谍战片看多了，老王不是那种人。仗义每多屠狗辈，负心从来富贵人。我和老王是寒窑住出来的交情。滔滔反击，寒窑有屁用，你对梁小糖，那还是过命的恩情呢，都是喂不熟的。我告诉你呀，如果有朝一日梁小糖再被抬到你跟前，你要是再敢救他，我就不过了，无疆，我真就不过了，我一想起他来就眼冒金星。

及时转移话题是很重要的，何无疆眉头紧锁做思考状，他说爱命医院老板的真实身份极为隐秘，院长怎么会知道呢。滔滔问是什么人。何无疆说我也不知道，其实就连老王都不知道。我和老王所见到的老板，看样子是个傀儡。滔滔说你明天去套套院长的话。何无疆说我要是能套他，就不是他管我了。滔滔说那房子的事情呢，咱俩要住进180平方米的，会不会太扎眼。何无疆大笑，把被子都蹬掉了，他说那个房好出名哦，至少已经许给不下十个人了。没人要，还能往下接着许。他的名言是，我连房子都让给你，你摸摸胸口，你真能走？老王学给我的。滔滔拍心口，气死我了，没好人了。我刚才还想着天上掉下个大馅饼，足足30平方米啊，卖了能赚，住着舒服。何无疆说你比咱们那位西北嫂子婉约多了，院长去他家时，王惊雷还没回来，她一听换房，当场就要跟院长去ATM机上取款，把院长吓得落荒而逃，估计以后再不敢轻视贤内助的威力了。滔滔捶打胸口，女人实在是白痴，不实在是幺蛾子，说什么都是笑料。他说我也是贤内助，他骂我呢，我睡不成觉了，气的。

她只要生气，他就哄她，没原则没对错，就一个字，哄，怎么哄都成，哄到她高兴为止。他不愿意惹她生气，他亏欠她太多，多得都没法偿还。两人属于青梅竹马，小学一年级就认识，此后一直同学，考大学时，何无疆要学医，滔滔很务实，她说那职业太耗神，家里两个医生怎么行，我干个轻松点的活吧。滔滔学的是园林设计，毕业后分进丹青市园林规划局。然后结婚生子，何无疆根本管不了家事，孩子全是滔滔带大。他做主治医师第二年，滔滔自作主张，调进了丹青市人民公园。人往上走难，人往下走很容易，滔滔此举，宛若壮士断臂，个人事业和前程全线崩盘。园林规划局离家太远，人民公园就在医院对面，此后她包办了所有家事，老的小的吃的喝的穿的用的，人情交往人际关系人脉资源。她在公园上班很轻松，每年春秋两季负责两次大型花木展览，其他时间都是自己的。人到中年，她干脆每天上午下午去公园遛一圈，然后打道回府，买菜做饭洗衣拖地，说起来是职业女性，干的是不折不扣的家庭主妇的活计。

何无疆这把快刀，是两个人齐心合力，耗尽半生心血，共同祭出来的。何无疆从没有外遇，调情是个技术活，偷情是个体力活，外遇是闲人的游戏，何无疆从没闲过，他玩不起。何无疆有情敌，他此生唯一的情敌是香港某天王，他很乐得有这么个情敌，看得见摸不着，自是有比无强。情敌来丹青开全球巡回演唱会时，何无疆托前患者搞了两张好票，陪同滔滔前往观看。滔滔几天说不出话来，嗓子都喊哑了，由于整晚举着荧光棒振臂狂呼，肩周炎也搞犯了。何无疆又买来情敌的半裸体签名大海报，滔滔看得目光发痴，状如怀春少女，何无疆说看什么看，看他那乳房比你还大，人妖一个嘛。滔滔愤怒，这是胸大肌！你忌妒了吧？看看何无疆的脸色，滔滔又问，要不卷起来吧？免得你老是吃醋。何无疆说千万别卷，我衷心祝他老人家美色永存，长驻你心。

何无疆半夜时常被叫走，120拉来重患者，车祸或斗殴性质的，属于大手术的，他都得上，做完就在办公室沙发上眯一会儿，接着上班。凡有大手术做完，他会马上往家里打个电话，跟她说一句没事，睡吧。家里电话在客厅沙发旁的茶几上，他总是一拨，她就接了。他知道从他下床出门起，她就坐在客厅一直等，等着他跟她报一声平安。有时坐半夜，有时坐一夜。他夜里去做过无数台手术，她同样熬过无数个长夜，她比所有的患者家属都要虔诚，虔诚地祈祷患者平安，手术顺利。家属只是担心自家患者，她却担心着每一个患者，她总在担心，总在祈祷。她从不给他打电话，怕影响他做手术，她只能等。就这么等了二十个年头，等得他和她，还有情敌，都生出了白发，不再年轻了。

眼看着医院的同事来来去去，该走的早走了，不该走的也走了。何无疆有时也难免心旌摇动。走不走呢，他每天都要问自己。烦了，累了，愤怒了，痛苦了，他就给老王打电话。老王就说来吧。何无疆就说好的。老王直等得花儿都谢了，何无疆还是没挪窝。老王说无疆，不带这么耍人的。何无疆说有顾虑，你得落实你老板，我连老板都不知道是谁，我怎么去？老王说不知道最好，我就乐意不知道。不定哪天树倒猢狲散，也不至于牵连咱们这些个干活的。何无疆说怎么不牵连，医院要是倒闭了，咱们不都得重新开始？老王说无疆，老板为什么那么神秘？无非就是个不能见光嘛。什么人不能见光？猪脑子都不用猜，明摆着的事儿。这种人这种事多了，玩死自己的也多了。可是这么赚钱的医院，你怕它倒闭？那你可真是脑子进水。无数事实告诉我们，老板可以死，老板可以换，医院呢，只要它能挣钱，它就会永立丹青。据传言，就这个爱命医院，已经换过好几茬老板了。何无疆说我只关心，那几个前老板，是不是被医院给克死的？老王说，什么说法都有，但是据我来看，就光是医院这块地，也足够克死人了。何无疆说死地最能旺财。听说你那里的园林，比公园还要威武雄壮，等花开了，我来踏青。老王说随时恭候，我和傀儡老板陪你观光。

花开，花又开，何无疆始终没去爱命医院赏花。他的观光胜地本是公园，家门口走几步，就进了公园，春有百花秋有月，夏有蛙鸣冬有雪，熟人熟地特别安心。后经王惊雷大力推介，何无疆积极拓展观赏范畴，也成了太平间的常客。每当坐在海棠树下的棋盘旁，任他楚河汉界，管他风起云涌，何无疆总会打盹，打上个十几分钟，再睁眼，王惊雷和贺师傅仍是翻江倒海，虎啸龙吟。何无疆无声地离去，连招呼都不打，就没了人影。贺师傅就问，惊雷，他不懂棋？王惊雷说哪里，我都下不过他。贺师傅奇怪，这盘棋局摆了这么多年，院长从来就没赢过我，而我从没赢过你，惊雷，我还以为你是医院的棋王呢。王惊雷当仁不让，那是，何无疆打盹的时候，我就是王。

二十五

　　医院给袁如海的病房安装了五只视频头，东南西北外加正中央，全方位，多角度，连只苍蝇飞进来都无处遁形。那两个护工抗议，说侵犯患者隐私，别的病房为什么没有安装？周尚礼说顶级患者就得顶级待遇，别的病房太普通，都不配使用顶级装备。两个护工当场就要给袁小海打电话，周尚礼说你们俩必须要弄清楚一个问题，这个问题是纲，其余都是目。这个问题就是，你们的雇主到底是谁？是袁小海主任吗？不是哦。你们的工资是袁如海老先生的单位按月发放的，工资挺高的，比在乡下种田，比在建筑工地打工强太多了。你们的雇主不是个人，而是单位耶。只有单位才会这么爽快仁慈，对不对？并且咱们都是为人子女的，家里头都有爹娘要孝敬，这十四年来，袁小海主任是怎么对袁如海老先生尽孝的，别人不清楚，你们可都是看得明明白白的。小海主任的孝道，你们不觉得比二十四孝还要雷焦人心吗？两个护工你看看我，我看看你，四只眼睛齐齐望向周尚礼，重重点头。周尚礼拍拍胸口，说，扪心无愧才是大孝，很好，咱们已经有共识了。你们再想想，这么多年来，医院各科室也算对得起你们吧，每逢佳节，我们何主任王主任赵主任李主任等等，还有各科室护士，哪回也没忘了给你们送吃送喝表心意吧，粽子月饼元宵饺子馄饨，烧鸡烤鸭啤酒牛奶鲜桃，哪个节令也没忘记你们吧。两位兄弟，日久见人心呀。这些年除了我们，还有别人这样关心和惦记过你们吗？我认真地做了调查研究，真是从来就没有其他人来关心过你们啊。这真是太不公平了。我什么都能忍就是不能忍受不公平，我替你们不能忍。我个人觉得你们工作特别重要，岗位特别辛苦，人品特别正派，特别让人放心，所以我专门跟院里做了特别汇报，我为你们争取了一份特别津贴补助。鉴于你们多年来为陪护我院重点患者袁如海老先生所做出的特别贡献，自本年度元月起，我们每月补给你们一份相当于原工资的陪护费，今年的一次性结清！两位兄弟，你们是双薪哦，比公务员还牛还践还拉风呢。

王惊雷站在周尚礼身后，听到实在听不下去，转身出了病房。他不得不佩服周尚礼，怎么就能把那些粽子月饼饺子端上台面来说，还说得那么感人肺腑，那些东西都是患者家属送给医生和护士的，有时吃不完，大家看这两个护工整天在食堂吃得清汤寡水的，就随手送给了他们。这明明是医生和护士的个人行为，是正常人对更弱势者的本能关照，偏被说成了医院对陪护人员的节日慰问，这实在很扯淡。至于发双薪，那是院长指示周尚礼速对两个护工采取措施，周尚礼只用区区十几分钟，就把两个护工策反成功。王惊雷想到周尚礼的绰号，荷花大叔，不由哼哼笑出声来，他可真能口吐莲花啊。

袁小海多年来对两个护工从没在意过，他工作太忙，上头领导太多，哪个都不能得罪，哪个都要招呼好。那眼神就顾不上往下面看，下面的都是群众，都是不如自己的人，看多了着实浪费表情。再说群众这种东西也太过于抽象，群众说谁好群众说谁坏，那都不要紧，群众就是一句顶一万句的那一万句，口水说干也都是泡沫。袁小海只在乎一句，在乎说一句顶一万句的那张嘴，那张嘴长在局长的下巴上，袁小海只把局长的话当作圣意来接旨。

袁小海对局长情深义重，局长还是副局长时，他就超级看好他。他的眼神奇准，准过巴菲特看股票。副局长老父病逝，袁小海星夜驱车七八个小时，满身缟素地跪在灵堂上，直哭得山河变色草木含悲，势如孟姜女哭长城，都哭昏过去了，弄得副局长全家只得全程陪哭，全都把嗓子喊哑了，不然众多乡亲都分不清楚哪个才是正牌孝子。所以袁小海和副局长远不是普通的上下级关系，也不是庸俗的酒肉之交，他们是哭灵哭出来的交情。副局长成为局长后，全局上下都知道袁小海主任迟早升职，他将大踏步地挺进副厅级职务，比当年解放战争的百万雄师还要摧枯拉朽势如破竹。

局长妻子检查出脑部生了胶质瘤，袁小海比局长还着急，嘴角都急出了泡，到处托关系找人脉，迅速搭上了省肿瘤医院脑外科赵主任，把嫂夫人的脑袋飞快地送到了赵主任的刀口下。赵主任是全省做该类别手术的头把刀，这手术难度极高，风险极大，那颗肿瘤不偏不倚地坐落在脑部神经中枢地带，稍有差池，局长妻子就是个植物人。局长和妻子感情很深，两人是风雨同舟的患难夫妻，局长从无任何花边新闻。袁小海努力向局长看齐，忍着钻心的痛苦和局里一个好了多年的女下属分手，和妻子重归于好。两对夫妻时常走动，都犹如亲戚了。局长妻子住院期间，袁小海让妻子日夜陪护，他则整天到各大寺庙为嫂夫人上香祈福，求回来一大堆造型养眼的护身符。

赵主任的手术做了四个多小时，做得极其成功。手术室门口，局长紧握住赵主任还戴着血手套的双手，摇了又摇。赵主任说局长放心，肿瘤摘得十分彻底，夫人以后再不会头疼头晕。我很负责任地告知你，夫人以后就是个正常人了。好好保养，健康长寿。局长竟无语凝噎，袁小海夫妇抱在一起喜极而泣。赵主任又说，病房里鲜花太多，还有那么多护身符什么的，有些含有香料，对患者呼吸系统会产生刺激，如果过敏怕会引起并发症感染，最好处理掉。局长说立即处理。袁小海夫妇旋风般卷向病房，把堆积如山的鲜花和护身符全部丢进了垃圾桶。

王惊雷一直等着袁小海，他算准了袁小海要找他。他是整个事件中最关键的环节，袁如海从生到死，从死到生，全是他亲自经手。医院和袁小海，双方谁也绕不过去他。那个护士虽然反水，充其量也不过是道配菜，配菜端上桌根本压不住轴，在这场殊死较量中，他王惊雷才堪称鸿门宴上的压桌主打菜。

那天院长领他见了那位壮士，三人称兄道弟，豪气干云，壮士表示找到那个护士易如反掌，吓尿那两个律师也是小菜一碟。王惊雷都产生穿越感了，觉得那几棵苹果树都幻化成桃树了，而他们三人，就是两千年前歃血对拜的刘关张。酒至半酣，壮士把酒杯"啪"地摔进那个土坑，他说院长大哥，江湖上拼的就是热血，就是替天行道，那个大孝子孝得我心里直哆嗦，没见过这么孝敬亲爹的。咱俩上次说的六折价，那是小弟我不仗义。一口价，我给你五折。他奶奶的就冲他那个孝顺劲，这几十万我权当敬天了。院长拍案而起，我也是扛过枪打过仗的人，谁还没点血性？这么多年我也受够了，这回全仗了有你这个兄弟，你要还认我这个大哥，我也一口价，我给你七折。这次可能就是我最后一次签单了。我这一辈子签了无数张窝囊死人的单子，这回我也签个痛快的。七折！

　　五折和七折，中间差了好几十万。几十万是大钱，但跟袁小海要的两千万相比，细碎得如同毛毛雨。两人一个五折，一个七折，谁也说不服谁，王惊雷眼花缭乱，使劲搞平衡，最后还是以六折定了局。

　　两天之后，那个护士被找出来。四天之后，护士答应再度反水，坚决站在医院立场上。七天之后，护士的家人和上幼儿园的孩子连续遭遇多起不明骚扰和恐吓，护士几近精神崩溃。王惊雷心如明镜，知道袁小海也使用了和院长同样的方式方法。一个二十几岁的小护士，哪里扛得住两派铁血壮士的连番争抢，她不跳楼就算得上巾帼英雄了。

袁小海是深夜出现在王惊雷家里的，敲门轻如猫挠，身影如倩女幽魂般闪现，进了屋开门见山，王主任，别无废话，我只为正义而来。我们应当联手为正义而战。说话间，随手放在茶几上一个旅行袋。王惊雷掂起来，很沉，很有分量。王惊雷说，正义在这个世界上，从来都是裸体的，它不带任何附加物。袁小海说你应该很清楚，我是必胜的。聪明人不会选择站在一艘必沉的舰船上。和我站在一起，你就是正义的一员。正义方将永远拥有全社会最海量的粉丝团。王惊雷指指两扇卧室门，微笑，小海主任，知道他们娘俩怎么叫我的？都叫了二十年了，这辈子怕是也翻不了身，他们叫我大笨蛋。袁小海也笑，笑问，王主任想过自己的结局吗？王惊雷收敛笑容，气定神闲，那还用想？医疗事故，巨额赔偿，臭名昭著，就此封刀。小海主任，说实话，我觉得你的胜算至少八成，因此我的封刀铁定地在所难免，所以我近期手术排得特别频密，多做一台是一台。袁小海说好，我真的肃然起敬。袁小海提起旅行袋要走，王惊雷犹疑片刻，问道，你不觉得我这把刀，远远不止这个价吗？袁小海转头盯着王惊雷，惊愕满目。王惊雷打个哈欠，说道，现在这人吧，其实只分两种，一种是能买的，一种是不能买的。能买的大概要占人群的99%以上。不能买的人，你给他瑞士银行外加十座城池，也没用，这种人活该被斩尽杀绝，压根就不值得同情。能买的人呢，都有个价码的概念，低价不能卖，因为涉及脸面甚至尊严，你说对不对？袁小海说对，真是英雄所见。我小看王主任了,真心对不起。袁小海拉开旅行包,倾倒在茶几上,是一大撂当下流行的彩页杂志,袁小海说,送钱这种事,岂是我堂堂国家公职人员能干得出来的。我对那种人那种事历来深恶痛绝。今晚只是来看看王主任的态度。滚滚红尘,唯有正义无价啊。王惊雷说恕不远送。袁小海说连日劳苦,很多天睡不着觉了,想洗个澡去去乏。有个前浪后浪洗浴中心很不错,就是消费太高难得一去。今晚我也去奢侈一回,高兴,为王主任高兴,也为自己高兴。王惊雷说我更高兴,我为正义高兴。

袁小海走后,王惊雷去厨房冲了杯特醇黑咖啡,一饮而光。王惊雷下了楼,四下看看,于无声处,一切似乎都和平日没有什么不同。抬头望去,五更残角月如钩,初夏的晓风,比情人的手掌还要温软,左一巴掌,右一巴掌的,拍得王惊雷心里头直发痒,禁不住哼了几句西北小调。他是哼着小调进的太平间,贺师傅正在煮茶,海棠茶。贺师傅说,都成了不眠人,上半夜周科长来找我喝茶,下半夜院长来跟我下棋,这天都快亮了,惊雷你又来了,喝茶还是下棋?王惊雷说,你这里近来很热闹呀。贺师傅说太平间可不应该热闹。太平间都是死人。这里热闹了,世道就不太平了。我都不习惯跟活人打交道了,你除外,惊雷。你知道为啥我这院子它叫太平间?因为天底下没有比生死更大的事了。是活还是死,才是头等大事。贵贱贫富和生死一比,都算不得事了。这世上吧,最恶最毒的事,是让不该死的人死了;最善最好的事,是让该死的人活了。惊雷,你会长寿多福的,你救过来的人太多了,土地爷会给你记账的。

王惊雷捏两片杯中的海棠花片，嚼巴着说，土地爷记账，老天爷记账，都顶不过人心记账。我是从来不算账的，每个人的账都不用他自己算，都是别人跟他算的。贺师傅也爱嚼泡开的海棠花片，嚼碎了吐掉，他说那是你没账，你才不用算。人要是有账，他得夜夜跟自己算总账，算得一辈子睡不着觉。为啥黑夜比白天长，那是天地鬼神专让人和自己算账的。惊雷，我真后悔啊，后悔那天夜里不该把你叫来。我应该自己熬，自己扛。扛到袁如海彻底死透。这天下谁都不该死，都该好好活着才对，只有袁如海该死，十四年前他就该死。这样子活十四年，还不如千刀万剐啊。王惊雷苦笑，我比你还后悔。我这种职业，本能就是救人。我救谁都应该，可唯独袁如海，我不应该救他。我那天晚上真应该和你一起，把他给熬死。就这么个活死人，把医院上下整得惊涛骇浪的。这场官司无论打赢打败，医院都是全输。我当年也算是走投无路来的咱们医院，院长待我如上宾，没想到我把全医院都给连累了。贺师傅拿起扫把扫院子，扫几下，抹把脸。王惊雷扭过头，不去注视那张老泪纵横的脸。贺师傅说我没家，没妻没儿没土地，农村活不下去，就到城市找口饭吃，也找不到活干，我在邻省火车站摆了个摊，乞丐摊，写个牌子说自己是残疾人，就靠当乞丐活着。二十年前，院长到那儿出差，他一眼就认出了我，我转身就跑，他就撵我，把火车票都给耽误了。他让我跟他回来，他说我们是生死之交，有他吃的就有我吃的。每年除夕，他都接我去他家过

252

年。我对不起他啊。

你和院长？王惊雷问，贺师傅，你和院长到底是什么关系？怎么这么多年，也没听你说起过。

他是院长，我是个看太平间的，有啥可说的。再说，也都是些陈年旧事了，早该入土的旧事，现在都没人再提起那些人和那些事了。贺师傅扔下扫把，狠狠捶打着海棠树干，垂着头吐出几个字，惊雷，我和院长，1979 年，我们都在越南……

海棠风起，花雨似海，没头没脑的，贺师傅和王惊雷都成了葬花人。他们的身体，就是花冢。这个夜晚有些微雨，蚕儿吐丝般，如雾如烟的，濡得两人的衣裳都湿了，湿衣黏人，更黏花，那些个花瓣儿落了满身，抖也抖不掉，拂也拂不去。不光身上，就连头上和脸上，也都是花。王惊雷是在山区长大的，他的童年岁月，从没离开过闲花野草，他喜欢花，比喜欢人还喜欢花。到县里上中学后，王惊雷常蹲地摊上看连环画。县里的同学都有独家珍藏的连环画，王惊雷没有，不仅没有，他是连见都没见过。他的童年只有花草，没有图书，也没有连环画。王惊雷开始恶补连环画，也不是什么都看，他专挑古装的来看。当代的不看，课本上都有，犯不着浪费课外光阴。那个年代的画书，古装人物从无才子佳人，只有英雄对决。当两个英雄狭路相逢，如果某一方稍有迟疑和掂量，就会遭到另一方的嘲笑，哇呀，为何不敢上得前来？莫非你就是个插花戴朵的小女子？于是两个英雄拍马上前，大打出手，或是胜负立见，或是同归于尽。也有守城的英雄，很能受气，怎么叫阵都不开城门，比缩头乌龟还要坚定。那也不要紧，只需要张弓搭箭，嗖的一声，射一只小包裹进城就行了。此招灵验至极，不消半个时辰，城门必开，守城的战将提着包裹疾驰而来，就此你死我活，成王败寇立见分晓。关键就是这只小包裹，小包裹里头是什么呢？不是檄文不是战书，而是一套女人的衣裙，外加几朵鲜花，足矣。

就是从那个时候，王惊雷认识了英雄，也懂得了英雄们的死法，以及活法。自古英雄多磨难，英雄从来就是无畏死亡的，要想让英雄快点死，那得先骂他，骂得他受不了，绷不住，热血拿头，主动寻死。怎么骂？就用性别来骂他。由于英雄都是男人，把他骂成个女人就足够了。王惊雷总结了，男人女人的本质区别不在于心灵，只在于花草。女人都爱以鲜花自喻，男人呢，要是被人说成花朵，那就是奇耻大辱，那就是生不如死。此后，王惊雷再也不敢爱花了。每次见了花，都如做贼，眼睛偷着看，心口偷着跳。当他初次来到丹青，进了医院的太平间，就是这树海棠，让王惊雷眼珠都直了，不由自主地就捧住了心口。当时贺师傅正在扫地，见状就问，你是几号冰柜的家属？王惊雷鬼使神差，指着海棠树脱口而出，是它，就是它。

太平间的海棠，总是会让王惊雷想起来那些久远的英雄。他们都是被性别给害死的。王惊雷可不想当英雄，尤其不想当个被鲜花杀死的英雄。所以他始终牢记性别，再怎么爱花，也是偷着爱，不让任何活人察觉的偷爱。丹青鲜花满城，王惊雷都看不见，看见了也装作看不见。他就只看太平间的海棠，这里都是死人，死人都是最能保守秘密的。至于活人贺师傅，王惊雷是从不担心的，因为贺师傅本身就是个英雄。英雄是什么，英雄都是被某个瞬间铸造而成的。在那个瞬间的前前后后，英雄的面目总是无比寻常的，比最寻常的凡人还要寻常。无情未必真豪杰，有情方是真英雄。真到了生死关头，非要有所出卖的时候，小人出卖同伙，凡人出卖信仰，英雄只会出卖生命，自己的生命，而绝非别人的生命。

王惊雷每次离开太平间，都会先做个自我清洁，仔仔细细地掸落身上的每片花瓣儿。这回浑身是花，连眉毛上都沾着花儿，王惊雷也顾不得收拾了，倒是贺师傅上前，抖着条看不出颜色的抹布，非要让他擦干净了再走。王惊雷推开贺师傅的手，他说你别管我，跟你相比我就是个胆小鬼，我连爱花都怕人知道。贺师傅，你才是真英雄啊。贺师傅唏嘘，惊雷，英雄就怕鬼来缠，我这英雄当的，还不如冰柜里的死尸呢。

二十六

　　王惊雷是在当头高照的红日之下，赶到前浪后浪洗浴中心的。离开太平间时是早上六点，他先到科室把自己的患者处理好，才开车去赴约。对他而言，天下任何事都大不过那些躺在病床上的患者，他们不光是他的衣食父母，更是一条条人命。人命，他看不见世上还有什么比人命更重要的事情。

　　贺师傅亲口讲述的那些往事，像当年战场上的地雷般血溅千里，直炸得王惊雷魂飞沙场，荡气横生，灵与身都越过万里关山，定格在三十六年前的杀伐征战中，怎么也回不过神来。但当王惊雷走进病房，走到病床前，面对那些患者时，他立马就吐出了一口气，吐出了心头所有的惨淡与不甘，瞬间还魂，立马化身为无比冷静理性的王医生。至于袁小海的正义，王惊雷才不着急赶着去拿呢。正义永在，急不急它都待在它该在的地方。不管以什么方式，它总是要出现，并且君临天下的。

　　周尚礼料事如神，王惊雷作为一个人类，远不是精类的对手。人与精斗，人是占不到便宜的，不被吃掉就算走运。王惊雷拿到了一笔巨款，却不是在前浪后浪洗浴中心，他上上下下把洗浴中心都找遍了，也没找到袁小海的半根毛。垂头丧气地回到停车场，拉开车门，王惊雷瞪大眼睛。驾驶位上卧着只旅行袋，正是袁小海拎进他家又提走的那只。袋里不是杂志，全是钱。王惊雷连连爆出成串的粗口，战败的公鸡般铩羽而归。

王惊雷和袁小海，可不止是人类和精类的差异，他们俩简直就是不同物种分别变异生成的。他们谈判，他们讨价还价，他们达成共识。他要钱，他给钱。他给了，他收了。他给得实实在在，他收得无凭无据。也不是无凭无据，人家给钱的肯定留下了他王惊雷收钱的如山铁证。可他怎么也证明不了这些钱是谁送的，怎么送的。他想捏住人家的脉门，却被人家不着痕迹地锁了咽喉。

如同一泡臭狗屎，王惊雷热气腾腾地端到了院长桌子上，共同分享和品尝。院长安抚道，不怪你，惊雷，你这种人天生就不是当卧底的料。你是烈士型的，干不了这种脏活。王惊雷说太失败，我这辈子除了上手术台，干什么都失败。我还有手术，这些东西就麻烦你和周科长了。

王惊雷说完就走，直奔手术室，立时就把这件事抛到了九霄云外。院长和周尚礼核点钱数，五十捆，五十万。还有一张珠宝行的翡翠手镯广告单，画面上，是半截子的皑皑皓腕，皓腕上套着个翠色欲流的镯子，一角印着两溜字：爱美的亲哦，我们的手镯伴你今生，让你戴上就不舍得摘下来。只需要先付一半钱，满意了再付全款。亲哦亲，还等什么？赶快行动吧！

这等隐喻手法，只怕是曹雪芹诈尸都写不出来。院长想撕碎广告单，又不敢撕，他说，礼，要是你去当卧底就好了，惊雷根本不行。周尚礼自惭道，战至今日，我觉得我也不行，我小看袁小海了，我只当他成了精，谁知道人家早修成魔了。院长说撑住他，耗干他的钱，他能有多少钱？请大律师，摆平护士，雇医闹队伍，策反王惊雷，哪一样不是钱？都是大钱，他撑不过咱们。袁如海多年的工资和福利都是他掌管，他妈和他姐半毛钱没见过。你想办法派人去和他妈他姐接触一下，两千万！让她们俩把多年的怨气化为行动，让袁小海窝里先乱，腹背受敌。还有，让惊雷跟他要另一半，要全额，不给全额就跟他玩退款，玩不干。折腾他，添乱，就像他给咱们添乱一样，让他时刻不得安宁，让他体内所有激素水平失调紊乱。

院长，此战之后，我们再也不怕遇见更难缠的。周尚礼说，只要能把这个鬼见愁压住，我们日后没有翻不过去的火焰山。院长颔首，这倒是真的，一辈子没见过这样的对手，生人身长鬼心，干鬼事披神装，还要享受万民香火和崇拜。那些跟着他的粉丝都瞎了吗，我看就是一群大鬼小鬼，咱们正常人都不是对手，恐怕天下也就只有钟馗才能收拾他们。这世道是什么都过剩，就缺钟馗。

院长最头疼的是那两个律师，那位壮士说最多三天就能把那俩货吓成尿失禁，可壮士自己却不幸沦为两千年前领衔主演长平之战的赵国青年军事理论家小赵先生，纸上谈兵波澜壮阔，实地作战流水落花。那俩律师吃喝拉撒样样正常，纹丝不乱，比秦始皇还要从容淡定所向披靡。因为袁小海雇了另一伙壮士保护他们，24 小时贴身伺候，寸步不离。由于两派壮士都是医闹队伍出身，属于师出同门，状如上海滩的斧头帮抢滩登陆座山雕的威虎山，飞沙走石呐喊阵阵，操练的是游击战术，施展的是草莽风范，个个只认真刀真枪，压根不玩心理战连环计那些个破烂把戏。双方实力相当，一时间杀不出个高低，谁也压不住谁。

江湖的路子走不通，那就唯有走正道了。人间正道是沧桑，院长的正道只能是局长，袁小海的局长。钱和帽子，哪个更重呢？如果二选一，袁小海会选哪一样呢？院长化身全球算账王牌葛朗台老先生，算账算得昏天暗地。在这台无限制衡的小天平上，无论怎么算，帽子都显得要比钱重上那么几克拉。这区区几克拉，就是丹青市人民医院的生死赌注。

袁小海每个月的初一和十五都要去海边待一夜，自己去，自己回，谁也不带。就把车停在海边沙滩上，车窗全打开，任凭腥咸的海风灌满胸腔。袁小海坐在驾驶位上，就着车顶灯，打开相册，一张张看，一张张摸。看一夜，摸一夜，想一夜，疼一夜，当月亮隐去，朝阳升腾，红透了海面，他会把照片收起，就如同收拾起每个黑夜。然后发动汽车掉头，绝尘而去，绝不回头，回到他的单位，回到他的舞台，继续着袁主任的角色。

这些照片，全是合影，袁小海和袁如海的合影。从袁小海满月，到他的童年少年和青春期，以及成年后的漫漫人生，袁如海从未离开过他，他始终和他在一起，始终站在他的身边。他是他的爸爸，他是他的儿子。他给了他一切。他却拿走了他的所有。

袁小海就这么在海边挨过了十四年，风雨无阻，从不变更。自从十四年前的那个夜晚，袁小海面对医生深度探究的眼神，一字字吐出那句话后，他就养成了到海边过夜的习惯。他的习惯就是他的人生，谁也改变不了，包括他自己。只有在这里，他才可以暂时摆脱这个无处不在的世界，他才可以和他的爸爸面对面地好好待一待。就他们两个人，只有他们两个人，就仿佛很久很久的从前。

十四年前，袁小海对医生说的是，我要我爸爸活着，我要他活着，活下去，植物人也要活下去。袁小海没有选择，他很清醒。他没有退路，他只能这么做。当时他所在的企业濒临破产，工资都发不出来，妻子要离婚，孩子要治病，他必须要跟袁如海的单位讨还公道。当他得到公道，调进了那个机关，他才懂得这些地方为什么会被称作机关。机关就是机关，到处都是机关，连空气里头都布满了机关，比地下陵墓还多还密还能把他射得穿心透背的机关。他是机关里最小的办事员，跑腿打杂端茶倒水，和陵墓门口的守墓兽一样，风吹雨打，随人揉弄，任何人都可以轻易将他搓扁捏圆。这样的一辈子，和植物人又有什么分别？袁小海不愿意这么活下去，这样活着太对不起爸爸，对不起爸爸那没边没涯的僵尸岁月。他要反击，绝地反击，成王败寇马上封侯，袁如海就是他胯下的汗血宝马。身强力壮跨战马，驰骋疆场把敌杀。十四年来，袁小海过五关斩六将，马背上挂满了敌人的首级。他要走到底。上了哪条道，都唯有走到底。上了机关的道，就只有往上走，往上往上，再往上，直上到那所有的机关都再也伤不到他。

袁小海常去医院看父亲，他在人前叫他父亲，这是机关的叫法。他在海边叫他爸爸，这是他自己的叫法。父亲和爸爸，根本不是同一个人。在袁小海的心里，早已把他们分成了两个人。不分成两个人，他知道自己会发疯的，他会开着汽车直冲大海。他不能蹈海，他还有父母妻儿亲朋好友，他还有情人敌人海量粉丝，那么多的眼睛在看着他，那么大的舞台在等着他。他只能往上走，唯有往上走。直走到最耀眼的聚光灯下。

袁小海点了支烟，吸两口，吐出来。他的手指轻触着袁如海的脸，照片上的脸，那张脸已经毛了，摸得太多太多，都摸得模糊了。袁小海闭紧双眼，锁牢了满眶的液体，他说爸爸，爸爸，你看，你看看小海，你看看我吧。然后，袁小海缓缓地把那支烟按在了大腿上。他的大腿根有块疤，十四年的烟头烙出的疤痕。他烙了自己十四年，烙得那块疤痕结成了茧，结成了茧就不会疼了。

王惊雷和何无疆，何无疆和赵主任，赵主任和局长夫妇，局长和赵主任，赵主任和院长，院长和局长。这所有的关系你连着我，我牵着你，最终牵连成功，牵得局长和院长坐到了同一张饭桌上，饭桌上唯一的陪客就是赵主任。这三个人都是平时很难请得动的牛人，但当局长请了赵主任，赵主任又要回请局长时，局长牛劲全消，赵主任是妻子的救命恩人，局长牛不起来，温顺得如同刚打过小盹的家养波斯猫，喵喵两声，嗖地就蹿到了指定的饭桌上。赵主任郑重推出头道压桌冷盘，院长，局长已是后退无路。院长时而小溪潺潺，时而飞流直下，把袁如海袁小海和医院之间的十四年恩怨梳理得清澈见底，片瓦不留，把即将面对的官司乾坤大挪移，直接给端到了局长盘子里。院长说，这场官司势必造成广泛恶劣的影响。受损的何止医院，袁如海老先生这些年来的巨额医疗费可都是贵局全力拨款的，这几年都是局长您亲自签的支票啊。现在的网民可都是吃了兴奋剂的，凡事都要剖个根底，那些个表哥表叔表姨表姐的，不都是被网民剖死的吗？如果我们医院对袁如海老先生多年的正常治疗属于过度医疗，那贵局岂不是一直在助纣为虐，滥花纳税人的血汗钱？局长说医学作为顶级学科，对人类贡献巨大。治病救人是医者职责，术业有专攻，学海本无涯。院长说小海主任的孝心感动全省人民，这是大孝创造的人间奇迹。局长喝得两眼通红，他说小海主任是我们这个时代独有的楷模和典范，乱世见忠臣，盛世现孝子。赵主任说我也是个穿白衣的，多年来见惯生死，等闲视之。但小海主任的事迹，我也是平生只见此一例，不是奇迹那是什么？我提议为奇迹干杯。局长说感激赵主任救命之恩，十分庆幸今日结识院长，只是小海主任为人极其谦恭低调，他认为自己的孝心孝行十分普通，都算不上什么奇迹。我和他既是上下级，也算是朋友。小海主任是社会名人，气势如虹。我呢，也不过是个普通小官员，这年龄呢，我也快到站了。小海主任是个主意很正的人，全局上下都已知道他在为正义而战，班都不怎么来上了。于公于私，我都会跟他好好谈谈。只是正义这东西吧，它跟信仰差不多，是可以令人舍生忘死的。

事实证明，局长说对了，院长算错了。袁小海豁出去了。袁小海对局长说，父亲和我都是局里的人，局里对我父亲恩重如山，我这一生都无法偿还，俗话说父债子还，我准备让我儿子大学毕业就考公务员，就到咱们局来工作，像愚公移山那样，子子孙孙无穷尽。局长，我有必胜的把握，这是一个正义必胜的时代，我是生正逢时啊。我和我的粉丝团一定会正确引导这个案件的舆论导向，向丹青市人民医院讨还公道，他们蒙骗咱们局和我个人长达十四年，局里和我个人都是损失惨重。即便我能忍，公众也是不能忍的。局长请放心，我们袁家三代，都是懂得知恩图报的人。

局长放心了，半个字也没回给院长，只跟赵主任通了个电话，局长说你的恩德我们全家没齿难忘。有负所托，无限抱愧。赵主任感喟，看来我们医疗界要出惊天大事了。局长说天天有大事，件件都惊天。我这个年龄吧，逢事也就是听听看看，只是听听和看看。赵主任说大情不言谢。天下百业都可以说有事找我，唯独我们穿白衣的不能这么对朋友说话，说了怕不吉利。我只能说，局长的亲朋好友如有需要我们的地方，千万不要见外。

凡事都是有着起承转合的，饭局结束后，从赵主任到院长，又从院长反馈到何无疆。院长让何无疆跟王惊雷传达，啰唆了三大条加N小项。何无疆就跟王惊雷说了句，饭白吃了。王惊雷说本来就是脱裤子放屁。何无疆说我还以为袁小海会怕他局长。王惊雷说给你两千万，你会干啥？何无疆说我要算算。下班时两人约了在楼顶见，办公室没法清静对话，总有患者家属进进出出。王惊雷后到，面对何无疆灿若晚霞的笑脸很是不解。何无疆解释，算过账了，两千万给我，我就辞职。谁也不用招呼了。王惊雷说我也是，可袁小海不是。给他千百个西瓜，他也不会扔掉手里那粒芝麻。他是个什么都要的人。

　　所以他当然害怕他的局长。所以这个事情，其实是他的局长害怕他。他那种人，对亲爹都能那样，谁能不怕他呢？是个人都会怕他。何无疆说，世上有太多这样的关系，利益使然紧密结合，然而内心深处都是不寒而栗的。他们无法信任，却要彼此依赖。相互恐惧，却要荣辱与共，共同进退。这局长哪里是给赵主任面子，他是仔细掂量双方实力，拿不准谁胜谁败。他只能高高挂起，谁也不帮。他们这种人群，在关键时刻无亲无故无友，有时就连自己都不能有。所以他们混得真还不如我们。刚才琢磨半天，我已找到成就感了。我就是缺了两千万，别的什么都不缺。王惊雷说貌似袁小海胜券在握。何无疆说貌似不行，他们只看结果。换作你，你能不能跟袁小海那种人亲密合作多年，并且不断提拔他？王惊雷说头开始看见袁小海我就烦，现在已经没有任何感觉了。就像刚来丹青那两年，我想到西北那些同事，尤其我那个好兄弟兼接班人，心里会极度痛苦，因为想不通人怎么可以那样。然后就是刻意回避，心里不想嘴上不说。而现在，我已经毫无感觉，他们每个人，对我而言都是张三李四了。再见面客套几句招呼几句就是了，转过身就都是生人了，没有人会为生人费情绪。何无疆说丹青不逊西北，至于人，哪里都是同样。我当初跟你就这么说过的。王惊雷说丹青很好，你嫂子这些年皮肤都细腻了，省下不少化妆品钱，她很喜欢这里。并且我就算这回完全败了，撑死就是个不拿刀，我还可以干别的。很重要的一条，以后想起咱们医院，我心里可以随便想，而不是不敢想。医院和同事都不错。而且我们还可以经常聚聚，吃吃喝喝聊聊。何无疆说我说过我都有成就感了，我自从每天捏着钢蛋儿练手，脑子也好使了。惊雷，你不能放下手术刀，有人会为你的刀鞠躬尽瘁的。撑破天换个地方。王惊雷说我没听懂。何无疆说爱命医院。老王说了，他老板说了，吊销行医资格证算事吗，压根就不算事。王惊雷只要过来，他的证我来跑。惊雷，我们干活的人，同样有底牌。学成文武艺，货给谁家都是货。

两人站了很久，直站得海天同色，月夜如潮，收起了满天云霞，铺展开万丈青光。王惊雷终于开口，我也算了笔账，我算袁如海的账，也算王钢蛋的账。袁如海该死不能死，王钢蛋该活不能活。袁如海那具干尸每年花的钱，能救活二三十个王钢蛋。他这么躺了十四年，这么些钱，足够几百个王钢蛋活下去。何无疆说袁小海还要他往下活，要他再活死几百个，甚至几千个王钢蛋。我每次看见桌子上的钢蛋儿，我会想到袁如海，不由自主地。王惊雷说，我每天看见袁如海，我就想到王钢蛋，也是不由自主地。何无疆说也许这么算账不科学，但人命就是最大的科学。人命在任何国家和地区，都没有绝对的等值，因为涉及多重因素，机制的医疗的医学技术的金钱层面的个人意愿的，等等。都有缺陷，都有相对的不公。但是缺陷和不公到底有多大，到底有多深，有多少获益者，又有多少不能获益的人群，获益的多和少，大和小。这就是人命的账单。同样的家底，是让八九成人获益还是只让极少数人获益，这就是公与不公。什么时候王钢蛋的医保卡，能和袁如海的医保卡，一样的功能一样的价值一样的用法，我们大概就不用再担心医患纠纷了，患者也就不会总拿我们当吸血鬼了。王惊雷说总会有那天的，我们只是医生，管好手里的刀就行了。我们干着活等待着，钢蛋和我刚认识时，他没医保卡也没任何医疗保障，后来有卡了，再后来额度也涨了，总得慢慢往前。何无疆说是的，时光总是向前的。世道人心，都不及时光有劲儿。

二十七

丹青医疗界出了大事,惊天的大事。却和丹青市人民医院无关。是另外四家医院的院长,因长期大量采用同一家医药公司的药品及器械,遭到另外几家医药公司内容翔实的联名举报,被有关部门带走接受调查。这家医药公司,名字叫作纵横,公司法人不是别人,正是林纵横。

四家医院,四个院长同时落马,在丹青这等规模的中等城市,立刻成为爆炸性新闻,街头巷尾热评如潮。整个丹青市医疗界雷声滚滚,个个噤若寒蝉。王惊雷到处去找林纵横,只找到几张封条,红章黑字白底,十字交叉地封在林纵横的公司和别墅大门上。王惊雷揪心这个学生,揪得睡不着觉,夜夜得吃安定,吃得迷迷糊糊,早上不得不喝两大杯咖啡再上手术台。

林纵横不是别人,林纵横就是林纵横。对于王惊雷来说,林纵横可比袁小海重要多了。林纵横不出事,袁小海还是袁小海;林纵横出事了,袁小海就什么也不是了。王惊雷每天都在忙患者,忙完了,大脑空白了,林纵横就出现了。而袁小海似乎去了另一个世界，再也没能在王惊雷的眼前和心头，晃悠过哪怕半秒钟。有林纵横的日子，王惊雷从不觉得有什么独到的；没了林纵横，每天都显得非比寻常。就连日出日落，都变得不照谱，不守时了，太阳总是升起得太缓慢，降落得太迅猛，黄昏悠长，黑夜没边，心里的时光越拉越长，和钟表走不成同样的频率。王惊雷的白天都是白色的，白色的病房和病床，白色的病历白色的衣；王惊雷的黑夜没有黑色，都是五彩的斑斓的，甚至是春光逼人的。林纵横太讲究穿衣搭配，回回出现，都如同一只开了屏的孔雀。雪亮的白昼璀璨的夜，袁小海就这么败给了一只孔雀，袁小海再也无处容身，就此烟消云散了。有次院长来电，开口就说袁小海，王惊雷下意识反问，他是谁？怎么听着怪熟的。院长大惊小怪，惊雷，你怎么了？你可要挺住啊。王惊雷说我没事，我就是在等人。

　　林纵横再度出现，身形比往日缩水了一圈，形容惨淡，眸子却似晓星般清凛凛的。他说恩师，我要走了，我来跟你道个别。王惊雷说每天打你电话几十遍。我知道你不会自杀，也不会杀人。你是我一手带出来的学生，我了解你。林纵横说咱们是师生，也是知己。人间最宝贵的就是知己，这两个字真是多少钱都换不到。我什么都想透了。我原先多想像你一样，一把刀救人无数，我想一辈子都当个好医生，可那回出事要不是你挡着，那些患者家属就把我给打死了。心凉了，干医药行业了，我又想着和你联手，给那么多看不起病的患者多省点钱，可咱俩破了行规，又成了罪人，被他们逼得离开西北，背井离乡的。我就想，不就是个钱吗？

我玩了命地挣钱，我就不信钱多了我还弄不过他们……

你弄不过。谁也弄不过。他们不是几个人几件事，他们万众同心，他们无处不在。王惊雷说，你说得对，我们是师生，也是知己。你是我这么多年来最好的学生，最好的，没有能比得上你的。纵横，回来吧，跟我一起干，把你那把刀再拾起来。手废了不要紧，你底子好，一两年就练成个好医生。林纵横摇头，恩师，我也想过回来，可我回不来了。因为你已经朝不保夕，我没人投奔。袁小海案子必胜，你最轻最轻，也得被吊销行医资格证。你手里那把刀，这辈子再也拿不成了。恩师，要不你跟我走吧。咱们一块儿走。

林纵横手里捏搓着一串佛珠，他说恩师，我出家了。我已是佛门中人，自此不问世事。任他红尘扑面，我自青灯古佛。王惊雷嘿嘿直笑，纵横，我不跟你讲任何大道理，因为你现在什么也听不进去。说什么都是白说，人话是说不过光阴的。日子久了，你脖子就没那么硬了，你就懂得回头了。林纵横说不，我此生绝不回头。王惊雷说好好好，纵横不回头。只是纵横，自打跟你学会了赌博，我好像有瘾了。就这样吧，既然咱们谁也说不服谁，赌一把吧。谁输谁听话，输家要听赢家的话，这是规矩。王惊雷放到林纵横手里一把刀，小小的手术刀，他说纵横，你要去寺院待着，我不拦你。你带着这把刀去，这是老师给你的礼物。佛度人，刀救人。佛珠和刀，殊途同归，都是一个人字。人命即天，就是天下的根底。我赢了，你回来；你赢了，老师去找你。

林纵横收好那把刀，嘀咕道，老师你都没赌注了，你还敢赌？

王惊雷抬手，指向窗外。华北平原的天空，此刻无垠无际，深邃辽远，蓝天依旧白云悠悠，千年万载从没变过似的，就那么悬着，悬在头顶。王惊雷说，我跟死神赌了大半辈子，我还从没败过。有赌注的人尽管下注。我没赌注，我就赌它，我赌天。林纵横依依不舍，恩师，我知道你这回赢不了，你必然会败。可我多么希望你能赌赢。你赢了，我就回来。我先去了，我等着你来。林纵横走向门口，回过头来，老师，少干点活，别把自己给累死了。王惊雷笑出声来，还说不回头，这就回头了。纵横，这个世界不缺你，但你离不了这世界。听老师的话，心思安顿了，你就回来吧。林纵横再度回首，老师，对我而言，你才是世界。王惊雷忽然问道，纵横，你今天怎么穿得这么寡淡？林纵横说，破产了，出家了，没法打扮了。王惊雷挥手，孔雀东南飞，飞多远都是孔雀。纵横，咱们回头见。

王惊雷若无其事，每天该干什么干什么，每天都把时间填得满满的，满到爆棚，再无心思去琢磨任何人与事。院长和周尚礼很惊讶，院长说礼，惊雷是不是太麻木了？怎么跟没事人似的。周尚礼说大局已定，总不能哭天抢地吧。有好几个科主任都找好下家了，还有不少医生也在四处投简历。医院大厦将倾，可人人都得养家糊口啊。院长点头，理解，支持，该盖章就盖章，该放行就放行。这场官司，咱们医院最轻的处罚，也得停业整顿个一年半载的，这近两千职工吃什么喝什么？咱们医院完了。我这顶帽子非摘掉不可，我早干够了，摘就摘吧。只是对不起医院的牌子，五十年代初就立起来的牌子。这块牌子历经了多少年的风雨，它都挺过来了，它怎么就毁在了我手上。礼，我难受这块牌子。

如同一盘走到绝境的棋局，医院的每个棋子都落到了垓下，四面楚歌的垓下。当年垓下的西楚霸王，宁死也不肯踏上那叶来自江东的扁舟。霸王是王者之风，至死放不下贵族的身段。院长可没什么身段，院长农家出身，上过战场，斗过医闹，始终活在太平岁月。乱世拼热血，盛世拼务实。院长很务实。院长对着壮士送来的起死救命大棋子，连连惊呼，破底了，破底了。这种破底的事，岂是我们这种人能做得出来的。院长又说，破就破吧，世事如棋，一子错满盘皆落索。咱们一子也没错，咱们凭什么落索。对没底的人就得做破底的事。破给他看。就破给袁小海看看，让他也知道知道什么才叫壮士，什么才叫正义。

破底的事，是壮士亲手做的。在破底的领域，院长思维比壮士差得远了。院长没想到的，壮士都想到了；院长不敢想的，壮士大刀阔斧地做了。壮士是真的壮士，敢于直面光明的黑暗，敢于买卖无价的爱情。壮士是丹青市医闹队伍的超级潜力股，靠实力实战打天下的。此战之后，壮士行情飙涨，手下跟班陡升，直冲业界顶峰，再不用亲自披挂上阵，只消说个"上"字，就有众多追随者前赴后继，横冲直撞。

壮士呈给院长的大棋子，是一张光碟。壮士说那俩狗娘养的律师软硬不吃，前列腺超硬，吓不尿他。我手下兄弟们每天24小时地轮番轰炸，每分钟都是钱，太浪费弹药了。我跟你拍过胸脯的，我说不捏住那个大孝子的蛋，我就对不起天地鬼神。这不，他浑身都练了金钟罩，独独蛋软。我就把他的软蛋给捏住了。

院长说兄弟，就这个蛋，可救了我们丹青市人民医院啊。我代表全院职工谢你啦。院长让周尚礼领着壮士去财务上把账结清，院长说礼，按七折价给这位兄弟。壮士说五折，加量不加价。咱们同吃一方沃土，绿水青山后会有期。

丹青市人民医院太平间，再次召开紧急会议，上次开会的人马全部到齐。众人不分男女，同仇敌忾地观看了那张光碟。这光碟比原版的金瓶梅还要层峦叠嶂，还要妙趣丛生，搞得这班见惯裸体的医务工作者，集体冒出了满头热汗。这张光碟的男主角，不是西门庆，而是袁小海。女主角是袁小海的女下属，他好了多年的情人。袁小海后来和女下属一刀两断，再无瓜葛，女下属碧海青天夜夜相思，每天偷偷看两遍自己偷拍的视频，杜宇啼血泪成河。本来也就快要熬过去了，错就错在袁小海又登门了。袁小海千思百算，整场官司百密一疏，破绽就在这几年的生死爱恋上，那还了得，唯有以身相殉了。不然可就赔大了，两千万拿不到手不说，前期花费也是个大窟窿，都不知道拿什么去填。医院和女下属，夹击得袁小海像一条电饼铛里的黄河野生大鲇鱼，两头被煎烤，滋滋直冒油。都不用权衡，袁小海当然更喜欢在席梦思上被煎烤。

袁小海以很舍得的姿态亮相了，人生智慧无非舍得嘛。就是这种舍得，激怒了女下属，那么高端纯洁的爱情，怎么就变成了买卖呢。她的屋子又不是青楼，来来去去全随他的。女下属说，爱情不是你想买，想买就能买，快快滚开快快滚开，放手你的爱。袁小海说亲，我是真爱啊，一夕顶百年的真爱。袁小海得到两个字，我呸。袁小海说我也呸，这几年的账怎么说。女下属气壮山河，我比你还舍得。袁主任你也有今天哦，赶快回去想想怎么还债吧。袁小海伸手就掐住了女下属的脖子。他历来是个很酷的人，这么做其实只是想调调情，他才不舍得为个女人自毁前程呢。可惜天下事从来就是人算不如天算，壮士就在这个瞬间破门而入。也不算是破门，壮士手下人尽其才，开门撬锁只是小菜，监视监控也属寻常，壮士早就盯着这块风水宝地了，此刻再不出场岂不是前功尽弃。壮士英雄救美，袁小海哪能败北。两人就地谈判，女下属作壁上观。

最终袁小海胜出，壮士欣然被收买。两人是搂着肩膀出门的，出门时谁也没有多看女下属一眼。袁小海发动汽车时，伸出头凝视伫立雨中的壮士，眼神情深深雨蒙蒙的，袁小海说官司打胜我立即打款，半秒钟不敢耽搁，兄弟放心。壮士说盗亦有道。我就等着袁主任大胜，领导放心。袁小海放心离去。壮士转身又上了楼，女下属说我就等着呢，谁回来我就听谁的。壮士说袁主任不知道，可我知道，我知道你手里有硬货。妹子开个价吧。女下属娇笑，哥哥你看我值多少？我从来不开价，我就只听价。哥哥你说，我听着呢。壮士说要是袁主任先回来，我知道你的硬货多少钱都不会卖给我们。这些日子看得出，妹子是个重情的人。女下属冷笑，哥哥你别抬举我，跟了我们袁主任几年，我太长见识了，你别拿钱来跟我谈情，太伤尊严了。

这张光碟，在太平间连放三遍。话说三遍淡如水，艳照门连看三遍，众人的热汗都成了冷汗，倒胃口，都有点恶心了。王惊雷问，这东西怎么弄来的。院长答，钱弄来的，还能怎么弄来。何无疆说这要放出去，点击率能吓死人，袁小海的粉丝团会大规模倒戈。贺师傅忽然问，他腿上那块疤怎么回事？周尚礼说人在世上走，谁身上没几块碗大的疤，都有，谁也免不了。谁都想自己捂着。揭人疮疤，那是天杀的龌龊事。咱们这都是被他逼的，逼得咱们破釜沉舟，你死我活。

院长说，礼，你说得不对，不是咱们。咱们是医院是堂堂正正救死扶伤的集体。咱们和这件事没有任何关系。各位，你们谁也没看过这张光碟，你们谁也不知情。不知情！都给我记牢了。这件事情我亲自去处理。处理妥当了，咱们还是同事；处理失当了，我引咎辞职。你们都是好医生，能保住你们，就是我的功德。散会。

先别散。这张光碟，我看得心潮澎湃。王惊雷站起来说，院长，我是知情人。何无疆说我也知情，永远保留知情权。在座众人都即刻表态说知情。周尚礼说院长，我们都是知情人。我更知情。无论什么事，大家分摊了来担，倒要看看他能不能捅破天。院长拍桌子，同志们，兄弟姐妹们，我记住了。当院长当到这个份上，我此生无憾。咱们没有时间了，袁小海已经图穷匕见，咱们也得分秒必争。礼，你现在就去找袁小海，把这个东西给他，同时给他局长送一张。你告诉他们，咱们医院很希望和他们机关联合搞个大型活动，弘扬孝心和正气，向全社会传递正能量。搞还是不搞，天亮前给我答复。

周尚礼说放心。我会告诉他们，也不知道是谁给咱们快递寄来的这个下流东西，一下子寄来了好几十张，弄得每个经手袁老先生病情的医生都很愤慨，并且迅速上缴医院。我们绝不允许这种东西扩散到社会上，我们已经全部销毁。周尚礼说完就跑，一头扎进了太平间外的浓浓黑夜。

院长笑说贺师傅，老贺，就你没说知情。我确定你是知情人。你都不用说，我也知道你知情。

贺师傅看看每一个人，又看院长。他说，院长，你说错了。我不知情。你们都是公家人，公家人有公家人的事儿。我只是个看太平间的，我是个临时工，临时工有临时工的事儿。公家人和临时工，那可不是一回事儿。

两天后，丹青市人民医院和袁小海所在的某局机关，联合搞了场声势浩大的宣传活动，主题是：大爱满人间·孝心动天地。活动请来了近百家媒体，局长和院长都做了讲话，分别深情讲述了袁如海和袁小海的父子挚情。局长说我们局为出现这样的孝子而光荣而自豪，我们全局同志以小海同志为榜样，于家尽孝于公尽忠，清廉克己，弘扬正气。院长说，这是感动人心的十四年，这是感天动地的十四年。小海同志的爱心与孝行，执着与坚守，令我院全体职工学到很多，也学会很多，使我们深深明白，要做一个真孝子大孝子，需要比常人付出太多太多。我们将一如既往地尽职尽责，对袁老先生尽心尽力地救治和治疗。我们为奇迹喝彩，我们向奇迹致敬。

压轴讲话是袁小海，由于多年来多次参加各类报告团在全省乃至全国的巡回演讲，他的讲话无比精彩和抓人，情到深处，高潮迭起。原本半个小时的讲话，硬是被无数次的掌声和哭声打断，拖延了一个多小时才讲完。

活动当晚上了电视，次日上了报纸，网络上更是摇旗呐喊者众。袁小海粉丝暴涨，走到街上常有人索要签名及要求合影。医院把袁如海病房的视频头全拆掉了，那两个大律师也被礼送回京，那个女下属因此获得升职。而那五十万，则被以同样手法还回到袁小海的汽车上，连同那张广告单。雪泥鸿爪风过无痕，一切都仿佛未曾发生过。袁小海都不大敢去海边了，出名了，红人了，走到哪里都会被人认出来的。他对院长说，群众太追星，我压力很大，举手投足都得注意，名人不好当，我好累好累哦。院长说我们医疗行业，千般无奈，万般没辙。无论面对什么样的患者，我们都必须听从家属的意见。有时候生生死死的，我们做医生的从无选择，通过这次事情，我们以后只能更加听话，无比听话。小海主任，我们听你的话都十四年了。我们压力更大，我们觉得天都压头上了，我们比你累，因为我们境界真的没你高，我们高山仰止哦。

何无疆收到了一笔汇款，半分不多，半文不少，正是梁小糖欠他的尾款。汇款是通过邮局寄来的，是那种许多人都已久违的老式汇款单。何无疆已经多年没见过这样的汇款单了。虽然金钱永不变色，但是送钱和收钱的方式日新月异，差不多每天都在与时俱进。何无疆是个相对保守的人，却也早就习惯了用银行卡进行转账和消费。这笔钱就像是从十五年前汇过来的，让何无疆不得不细探端倪。就如同给患者看片子那般仔细，何无疆反复透视这张汇款单。这张单子貌似正常，收款人何无疆，汇款人梁小糖，没有任何附言，这让何无疆很不满意。让他更不满意的是邮局，这个邮局，居然就在家门口。也就是说，梁小糖竟然就是在何无疆的家门口，把这笔钱通过邮局汇给了他。

　　荒唐透顶，他能走到这里汇款，为什么不能亲手交给我？何无疆质问韩心智，这是为什么？韩心智猜测，何老师，我看他是没脸来。欠款年头太久，你也没跟他要利息，他可能怎么计算，都觉得还是欠你的。何无疆说咄咄怪事，我怎么要利息？他活活搭里头十五年，人世间还有比这更贵的利息吗？韩心智说利息是钱，不是日子，两码事。当年的这笔钱要搁我们老家，够买十头猪，现在呢，最多也就是两头猪吧？何无疆恨铁不成钢，小韩，你怎么就不能长点出息？你怎么还要用猪肉来算账？你就不能有点见识吗？韩心智就问，何老师，那你是用什么东西来算账的？何无疆冷笑，我用房价，你能算得过我？当年这笔钱够买五平方米，现在呢，半平方米都买不来。这就是时代，这就叫发展。还有什么利息能比房价更贵的？利滚利，驴打滚，谁都没法子滚过房价去。韩心智说所以呀，他就更没脸来了。何无疆说小韩，我还没说完呢，我得告诉你比房价更贵的东西是什么，那就是人脸。他这人就是太要脸了，所以就显得很不要脸。其实无论在他还是在我，都觉得他的脸比利息要贵。可他就是没脸来见我。

　　韩心智拿起汇款单细瞅，哎哟，何老师，这人可真是太要脸了。你看他的汇款地址，落的也是咱们医院的门牌号码。何无疆说，小韩，我真的很生气。韩心智吃惊，何老师，你也会生气？我从来就没见过你生气。何无疆说我生气从不挂脸上，我不说我生气，就没人知道我生气。韩心智无限钦佩，何老师，你的修养已达化境。我得好好跟你学。何无疆说别学我，你嫂子说我这是画皮，她很不喜欢看画皮。韩心智察言观色，何老师，梁小糖还会出现吗？何无疆摇头，又点头，谁知道呢，随他吧。我跟他的账反正早就清了，剩下的账单，是他跟日子的账，算得清算不清，那都是他的事儿。

二十八

王惊雷守了三个月，苦守，守着袁如海，也守着自己。当蒸腾的暑气一夜间消散，大海退了潮似的，丹青市飞快地裹上了秋装。海棠树的叶子斑驳了，半边新绿半边苍黄，几只不服老的蝉紧抱着枯枝吟唱着，声嘶力竭的，吟着吟着就掉了下来。秋蝉的蝉衣乌黑透明，比光阴还要薄脆，这个并不算长的夏季，就是它们的前世与今生。

王惊雷很忙，忙患者忙手术，也忙饭局。大局已定，天淡人和，总得有个和的样子。天底下似乎再没有比饭局更能体现祥和的，王惊雷就总得上桌，上院长的桌，周尚礼的桌，医院同人的桌，何无疆和赵主任的桌，甚至袁小海的桌。上完了还得回请，整天花蝴蝶似的在各大饭店姹紫嫣红的杯盘间飞舞。酒桌上惊涛拍岸不时卷起千堆雪，散了场水调歌头无人识得凭栏意。王惊雷每晚吃饱喝足，都先拐到科室看看自己的重患者，进病房里站上两分钟，说上几句话，双方都能睡个安稳觉。王惊雷总去看袁如海，看看那些个维持袁如海生命迹象的各种监护仪，再看袁如海，一站就是十几分钟。

　　袁如海刚过完 75 岁的生日，袁小海带着几个记者来给他过的，他们抱着鲜花捧着蛋糕，蛋糕上插了十二根蜡烛，七根大的，五根小的。他们点燃蜡烛，许了愿，轻轻唱起生日歌，然后吹熄了蜡烛。袁小海捧了块蛋糕送给王惊雷，王惊雷说恭喜小海主任荣升，以后该称你小海局长了，前途不可限量。袁小海说副的，只是副的，我们机关副局长七个人，正局就一个，七星伴月，我是最后边的那颗星。王惊雷由衷地，迟早明月当头，必定的。袁小海说言重言重，万水千山的，我差得远呢。我父亲有劳王主任多费心了，这几个月我看他老人家的心脑血管也都调理得很好了，咱们是不是差不多了也让神经内科给加强养护一下？要全身治疗才能长寿的。你们都说我父亲没有任何思维与意识，可我总觉得我们父子之间，有一种奇异的心灵感应始终存在着。有时候医学是解释不了人类的情感的。王惊雷说情到浓处，心有灵犀，医学在情感面前总是无能为力。我们以前还敢给患者家属提提治疗建议，现在都吓破胆了，只分析不建议，一切尊重家属意见，一切都按家属说的办。家属说怎么治疗就怎么治疗，家属说放弃就放弃。很多时候很多疾病，其实是可以治疗好的，可家属出于多方面考虑，决定放弃，我们唯有照做。其实很痛心，明明医生能治好，患者想治好，可家属说不治就是不治了。当今的医疗界，真正当家的既不是医生，也不是患者，医生和患者说了都不算，家属说了才算。中国的医疗是家属医疗啊。放眼全球，只怕是哪个国家的家属也没这么大权力吧，直接能给亲人定生死，你说这权力大得，是不是太吓人了？不过像小海局长这样的家属实在太罕见，所以我尊重你的要求，下周一就把袁老先生转到神经内科去。袁小海伸出手，和王惊雷握手，十分感谢王主任，明年后年的，我父亲还会转回你这里的，全身治疗，日子长着呢。

王惊雷站在袁如海的病床前，站得腿都酸了，就坐下了。他掀开袁如海身上的被单，从头到脚，目光流连。75岁的袁如海，就这么躺到了第十五个年头，袁如海的身高原先是175公分，由于肢体萎缩，现在大约160公分的样子；体重原是70公斤，现在还不到70斤；原先的皮肤是乌青发紫的，现在和黑炭没有两样；袁如海全身上下没有毛发没有牙齿没有肉，只有几根骨头一层薄皮，薄得透明的皮，轻轻一揪就能撕裂。曾经有两个女大学生来心外科探望老师，走错了病房，走进了这间病房，当时两个护工正在给袁如海按摩身体，两个女大学生被吓得，一个当场昏厥，一个尖叫不断拔足狂奔，接连撞倒了好几个在走廊上散步的住院患者。

贺师傅要请王惊雷喝酒，王惊雷被雷倒了，这许多年，他和贺师傅只喝茶，不喝酒，从来都没喝过酒。两人在太平间多次共餐，吃面吃饭，凉菜热菜都有，就是没喝过酒。贺师傅说凡事都有个开头，也有个收场。咱们以后又喝茶又喝酒，那该多好呀。王惊雷说好极，你等着我，我这里还有点事，一个小时吧，我来。

王惊雷放下电话，拎了只烧鸡到袁如海的病房，烧鸡是患者家属送给他的晚餐，王惊雷随手给了那两个护工，护工说谢谢王主任，总给我们送好吃的。王惊雷摆摆手说，赶紧吃吧，趁热吃。王惊雷走楼梯上天台，心外科在二十六层，这栋住院楼是三十层，他经常走楼梯上上下下，没时间锻炼身体，他就把楼梯当作健身器，只要不太累，能走楼梯的时候他就不坐电梯。每天面对各种花样百出的奇病怪病，他不敢掉以轻心，医者不自医，医院里已经有好几个同事出了状况，就这半年，就有三个医生和护士查出了恶性肿瘤。由于太懂得，这三个人的选择一模一样，只做保守治疗，也就是说放弃了，只要不疼痛就行。从看到化验单的那一刻起，他们就很清楚结局的时间，他们都在淡然地等待着死神的拥抱。是个人都知道，自己赶上个百病狂卷的大时代，山不绿水不清，大气污染，日月洪荒，外带着精神压力超常，还有各种无孔不入的毒粮食毒食品毒奶毒水，都是毒，都是病源。可是谁能不吸，谁能不吃，谁能不怕。都是吸着吃着喝着怕着。谁也不能保证自己的身后就没有跟着个随时夺命的魑魅魍魉。王惊雷比谁都怕，因为他比谁都懂，越懂越怕，他可不能早早躺在病床上，父母还都在老家呢，孩子还没上大学呢，他不敢倒下，唯有每天强制自己多走楼梯强身健体，聊胜于无吧。

　　走到二十九层楼拐角，王惊雷停步，两个中年男人正蹲在地上抱着脑袋抽泣，哭着哭着，两个人就抱到了一处，都把脑袋扎到了对方的怀里，痛哭，声音极小，压着嗓子哭的，不敢放声。医院的楼梯上，常有如此情景，他们都是患者家属，至亲患了重症，治不好的，或是治疗费用太高，扛不起了，只得放弃的。没法在病房里哭，有些重症还需要瞒着病床上的亲人，怎么能哭呢，忍不住要哭，也只能到楼梯上去哭，到没人的地方哭，哭完了还得回病房装，装作若无其事的样子，安慰亲人不要紧，一切都不要紧，能治好的，什么都能治好。

王惊雷见过无数这样的人，听过无数这样的哭声。他一眼就看出这是兄弟俩，他们面貌相似，应该是为着父亲或母亲而哭的。王惊雷从不惊扰他们，他踅返，乘电梯上到楼顶露台上。

丹青的黄昏，长风浩荡，残阳杳迢，恰如一颗殷红殷红的心脏，扑通扑通地，跳跃在西天之上。跳着跳着，倏地一个踉跄，笔直地跌向了大地。王惊雷猛地张开双臂，想要接住那颗心似的，接住了就抱得紧紧的。抱得满怀满怀，都是那颗心……

王惊雷回到心外科，走进袁如海的病房。两个护工已经睡着了，睡得挺香的，有一个甚至流出了口水。王惊雷笑了，这两个护工吃了他的烧鸡，是必须睡的，他们将会睡到半夜两点钟醒来，那时，他们要给袁如海做全身按摩。

贺师傅的下酒菜很惊艳，海棠饺子，用干了的海棠花片发开，拌了肉馅包的。饺子配酒，越喝越有。两人天南地北地聊着，王惊雷说太平酒局，天下只此一处。贺师傅说，世上只有人如鬼，何曾见过鬼伤人。我跟这些死尸处了半辈子，他们都很安宁，我很喜欢他们。惊雷，我也没个亲人，要是哪天我心脏病犯起来，没了，你把我烧成灰埋到海棠树底下去，沤肥，肥根。王惊雷放声大笑，他说这方面我是绝对权威，你没心脏病，你心脏很好，你是心病。

贺师傅连打几个酒嗝，他撸起裤腿，说你看看，这就是我的心病。贺师傅的右腿，膝盖以下，是假肢，所以他永远穿着肥大的长裤。王惊雷拽下贺师傅的裤腿，他说别炫了，老英雄，都跟我炫好几回了。知道，公元1979年，越南战场，你和我们院长一个班，侦察班。途经一个深山的小村庄时，你们遭到抵抗，全班战士牺牲，只有你和院长活下来了，院长左肩中弹，而你，被地雷炸断右腿。后来，院长上军医大学，你回了老家。再后来，就是现在这样了。来，贺师傅，这杯酒我敬你。

贺师傅把杯中的酒全泼地上了，他说我敬我的战友，他们全死了，死在了越南，都是二十出头的年龄。他们连尸体都没有，都被炸成碎片了。我当时那个恨啊，我抄起机枪就扫，把村子里那几个人都扫成了马蜂窝。惊雷，他们也不跑，他们对着我的枪，动都没动一下，他们和我一样，他们眼睛里头全是恨，全是恨。惊雷，我们谁也不认识谁，可我们都那么恨。谁让我们那么仇恨的？仇恨到非要杀死对方。我把他们全杀了。他们追了我一辈子，从1979年就追，一直追到现在……

王惊雷夺下贺师傅的酒杯，他说那是战争。战争只有胜负，没有其他，没有生死没有选择没有底线也没有人性。胜者为王败者做鬼。让我们碰个杯吧，为太平岁月碰杯。再苦再累再难，只要活在太平岁月，就是造化。看看中国历史这几千年，都是战争，都是饥饿，都是血海骨山，都是战士和寡妇。我们够幸运了，我们生逢太平，干杯。

太平，也不太平。人不惜着太平，这天下迟早不太平。看看那些个你争我夺的，看看那些个不害人就手痒的，怎么就那么多，那么多。害人跟杀人有什么分别，我看害人比杀人还毒。贺师傅低声说，惊雷，人不能作孽，作孽的人，一辈子睡不着觉。我杀了六个人，三个女人，三个孩子，他们手里没有枪，也没有刀，他们手无寸铁，可我把他们全给杀了……院长不让我说，我还是说了。说了，我就什么都没有了。我活该没有，我夜夜看见他们站在我床边，我求他们杀了我，他们也不听，我真想把命赔给他们。可我一条命，也赔不起六条命啊。

都过去了，贺师傅，那都是往事。王惊雷说往事越千年，往事都应该被埋葬。国家的民族的家庭的个人的，谁的往事都一样不堪回首。埋了它，我们都得往前走。你不要再想了，想多了伤人伤己。

好好好，我不想了，其实想也没用。贺师傅说你也太累了，天天都那么多人找你看病。不过受累也值，太平天下，最值钱的就是人命，你是给人救命呢。王惊雷说是，乱世人命如草，太平人命关天。我很值，救人就是补天。这些日子心力交瘁，让那个袁小海给闹的，他差点就整死咱们医院。我看他还会高升，袁如海就是他高升的法宝。现在那么多人看不起病，可袁如海每年花费那么多巨款。那么多人明明能救活，却没钱救，可袁如海那么该死，却偏偏要活着，要一直往下活。每天看见他，我都觉得这个世界人和鬼活颠倒了。他活得太残忍太惨烈了，他真该死啊。

贺师傅端上来两大盘饺子，王惊雷闷头狂吃，吃完抬头看看墙上的挂钟，他说我得走了，十点钟了，科室还有点事。贺师傅说难得喝一回，再陪我两杯吧。王惊雷欣然从命，他很少见到贺师傅这么好兴致。贺师傅又特地出去买了两个凉菜，王惊雷也没拦他。凉菜热饺子高度酒，两人喝到十一点钟才散。

王惊雷高度清醒，半分也没喝多。他回到科室，直奔袁如海的病房。他的口袋里，有一支小号注射器，早就装好了的。注射器里有小半管药水，只有五毫升。这种药水无色无味无后患，添加到心肌营养液里头，相生相克相融，没有任何法医能够检测出这种药水曾经存在过。这五毫升药水，将会挡住明早的太阳，让阳光再也照耀不到袁如海身上。当两个护工半夜两点钟醒来，给袁如海做完按摩，他们眼中的一切监护仪器指标都会显得无比正常，一如往昔。他们将在清晨六点钟发现袁如海停止了一切生命迹象，是逐渐停止的，一点点一丝丝停止的，没有任何异常。王惊雷足足想了半个月，把每个环节都想得天衣无缝，毫无破绽。他是医生，他是救人的人，他必须要救他。救他的方式就是了结。了结了他就是成全了他。他是他的患者，他不能容忍自己的患者不人不鬼，人就是人，鬼就是鬼，他要给他一个交代，一个医生对患者的交代。他很后悔自己在太平间救活了他，那是事出紧急，无法去想，完全出于职业本能。他觉得自己很对不起袁如海，比对不起医院还对不起袁如海。他是袁如海的医生，他只对患者负责，不管他是谁，他都要负责到底。他对所有的患者一视同仁，他不能单单把袁如海落下了。他必须把袁如海送到他该去的地方，太平间。只有那里，才能让袁如海得到真正的太平与正义。

王惊雷失算了。他在人事上失算过无数次，但是在人命上，他就失算过两次。王钢蛋的命，他没能给算活。袁如海的命，他没能给算死。王惊雷什么也没能做成。他来迟了一个小时。袁如海死了，袁如海已经死了。死法很独特，袁如海的脖子被人给拧断了，他的脖子早已朽如糟木，连三岁的孩子都能轻易拧断。病房里扔了根木棍，显然是为那两个护工准备的。木棍青灰色，油亮圆润，一尺来长，是海棠木的树枝打磨而成的。

袁如海的脖子是贺师傅拧断的，贺师傅在夜里十点钟出去买凉菜时，先于王惊雷一步，跨进了袁如海的病房。两个护工酣睡如猪，贺师傅就把棍子给扔了。贺师傅说老袁，我早就想好了，今天就让我送你一个解脱吧。你不用谢我，我也不光是为你。我不能让惊雷下手，我知道他一定会下手。我得留着他，给那些病人留下他，他能救人。这个世道不能没有他这样的人。

贺师傅伸手轻轻一拧，袁如海的脖子就断了。然后，贺师傅又回到太平间跟王惊雷喝了几杯，喝得无比尽兴。贺师傅给院长、王惊雷、袁小海都留了遗言，四面八方，滴水不漏，使得袁小海根本无法动弹。贺师傅是服药自尽的，他攒了很多安眠药，借着酒劲服的。他终于睡着了，睡了个平生难得的好觉。医院和袁小海机关共同操持了袁如海的丧事，丧事很隆重，很多市民自发送来花圈并参与吊唁，袁如海生前身后都是红人，红死自己的红人。太平间淹没在花海中，汪洋般雪白的花海。

　　贺师傅给院长的遗言很平常，就跟公文差不多。几乎全是公事，关于太平间的公事，没有任何的私人感情色彩，就连两人之间的战友情分，他也只字未提。院长对王惊雷说，侦察兵出身的人，想事都特别细。惊雷你看，这份遗言我可以随时公开，半丝破绽也没有。王惊雷说只有最后两个字，是他对你的心里话。院长的视线落到那两个字上，低语道，保重。是啊老贺，这才是你跟我说的话，当年战场上出生入死，每次你都这么说。这回可真是生死茫茫了，老战友，你也保重吧。院长看遗言，看海棠，看太平间，看了又看，抬脚出门时，他转头看着王惊雷，惊雷，你就不问问我，他给袁小海的遗言是什么？王惊雷说院长，在这个地方，在太平间，在贺师傅的长眠之处，我们再也不要提起那个人了，成吗？院长说成，再也不提了。那样的人，无论对生者对死者，都是亵渎。

　　王惊雷见过贺师傅的所有遗言，给院长的遗言是院长让他看的，给袁小海的遗言是周科长让他看的。周科长去给袁小海送遗言时，特地去找了王惊雷，什么也没说，打开信封，抽出遗言，就递给了王惊雷。贺师傅就给袁小海写了两句话：袁小海，人心不可欺，你是个伪孝子。今天，我替你做回真孝子，我给你爹尽孝了。王惊雷看后久久无语。周科长又从信封里抽出张纸，这是一张账单，是袁如海十四年来的费用账单，共计十五笔数字，每年的数字，以及全部数字的总计。王惊雷向周科长递回遗言和账单，周科长接过，重又放回到信封里。两人相互点了点头，就分开了，从始至终，谁也没有开过口。

　　贺师傅留给王惊雷的话是，惊雷，这些年我和袁如海一样生不如死。我们死了，对谁都好，对自己更好。你别难受。太平天下就该这样，让该死的人死，让该活的人活。你有空了就来看看这棵海棠树，也跟我说几句话。这棵海棠树见惯生死，它什么都懂，它会保佑你。

　　王惊雷两眼酸胀，摸摸眼角，干涸的。他已经没有眼泪了。王惊雷低语，是的，贺师傅，它什么都懂，都懂。你安息吧。每年花开，我都来陪你看海棠。

二十九

　　惊雷，我手上有两个离休老干部常年住院，心脑血管不太好，老年人都这样，是吧？转到你那儿，你给好好调理调理？何无疆放下电话，就去了病房，亲自跟两个老人说明情况，当然是从心脑血管的角度做出详细说明。然后，他把两个老人护送到了心外科，就像当年护送袁如海那样，护送到了王惊雷的手上。王惊雷哪敢怠慢，亲切迎接，送入病房，两间朝南的病房。何无疆离开时，两个老人跟他跟到电梯口，小何，心脑血管调理好了，我们还回你那里。何无疆故作严肃，这个问题，你们可得听我的，不然不让你们回来。老人挤眉弄眼，别不敬老，说个时间呗。何无疆说，听王医生的，让他给你们强力养养心脏，返老还童，寿比南山。

　　何无疆这么做，等于是给了心外科一大笔常年固定的收入。这个人情不算小。离休老干部，都是打江山打出来的，劳苦功高，属于当今医疗界的珍稀资源，堪比大熊猫。何无疆手上有四个这样的老人，一人一间病房，常年不出院，医院住成了疗养院，祖孙三代都用老人的医保卡看病吃药做检查。离休医保卡上不封顶，个人不用掏钱，花多少都行。老人嘛，总有这样那样的不舒服，治疗和预防同样重要。何无疆手上这四个老人都很慈祥可爱，每天上午打针输水，调理血管补充能量营养骨骼和大脑，下午在病房练书法下围棋，晚上到公园做健身操打太极拳。老人们常给护士讲故事，讲当年炮火纷飞的壮烈故事，护士都管他们叫爷爷，叫得可亲了。食堂过些日子会推出新的营养套餐，护士们会及时建议爷爷们更换菜谱，永葆健康。何无疆科室共有七个爷爷，他手上四个，老赵老钱老孙各一个，这七个爷爷每月的医疗费，就是普外科的半壁江山。给爷爷们看病，医生们煞是轻松愉快，没纠纷没吵闹，没有任何对费用的质疑和不满。四个老人多次对何无疆说，小何，你要什么药，都开到我卡上，千万别客气啊。何无疆从没开过，但他有时会代护士们开几盒药，开几张检查单，都是爷爷们让他给开的，他当然乐得遵旨。

　　普外科是外科第一大科室，只有七个爷爷实属自制力超凡。何无疆一直尽心平衡着爷爷们的人数，普外科是手术科室，不是度假村疗养院，爷爷太多不像话。但科室的收入他也得招呼着，他周末可以出去走台子挣钱，别人不行，作为科主任，他不能让科里医护人员的奖金在医院做垫底的。总垫底，他的主任就做到头了。何无疆知道有些科室，爷爷们占了一半的病房，医患关系简直亲如家人。有些医生只喜欢招呼爷爷，闲了跟爷爷下棋打牌其乐融融，不怎么待见其他患者，挑患者挑得厉害，离休医保公务员医保他们会收，普通居民医保有时收有时不收，新农合医保患者来了，他们会说没床位。这样的医生并不多，但每个医院都有。他们挑患者，患者也挑他们，久了，路越来越窄，除了老年病，别的病症无从下手，渐渐沦为庸医。

何无疆也挑患者，但他的挑与医保卡无关，与贫富无关。他是农村考出来的，父母是农民，他对农民有着天生的情感与同情。四海无闲田，农夫犹饿死；遍身罗绮者，不是养蚕人。他从不拒绝任何贫困的患者，尽管他们真的很难缠，贫穷是尊严的杀手，这种患者常常会因为医疗费跟他纠缠跟他理论甚至对他开骂，他也会很反感很厌恶，但当又一个这样的患者出现，他还是会收下。他无法拒绝他们，他和他们是同样的来处。同一个来处，相煎何太急。

他只拒绝高度危险型患者，他有他的直觉，职业直觉，于万千患者中，他能准确判断出哪一个是要闹事的，哪一个是打算用自己父母的这台手术来谋财的。从医二十年，他遇到过这样的情况不下一百次，他都避开了。也有破例的时候，比如豹子村那个颈动脉肿瘤患者林爱火，林爱火是豹子村医闹队伍骨干成员，他去了丹青市六家医院，看了十个医生，都说没床位，没法做，手术难度太高，建议他去北上广治疗。何无疆也是这么说的，说完多加了几句话，他说你无论是坐火车还是飞机，路上记得用毛巾把脖子缠住，千万不能碰到这颗瘤，另外不能情绪太激动，不能有任何剧烈运动。你身上带着颗定时炸弹，你要时刻小心。林爱火扑通跪下，抱住何无疆的大腿苦苦哀求。医闹干久了，下跪已成为条件反射，看见穿白衣的就想跪，跪完再打。林爱火三十几岁，却生了四个孩子，前三个都是女孩。孩子多，家里就穷，他没钱去北上广，关键是医闹队伍带不去，做完了没法跟医院折腾要钱，他只能在丹青市解决自己的脖子。

何无疆对下跪没什么感觉，他脚下曾跪过很多人，求他救命的人和被他救了命的人。国人跪了几千年，站了几十年，对站立还不太习惯，一到绝处就会下跪。何无疆只对没钱有感觉，他的弟弟很小就病死了，他是眼睁睁看着他死去的，就因为没钱看病。林爱火痛哭流涕，何医生，求你救救我，我保证不来找你闹事啊。何无疆说你实在很危险。好吧，办住院吧。

林爱火的手术做了三个小时，手术不大，但是从大动脉上剥瘤，着实惊险万分。术后，何无疆怕感染，一旦感染把动脉表皮蚀穿，林爱火丢命，他丢饭碗。何无疆给林爱火连用了一周进口高效抗生素，一般患者他都是两天一调药，把抗生素等级不断地下调，一是怕太贵，再是怕患者产生耐药性。林爱火半个月才出院，刀口不彻底长好，何无疆不让他走。林爱火总共花两万多元。林爱火说何医生，我知道去北上广得花十几万，可两万多也不少呀，你能不能告诉我，我这两万多里头，你的药品回扣占多少呀？何无疆不理他，他从不跟他说任何多余的话。当时两人已经相对熟悉，林爱火笑说，何医生，全社会都知道医疗回扣，这都不是秘密了。你干吗这么严肃啊？何无疆说回扣是什么？回扣就是不能见光的钱，就是违规违法的钱。你说全社会都知道医疗回扣，那你能不能告诉我，现在还有哪个行业是没有回扣的？还有哪个行业是完全洁白无瑕的？我告诉你，所谓的医疗回扣，那是医生的耻辱，那是药企的悲哀，那是医疗的无奈，那是医学的无底深渊。如果回扣现象只是个例，那么拿回扣的该抓该杀。但是如果回扣成为整个行业的整体现象，那么罪责在谁？我们每天没日没夜地工作，流血流汗流得没有尽头，我们不应该劳有所获吗？谁不想光明正大？谁不想清清白白？谁也不想偷偷摸摸，谁也不想搞什么回扣不回扣的。林爱火你要明白，当所有行业的所有回扣都成为过去式，当每个人的付出都与收获等值，当每个劳动者的血汗都变得真正值钱了，那才是真正的清凉天地，大好世界。林爱火歪着脖子沉思，何无疆说你给我直起头来，不要总是歪着脖子，这样会影响刀口的愈合质量。林爱火说，我会回来找你的，何医生。何无疆没理他，只是看他一眼，眼神似铁。

何无疆并不惧怕林爱火闹事。近期针对医闹各种猖獗行为，上级各部门联动，加大扼制和打击力度，医闹已不似此前那般肆无忌惮，他们不敢随意堵门，干扰医院正常工作秩序，也不敢动辄打人，打伤人立马被拘留。他们不得不改变战术，下跪动作保留，抱大腿、揪领子、打耳光三招并上，打不伤也打不残，警察来了最多是批评教育。自从每个城市都成立了医疗调解委员会，遇到说不清楚的纠纷，够不上打官司标准的，医生和患者会到这个机构去调解解决。多数以医生赔钱为结局，不过数目都不算庞大，全当破财消灾。医闹生意锐减，到处张贴小广告，医院病房和洗手间随处可见。再后来，鉴于辱医杀医事件的不断升级，有关强势部门整体联动，出台了多项具体措施，对医闹现象给予了重度打击。再也没有医闹队伍敢于抬着棺材堵门闹事了，医院和医生不再惧怕任何专业的医闹队伍，但是医患纠纷从未断绝。不怕医闹怕医患，医患关系，已成为医疗行业捂不住的疤痕，随时都会剧痛，随时都会流血。医生和患者，就如同猫和老鼠，谁也分不清哪个是猫，哪个是鼠。医生都说自己是鼠，整天给猫看病，看得胆战心惊。患者也说自己是鼠，每次看病，都怕被猫耍了宰了骗了。那么到底谁是猫谁是鼠呢，实在是猫也不知道，鼠也不知道，大概只有时间才知道。

老赵老钱老孙都是元老级别的医生，都比何无疆大十岁上下，当初何无疆管他们叫老师，现在也称老师。何无疆越过他们升了主任，他们不好再叫他小何，也不愿叫何主任，就叫无疆，显得亲切随意。普外科几年不设副主任，他们着急，分头去找过院长。院长让何无疆推荐一个人，何无疆又没吃错药，他只能说都好，三位老师谁当都好，于是就谁也没当成。何无疆从来不管他们，按道理科主任每周一上午得全楼查房，前呼后拥地把全楼所有患者看望一遍，何无疆不查，他只查自己的患者，老赵老钱老孙的患者，他们不说起，他从不过问。他们有大手术要做，叫他了，他就去；不叫，那就不知道。他只能这么做，管得太多是要冒火花的，星星之火，燎原了可不得了。普外科多年来风平浪静，在全医院实属罕见。有好几个科室闹得刀光剑影，弄到头谁都落不着好。有患者家属找何无疆告状，说老孙拿了红包，却没把手术做好，患者术后病情反复，何无疆说孙医生早就和我说过这个事情，那两千元早已交由科室保管，只等患者出院，完璧归赵。现在世风如此，孙医生也是为了让你们放心，用心良苦啊。这类事几次三番之后，老赵老钱老孙心里不再别扭，对何无疆这个上级彻底认了。但他们三人之间，始终在较着劲，都是奔退休的人了，职务上想升一级，是正常而迫切的心态。何无疆对此毫无办法，院长都没办法，他能有什么办法呢。这世上，从来就没有什么救世主，也不靠神仙皇帝，老赵老钱老孙，其心各异，志向相同，他们自己想出了办法，既然这口气咽不下去，那就吐出来吧，老赵调到了丹青市血站，是个福利超好的单位；老钱调到丹青市医学院当教授去了，工作闲，没风险，也是个好地方；老孙跟院长咆哮，不放我档案是吧？好，我告诉你，我积劳成疾了，我站手术台站得腰椎间盘突出，我先卧床休息半年再说。

两个月不到，三个元老都走了。普外科空得压人，何无疆独撑危局，他手下只剩下四位年轻医生，他们只能独立完成一些常见小手术，大手术做不了，全得何无疆操刀。何无疆累得头晕，晕得厉害就吃片降压片。他整天跟院长要人，院长说阿疆，眼科阿国也天天找我，他手下两个副主任医师走了。眼科和普外科，现在就靠你们两个了。我招聘启事天天发，来应聘的医生挺多，可真能顶用的，没有啊。何无疆说院长，我们这行业是怎么了？我同学当年遍布全省各大医院，现在搞得七零八落的，出国的，下海搞药品搞器械的，到医学院当教授的，到研究所搞基础医学的，到外资医院的，干什么的都有，现在还当医生的，不到一半啊。院长警觉，阿疆，你千万别学他们，你要给我顶住啊。现在各医院都在扩建，医生又有不少转行的，有临床经验的医生奇缺，我们当领导的都当成宝贝来捧着。我是谁也不敢惹，医生患者我都不敢惹。那个爱命医院到处挖人，丹青市大大小小几十家私立医院，全想从我们这些公立医院挖人才，我们培养多年的人才，动不动被他们挖走。这些私立医院被压了多少年，现在全面松绑，丹青市，不，恐怕全国医疗系统，一场公私大战就此拉开帷幕。医院和医院能拼什么？只能拼医生！医生不中用，患者迟早流失殆尽。可是我们怎么拼得过爱命医院，他们敢给你年薪百万，我敢吗？我招来一个年薪三十万的科主任，多少人到卫生局告状你知道吗？还有人说我每年都从这三十万里头抽走十万好处费。阿疆，不说上下级，咱们单论情分，我对得起你吧？

三十

何无疆心虚，爱命医院老板和他会晤三次，确实给他开出了年薪百万的价码，年底还有分红，不仅如此，爱命医院鼓励医生收红包。红包在公立医院是阴沟里的老鼠，藏头藏尾的；在爱命医院，红包是公开的，合情合理。爱命医院只为 5% 的人群服务，传说中，这 5% 的人群掌握着社会上 95% 的财富。丹青市人口几百万，本省人口几千万，几千万的 5%，足够爱命医院财源滚滚。至于那 95% 的人群，他们永远也不敢踏入爱命医院的大门，生一个孩子十几万，做一个手术几十万，做台大手术要上百万，他们是想都不敢想的。老王他们到爱命医院后，没几个月就鸟枪换炮，大奔宝马取代了原先的国产车日系车，老王的年薪是七十万，心外科主任八十万。爱命医院老板按人划价，也按科室划价。他给何无疆开的价码是目前最高的。

何无疆一直在犹豫。公立医院和私立医院，他不知道自己的后半生，到底应该在哪条船上渡河。他昼思夜想拿不定主意。他给人民医院干了二十年，如此离开，他也不亏欠这里的。他对滔滔滔说，有点本事的都把孩子送走了，何有疆是走是留？滔滔说大不了卖房，我单位你单位的集资房一起卖，够他出国念大学。无疆，你别光是因为钱换地方。如果只为钱，人是一定会后悔的。何无疆说也不单单是钱，这院子里的几棵树，我是看着它们老去的，它们若是有眼睛，看我也是同样的，都老了，在这里见了谁都是满肚子旧事，满肚子恩怨，我够够的了。还有一条，很重要，爱命医院的保安队伍很强悍，一半是退伍的特种兵，另一半是刑满释放人员，他们绝对效忠老板，万一有人闹事，这支队伍能保护我们。我胆战心惊二十年，不就是没人保护吗？滔滔说无疆，可我知道你还是放不下，你每时每刻都在抉择，就是定不下来，因为你不想只为那 5% 的人群做事。何无疆说是，我们自己就是 95% 里头的。老王说好好干几年就能挤进 5% 里头，我倒也不稀罕那个，可是伤害我们医生的，大都是这 95%，自相残杀啊。

何无疆给老李女儿做了个小手术，在科室换药室做的，友情出演，分文不取。他偶尔会给亲朋好友做这类小手术，乐此不疲。老李女儿乳腺增生，乳房上大大小小十几粒囊肿和纤维瘤，大如花生，小如黄豆，何无疆领着韩心智做的，他告诉韩心智，姑娘还没结婚呢，缝得仔细点，别落疤。老李说无疆，我老伴也增生，过几天你给她也做掉？何无疆说老李，姑娘家增生是青春期激素过盛导致，你老伴更年期都过了，可未必是增生，你带过来让我先检查一下再说。老李笑说，你这职业真好，整天看乳房。何无疆说不止乳房，我整天看裸体，信不信我看得想吐？老李说，我要是看了谁的裸体，那叫流氓，我要是摸了，那得判刑。你这职业好呀，人家得花钱挂号求着你摸。何无疆说代价惨痛，跟你说你也不懂。艳舞表演，你一看就激动吧？我看着看着能睡着。老李惊呼老天爷呀，无疆你障碍了？这活干得可赔大了。何无疆说障碍谈不上，就是没你那么快春暖花开。老李抽了支烟才迷瞪过来，他又被何无疆占了便宜，他总是说不过他。

老王又来电话催促，何无疆说求真相，你那里最大的痛苦是什么？老王说老板拿你当机器人用；患者24小时随时折磨你；同事之间互不理睬，各干各的；有必要合作时，也是只说公事，谁也不知道谁的私事，彼此之间不知道收入；还有，医患之间关系奇特，有些患者只知道姓氏，甚至使用代号，比如甲先生乙小姐，除了病情，什么都不能问。总之有钱的王八大三辈，我们老板说这是隐私权。何无疆说我同学告诉我，患者认为巨额金钱不能白花，曾经要求他在病房守夜。老王说对医生还算好得多，对护士基本当保姆。何无疆说从医半辈子，我也曾在病房寸步不离过，最多时连守三天三夜，那患者什么也没有给过我，就是每到那几天给我发条短信，略表祝福。每年如此。至今也有十几年了。老王说哪种观点都能找到无数条论据来做支撑。看角度，也看现实。我只知道我来得不亏。无疆，到目前为止，爱命医院还没有医生辞职的。何无疆问道，那么被辞职的呢？老王说无，老板比医生还要珍惜他花的高薪。何无疆说再看看。老王说你还没死心。何无疆说死过无数次，有时死几天，有时死几月，有时死成年，死完了都又活了。就像王惊雷，他那次跟你们老板承诺过去，就是心死如灰，当时眼看着袁小海要得手。可谁也没想到，事情会那样收场。你们老板还说要搞两个心外科，心外一，心外二，免得他跟现任科主任不对付。王惊雷说他对不起你们老板。老王说知道了，他是不会过来了。

太平间换了个师傅做掌门的，这师傅派头大，比医生护士的派头都大。医生上班没谱，有重患者都得随叫随到；护士都是三班倒，白天夜里轮着谁，谁就得在岗。太平间本来是贺师傅的太平间，贺师傅就住在太平间，24小时守着太平间。有贺师傅的岁月，全院医生都不怕死人，什么时候往太平间送死尸都成，不用预约。而今不成了，太平间的师傅常常不在，有时医生来送尸体，医生得和尸体共同等待，就在海棠树下等待着，等着师傅过来开了门，再往冰柜里头送。也没人提意见，各有各的工作作风，这师傅也不是不负责，他在每个科室都留了电话，交代得很清楚，快死了就给我电话，谁也不用等谁。问题在于医生，医生是从不会提前给师傅打电话的。当患者就快成为尸体时，医生总是竭尽全力地抢救，费尽心思地给患者留命，谁也不可能提前跟太平间进行预约。等到患者真的死亡了，医生唯有等待，等待太平间的师傅大驾光临。太平间就这么成了空巢。王惊雷多次莅临空巢，独坐在空荡荡的院子里，风过海棠，残局犹在，棋盘上花飞花舞，落英如魂。王惊雷拈起颗棋子，正踌躇着怎么往下走，对面椅子有人落座，王惊雷不抬眼睛，嘴里嘀咕，无疆，你跟我下？

何无疆说正是，我也常来这里，我也是自己跟自己下棋。王惊雷说，你怎么不约我？何无疆说，相约太平间，这好像不合适吧？王惊雷说只管约嘛，片刻欢愉也别放过。何无疆说对极了，世事无常，得过且过，当欢则欢。王惊雷说无疆，我在这里最有感觉，每次来坐片刻，都像是充了电。何无疆说我也是，生死场上过过电，生当尽欢死当睡。王惊雷说豪言壮语都是骗人的，出了这个门，我还是患者成群，总也看不完；我还是在等林纵横，也不知道还要等多久。何无疆微笑，我也患者成群，我也在等人，我等梁小糖，我连他在哪里都不知道。王惊雷说那怕啥，只要今天不死，希望永在明天。何无疆说昨天是王钢蛋，是贺师傅，他们把昨天给带走了。把今天和明天给咱们留下了，今天太阳落山了，这盘棋明天再接着下？王惊雷说行啊，哪个明天都成。

何无疆接到医院办公室主任电话的那一刻，他下定了决心，离开这里。就此离开吧。院办女主任声调紧张而惶恐，她说何主任，你快躲起来！豹子村百十号人指名道姓要找你。院长说他顶着，让你快走，快走！何无疆接电话时正在看两张 CT 片子，韩心智就在他身边，听得一清二楚。何无疆挂了电话，大脑一片空白，韩心智不由分说，三两下扒下何无疆的白衣，拽着他就钻进了消防楼梯，一层层往下跑，韩心智说何老师你别怕，这种事我有经验，急救中心的医生护士个个都被打过。你先回家躲着，千万别出门。我在科里应付着，我随时给你打电话，这几天你别接陌生电话。何无疆猛地停下，他说小韩，你为什么干这一行，你是无处可去

302

吗？韩心智说，我就是喜欢这个职业，我从上幼儿园就喜欢。我爸是县医院医生，我爸去世时送葬队伍十几里地，殡仪馆人多得站不下，都是他以前的患者，我们一个也没通知，可是他们都来了。我们只让三鞠躬，可是那么多人都是跪送我爸。人心是有一杆秤的，何老师，我就是要做这样的医生。当警察还得牺牲呢，当官还得被查呢，吃药治病还有副作用呢，干哪行能不受伤呀？何无疆缓缓点头，小韩，我没看错你，你比我强。何无疆走到电梯口按了电梯，电梯开门的刹那，韩心智拉着何无疆闪到一侧，他怕和找事的人迎头撞上。何无疆直接下到负二楼，他的车停在这里，他上车，开车走120通道出了医院，他把车开到自家楼下，给滔滔打电话，他说我在楼下，你带钱带证件，快点下来。然后，何无疆就把手机给关了。长年累月，他手机24小时开机，每天至少接三五十个电话，患者大多是一生上一次手术台，总在问他这样那样的问题，半夜接电话也是常事，出院的患者随时觉得身体有情况就会找他，他已经不会烦了，习惯了，也认命了。这是他第一次关机，他就是要关，他不想听见他们的声音，再也不想听见。他们全是梁小糖。全是梁小糖。一个梁小糖就要走了他的十五年，何无疆鬓已星星，他再也没有那么多的十五年，去送给这个，再送给那个了。他谁也不送了，送不起了，送够了。往后的岁月全是自己的，他只会送给珍重他的人，再也不会送给任何负心人了。滔滔说无疆，别伤心，不值得。何无疆说不伤，有心才会伤心，我已无心，永不伤心。滔滔说林爱火真是该死。何无疆说不要怪他，愚昧者无辜，使之愚昧者有罪。

这天是周一，何无疆和滔滔开车去了华山，到周五才回来。何有疆住校，周五回家，他们拐到学校接孩子，何有疆一上车就惊呼，父皇母后，几天不见，你们怎么又黑又瘦？滔滔佯怒，你爸超级神经病！院长超级大白痴！大白痴让神经病逃跑，神经病吓得魂飞魄散。人家豹子村林爱火组织全村男女老幼百多号人，敲锣打鼓，举着大红幅，走了十几里路，来医院给他送锦旗。你爸可倒好，拉着我亡命天涯，一口气跑出几百里，上华山避难去了。何无疆苦笑，儿呀，不是你爹胆小，那个林爱火先给医院办公室打电话，说豹子村百十号人要来找我。我们院长哪见过这种招数，他以为医闹队伍这回换战术了，先亮剑，后出招。他让我赶紧跑，我和你妈跑到华山，心里凉，我昨天才开机。听说院长接锦旗时，激动得吃了两回速效救心丸。

何有疆说爸爸，我要考医科大学，我毕业跟你干，男人耍刀才叫真酷。何无疆说学医可以，去国外学，考医师资格证，考得过去你就是一座金矿，一生被人尊敬。在这里穿白衣，你将和我一样，一辈子都是惊弓之鸟，我绝不允许。这事没有商量的余地，就这么定了。滔滔哼哼，我可不想现在跟丈夫逃难，以后跟儿子逃难。亡命天涯的滋味很不好，你爸每天忏悔上百次，忏悔学医。我可不想以后再听你忏悔。要想耍刀，你干脆去学大厨，大刀小刀都是刀，大厨比医生挣得多，吃得好，还没风险，客人不会因为菜难吃就去后厨袭击你。选专业是大事，大事你爸说了算。何有疆正值青春叛逆期，立即反击父母，我就是要用小刀，人是越老越折价，刀是越小越值钱。何无疆忽然发了脾气，你要是冲着值钱，那就不许学刀。手术刀是救命的，命有多值钱，刀就有多值钱。你要光想着挣钱，那你学大厨去，大厨比我挣得多，菜刀可比手术刀神气多了。滔滔说挺好，家里有大刀有小刀，我整天刀光剑影，刀下苟活。何有疆满脸不屑，你们这代人都是兵马俑，个个灰头土脸愚忠愚孝，我爸就认患者，我妈就认我爸，都没救了。滔滔说反了你了，二十年后你要能超过你爸，我就认栽。何有疆用口型示意，我择偶会超过他。何无疆说做梦吧，女兵马俑早已成为绝唱。

何无疆把滔滔和儿子送回家，他说就这五天，回来已是百年身。林爱火这出闹剧惊心动魄，现在闹剧都像正剧，正剧反倒成了闹剧。再这么干下去，这种事情迟早会来。我承认我胆子不大，我让吓破胆了。何无疆出门，到办公室坐了半天，把自己的私人物品收拾好，他办公室有三个大文件柜，一个柜子里头，全是卷着的锦旗，没数，数不清楚，他不是江湖郎中，不用挂这些东西撑门面，扔了也不合适，就一直占了个柜子。何无疆分四次把锦旗运出去，运到走廊东头的垃圾箱。桌子上那几颗钢蛋儿，他拿起来又放下，又拿起来，最后就给揣兜里了。

何无疆出了医院，漫无目的地绕着医院散步，绕了一周，走走停停，又走到大门口。菊花是冷不丁夯入视野的，砸得他不由眯起眼睛，都是怒放的菊花。菊花有两大桶，一桶黄的，一桶白的，在路灯下，白菊似金，黄菊如血，艳得揪人。这是一间很小的店，每个医院附近，都分布着很多小商店，卖鲜花水果的，鸡蛋牛奶的，快餐盒饭的，还有卖寿衣花圈的，这间小店就是专卖死人用品的，做这种生意，老板不能揽客，只能等客上门。何无疆往店里头瞅，没有人，一道布帘子把小店隔成里外两间，何无疆闻到鸡蛋番茄的味道，老板该是在享用夜宵呢。何无疆喊一声，有人吗？我买花。何无疆对死人从无忌讳，他只觉得这桶黄菊好看，开得热气腾腾，怪暖人的，他打算买一捧回家插花瓶里头，满室尽带黄金甲。

老板应一声，声落人现，老板挑开布帘子端着碗出来了。何无疆看着老板，老板也看着他。何无疆脸上是惊愕，不能置信的惊愕；老板脸上是笑意，蛰伏已久的笑意。

这个老板，是梁小糖，失踪许久的梁小糖。

梁小糖放下饭碗，他说哥，我每天早晨都能看见你去公园，我知道你迟早会走进来。何无疆吸气，你从商场离开，就来了这里？梁小糖说是，我不放心你，你活得太险，我得看着你。梁小糖从一摞绣着盘龙飞凤的寿衣底下，抽出一卷报纸，展开报纸，是把一尺多长的刀，尖头，窄身，刀刃薄如蝉翼，青光凛冽。梁小糖说，我的店守着你的门，任何人来闹事，我都会问个清楚。五天前，豹子村来找你，我就揣着这把刀跟着他们，我怀疑他们使诈，一直跟到会议室，后来我弄清楚他们是来谢你的，我才离开。如果不是，他要敢动你，我一刀捅了他，大不了再回去蹲几年。我就是要让他们个个都知道，你不是好欺负的。

小糖，你不应该这样。你这样，我承受不起。何无疆说，我和你，归根到底是医生和患者，我为你做得并不多。你不要再这样。你不能这样啊。

你那把刀，只会救人。我这把刀，却会杀人。你说到底是个书生，你总爱心软，我怕你吃亏上当，怕你着了别人的道儿，怕你被人打被人杀，梁小糖笑嘻嘻地，哥，我在这儿，你就不用害怕了。你只管救人，我保护你，我总在这儿护着你。我的命是你给我的，每次我要死，都是你救了我。这天下，我就只认得你。

何无疆蹲下挑菊花，一枝，又一枝，挑得很仔细。他从来不知道，在这世上，他还有这样一个死士，日日夜夜都在守护着他。他非王非侯，非富非贵，他只是一个穿着白衣的芸芸众生，但他有死士。他竟然有死士。梁小糖就是他的死士，从患者梁小糖到死士梁小糖，他们走了十五年，还没走完，怎么也走不完。何无疆挑了满抱的菊花，多得都抱不住了，他还在挑，他不肯抬头，他早已满面狼藉。

江河滔滔。

图书在版编目 (CIP) 数据

白衣胜雪 / 申剑著 . — 北京 ：北京十月文艺出版
社， 2018.4
ISBN 978-7-5302-1680-4

Ⅰ . ①白… Ⅱ . ①申… Ⅲ . ①长篇小说—中国—当代
Ⅳ . ① I247.5

中国版本图书馆 CIP 数据核字 (2017) 第 103459 号

北京市优秀长篇小说创作出版扶持项目

白衣胜雪
BAIYI SHENGXUE

申剑 著

出　　版　北京出版集团公司
　　　　　北京十月文艺出版社
地　　址　北京北三环中路 6 号
邮　　编　100120
网　　址　www.bph.com.cn
发　　行　新经典发行有限公司
　　　　　电话 (010) 68423599
经　　销　新华书店
印　　刷　三河市宏图印务有限公司
版　　次　2018 年 4 月第 1 版
　　　　　2018 年 4 月第 1 次印刷
开　　本　850 毫米 ×1230 毫米　1/32
印　　张　9.75
字　　数　200 千字
书　　号　ISBN 978-7-5302-1680-4
定　　价　36.00 元
质量监督电话　010-58572393